첫사랑, 짝사랑

클래식 라이브러리 019

첫사랑, 짝사랑

클래식 라이브러리　019
Первая любовь, Ася

이반 투르게네프
손재은 옮김

arte

Первая любовь
by Ivan Turgenev
©Nauka, 1981

Ася
by Ivan Turgenev
©Nauka, 1980

일러두기

1 이 책은 Ivan Turgenev, Первая любовь, Ася(Russia : Nauka, 1980, 1981)을 옮긴 것이다.
2 인명, 지명 등 외국어의 우리말 표기는 국립국어원 외래어표기법에 따르되, 일부 예외를 두었다.
3 주석은 모두 옮긴이의 것이다.

차례

첫사랑

손님들은 이미 오래전에 뿔뿔이 흩어졌다. 시계는 12시 30분을 알렸다. 방 안에는 주인과 세르게이 니콜라예비치, 그리고 블리디미르 페트로비치만이 남았다.

주인은 종을 울려 하인에게 손님들이 남긴 저녁 식사를 치우도록 했다.

"그럼 결정되었군요."

그는 안락의자에 깊숙이 몸을 파묻고 담뱃불을 붙이면서 말했다.

"우리는 각자 자기 첫사랑 이야기를 해야만 한단 말입니다. 세르게이 니콜라예비치, 먼저 시작하시죠."

투실투실한 얼굴에 맷집이 좋은 금발 머리인 세르게이 니콜라예비치는 먼저 주인을 쳐다보고 이내 눈을 들어 천장을 바라보았다.

"내겐 첫사랑이 없습니다." 이윽고 그는 입을 뗐다. "바로 두 번째 사랑부터 시작했지요."

"그게 무슨 뜻입니까?"

"매우 간단하죠. 몹시 어여쁜 어떤 아가씨를 쫓아다니기 시작했을 무렵 나는 열여덟 살이었어요. 하지만 나는 마치 이게 그다지 새로울 것 없는 일이라는 듯이 그 아가씨에게 구애를 했답니다. 이후에 내가 다른 여인들한테 했던 것처럼 꼭 그렇게요. 솔직히 말해서, 나는 여섯 살 때 유모한테 사랑에 빠졌던 게 처음이자 마지막입니다. 그렇지만 이건 너무 오래전 일이죠. 우리 사이에 있었던 자세한 일들은 기억조차 나지 않아요. 설령 내가 이것들을 기억한들 누가 관심이나 가질까요?"

"그럼 어쩌죠?" 주인이 말하기 시작했다. "내 첫사랑에도 그다지 재미난 것이 없는데요. 지금의 아내인 안나 이바노브나를 알게되기 전까지 나는 아무도 사랑해 본 적이 없어요. 더구나 아내와의 모든 일도 척척 진행됐죠. 아버지들이 결혼을 주선했고, 우리는 순식간에 서로 사랑에 빠져서 결혼까지 오래 끌지도 않았답니다. 내이야기는 두어 마디면 끝납니다. 솔직히 말해서, 첫사랑에 대한 질문을 시작하면서 나는 여러분한테 기대했답니다. 당신들은 노인이라고 할 수는 없지만 그렇다고 완전히 젊은 독신자들도 아니니까요. 당신만은 우리를 만족시킬만한 무언가가 있겠죠, 블리디미르 페트로비치?"

"내 첫사랑은 정말로 평범과는 거리가 멀었습니다." 희끗희끗한 검은 머리에 마흔 살 정도 되어 보이는 블리디미르 페트로비치가 살짝 더듬거리면서 대답했다.

"아아!" 주인과 세르게이 니콜라예비치는 동시에 말했다. "그렇다면 더 좋군요… 한번 들어봅시다."

"그럴까요… 아니, 됐습니다. 그냥 관두는 게 낫겠어요. 나는 말재주라고는 없거든요. 무미건조하고 짧막한 얘기로 끝나거나 거짓 섞인 장황하기만 한 얘기가 되어 버릴 겁니다. 그래도 괜찮으시다면 내가 기억나는 대로 노트에 적어 와서 읽어드리도록 하지요."

두 친구는 처음에는 동의하지 않았지만, 블리디미르 페트로비치는 고집을 꺾지 않았다. 이 주가 지나서 그들은 다시 모였고, 블리디미르 페트로비치는 약속을 지켰다.

그의 노트에는 다음과 같은 이야기가 적혀 있었다.

1.

그때 나는 열여섯 살이었다. 1833년 여름의 일이다.

나는 모스크바에서 부모님과 함께 살았다. 부모님은 네스쿠치느이 공원 맞은편, 칼루가 관문 근처에 있는 별장을 얻었다. 나는 대학 입시를 준비 중이었지만, 몹시 느긋하게 지내면서 공부도 별로 하지 않았다.

아무도 나의 자유를 구속하지 않았다. 나는 뭐든 하고 싶은 대로 다 했다. 특히 프랑스인 가정교사가 마지막으로 관두고 나서부터는 더욱 그러했다. 그 가정교사는 자기가 '폭탄처럼' 러시아에 투하됐다는 생각에서 벗어나지 못하고서 성난 얼굴로 하루 종일 침대에서 뒹굴곤 했다. 아버지는 무관심하면서도 자상하게 나를 대했고, 어머니는 외아들이었음에도 내게 관심조차 없었다. 어머니의 신경은 다른 걱정거리에 온통 쏠려 있었다. 아직 젊고 매우 멋있던 아버지는 돈 때문에 어머니와 결혼했다. 어머니는 아버지보다 열 살이나 나이가 많았다. 어머니는 우울한 나날을 보냈다. 끊임없이 흥분하고 질투하고 화를 냈다. 하지만 아버지 앞에서는 내색하지 않았다. 어머니는 아버지를 몹시 두려워했다. 아버지는 엄격하고 냉정하게 거리를 두고서 행동했다…. 나는 그보다 더 우아하면서도 침착하게 자신감에 차서 사람을 휘어잡는 누군가를 본 적이 없다.

나는 별장에서 보낸 처음 몇 주일을 절대 잊지 못한다. 화창한 날씨가 계속되었다. 우리는 5월 9일, 바로 성 니콜라이 축일에 도시에서 이곳으로 이사를 했다. 나는 별장의 정원과 네스쿠치느이 공원에서 산책했고 관문 밖을 거닐기도 했다. 그럴 때면 책 한 권을, 그러니까 카이다노프의 책 같은 것을 끼고 다녔지만, 펼치는 일은 거의 없었다. 차라리 외우고 있던 시 여러 편을 큰 소리로 읊곤 했다. 내 안에서 피가 요동쳤고, 가슴을 옥죄어 왔다. 이는 몹시 달콤하고도 우스꽝스러운 것이었다. 나는 계속해서 기다리며, 무언가를 두려워하고, 모든 것에 놀라워하며, 모든 준비를 마친 상태였다. 노을 녘에 종각 주변을 빙빙 도는 제비 떼처럼 환상은 날개를 폈고 한 가지 생각이 주위를 빠르게 맴돌았다. 나는 깊은 생각에 잠기기도 하고, 애수에 젖어 눈물을 줄줄 흘리기까지 했다. 하지만 노랫소리 같은 시와 아름다운 저녁이 자아낸 눈물을 흘리며 애수에 젖어 있는 동안에도, 끓어오르기 시작하는 젊은 생명의 기쁨은 봄날의 풀처럼 푸릇푸릇 움텄다.

내겐 승마용 말 한 필이 있었다. 나는 직접 말에 안장을 얹고 혼자서 어디든 더 먼 곳까지 몰고 나가곤 했다. 말을 타고 쏜살같이 달릴 때면 마치 경주에 나온 기사라도 된 듯한 기분이 들었다. 바람은 어찌나 즐겁게 내 귓전을 스치던지! 또 하늘을 우러러보면서 눈부신 햇살과 하늘빛을 활짝 열어젖힌 가슴으로 받아들이기도 했다.

기억하건대 그 당시에 여자의 모습이나 여자와의 사랑에 대한 환영이 내 머릿속에 뚜렷한 형태로 떠오른 적은 없었던 것 같다. 하지만 내가 생각하는 모든 것, 내가 느끼는 모든 것 속에는 새롭고 이루 다 말할 수 없이 달콤한 여성적인 무언가에 대한 어렴풋한 수줍은 예감이 숨어 있었다.

이러한 예감, 이러한 기대는 온몸으로 스며들었다. 나는 그것을 호흡했고, 이 감정은 피 한 방울 한 방울에까지 배어 들어와 내 혈관을 따라 흘렀다… 그것은 곧 실현될 운명이었다.

우리 별장은 둥근 기둥이 떠받치는 목조 건물인 본채와 두 개의 낮은 곁채로 되어 있었다. 왼편 곁채에는 싸구려 벽지를 만드는 아주 작은 공장이 자리하고 있었다… 나는 그곳에 여러 번 구경을 갔다. 핼쑥한 얼굴에 부스스한 머리를 하고 기름투성이의 옷을 입은 빼빼 마른 열 명 정도의 소년들이 인쇄기의 네모난 판때기를 누르는 나무 지렛대 위에서 쉼 없이 오르내렸다. 그렇게 허약한 아이들이 온몸으로 무게를 실어 각양각색의 벽지를 찍어내고 있었다. 오른편 곁채는 비어 있었고 세를 주려고 내놓은 상태였다. 5월 9일로부터 삼주일쯤 지난 어느 날, 곁채의 덧창이 열리고 그 안에서 여자들의 얼굴이 보였다. 어떤 가족이 이사를 왔던 것이다. 바로 그날 점심에 어머니가 집사에게 이웃에 새로 이사 온 사람이 누구냐고 물었던 게 지금도 기억난다. 자세키나 공작부인이라는 말을 들은 어머니는 처음엔 어느 정도 존경을 표하는 투로 이야기했다. "아! 공작부인이라고…." 그러더니 바로 이렇게 덧붙였다. "아마 어느 가난뱅이 공작부인이겠지."

"짐 마차 세 대로 이사 왔습니다요." 집사가 공손하게 접시를 내려놓으면서 말했다. "자기 마차도 없고 가구도 아주 초라합니다요."

"그렇군." 어머니가 대꾸했다. "어쨌거나 잘됐네."

아버지가 차가운 눈길로 흘끗 바라보자 어머니는 입을 다물었다.

사실 자세키나 공작부인이 부유한 여자일 리는 없었다. 그녀가 세 든 곁채는 퍽 낡은 데다 비좁고 낮은 집이었다. 조금이라도 풍족한 사람이라면 그런 곳에 살 생각은 하지 않았을 것이다. 아무튼 그때 나는 모든 이야기를 흘려들었다. 공작이라는 칭호도 별다른 감흥을 주지 못했다. 나는 얼마 전에 실러의 『도적 떼』를 이미 읽었기 때문이다.

2.

나는 매일 저녁 총을 들고 정원을 돌아다니며 까마귀를 감시하곤 했다. 이전부터 나는 조심성 많고 탐욕스러우며 교활한 이 새를 증오했다. 앞서 말한 그 날에도 나는 정원으로 나섰다. 별 소득도 없이 오솔길을 빠짐없이 돌아다니다가(까마귀는 나를 알아보고서 이따금 멀리서 깍깍댈 뿐이었다.) 우연히 나지막한 울타리로 다가갔다. 그 울타리는 곁채 너머 오른쪽으로 뻗어 있었는데, 곁채에 딸린 좁은 정원과 본래 우리 소유의 영지를 구분하고 있었다. 나는 머리를 숙이고 걸어갔다. 갑자기 말소리가 들려왔다. 나는 담장 너머를 바라보았고 그만 굳어 버렸다… 이상한 광경이 펼쳐졌다.

내게서 불과 몇 발자국 떨어진 푸른 산딸기나무 덩굴에 둘러싸인 풀밭 위에, 장밋빛 줄무늬 옷을 입고 머리에는 새하얀 스카프를 두른 키 크고 날씬한 아가씨가 서 있었다. 그녀 주변에는 네 명의 청년들이 옹기종기 모여 있었다. 그녀는 자그마한 회색 꽃으로 돌아가면서 청년들의 이마를 톡톡 치고 있었다. 나는 꽃 이름이 무엇인지 모르지만, 아이들이 잘 알 법한 꽃이었다. 조그마한 주머니처럼 생긴 그 꽃은 단단한 무언가에 부딪히면 탁 소리를 내면서 부러졌다. 젊은이들은 즐거워하면서 이마를 내밀었다. 아가씨의 몸짓에는 (나는 옆에서 그녀를 바라보았다.) 무언가 매혹적이고, 자신만만하며, 다정하면서도, 장난기 어린 사랑스러운 기운이 깃들어 있었다. 나는 너무 놀랍고 기뻐서 소리를 지를 뻔했다. 그 아름다운 손가락에 내 이마가 닿을 수만 있다면 세상 모든 것과 맞바꿀 수도 있을 것만 같았다. 내가 놓쳐 버린 소총은 풀밭 위에 떨어졌다. 나는 날씬한 몸매와 가느다란 목, 예쁜 손, 흰 스카프 밑으로 보이는 약간 헝클어진 금발 머리, 반쯤 감긴 영리한 눈과 속눈썹, 그리고 그 아래 보드라운 볼에 시선을 완전히 빼앗겼다…

"이봐요, 젊은이." 갑자기 옆에서 누군가의 목소리가 들렸다. "남의 아가씨를 그렇게 쳐다봐도 되는 겁니까?"

나는 온몸이 움찔하고 아연실색했다… 옆에 있는 담장 너머에는 검은 머리를 짧게 깎은 어떤 남자가 빈정대는 눈초리로 나를 쳐다보고 서 있었다. 바로 그 순간 아가씨가 내 쪽을 돌아보았다… 표정이 풍부하고 생기 넘치는 얼굴에서 커다란 회색 눈동자가 눈에 들어왔다. 갑자기 그녀의 얼굴 전체가 떨리더니 웃음을 지었다. 하얀 이는 반짝였고, 눈썹은 어쩐지 우스꽝스럽게 치켜 올라갔다… 나는 얼굴이 빨개져서 땅에서 총을 집어 들고는, 호탕하지만 악의 없는 요란한 웃음소리를 뒤로한 채 내 방으로 도망쳤다. 나는 침대에 몸을 던지고 두 손으로 얼굴을 가렸다. 심장이 쿵쿵 요동쳤다. 몹시 부끄럽기도 하고 즐겁기도 했다. 한 번도 느껴본 적 없는 흥분이었다.

마음을 가라앉힌 후, 나는 머리를 빗고 옷매무새를 고치고 나서 차를 마시러 내려갔다. 젊은 아가씨의 모습이 눈앞에 아른거렸다. 심장박동은 잦아들었지만, 어쩐지 가슴이 기분 좋게 죄어들었다.

"무슨 일 있니?" 불쑥 아버지가 물었다. "까마귀를 잡은 게야?"

나는 아버지에게 전부 말해 버리고 싶었지만, 꾹 참고 그저 조용히 미소를 지었다. 잠자리에 들면서, 나도 왜 그랬는지 모르겠지만 한 발로 서서 세 바퀴나 빙그르르 돌았다. 그리고 머리에 포마드를 바르고 누워서 밤새 죽은 듯이 잠들었다. 아침이 밝기 전에 잠깐 깨어났지만, 머리를 들어 황홀하게 주위를 둘러보고는 다시 잠들어 버렸다.

3.

'어떻게 하면 그 사람들하고 친해질 수 있을까?' 이른 아침 눈을 뜨자마자 맨 처음 든 생각이었다. 차를 마시기 전에 정원으로 나갔지만, 담장 쪽으로 너무 가까이 다가가지는 않았기에 아무도 보지 못했다. 차를 마신 후, 나는 별장 앞길을 몇 차례나 서성거리면서 멀리서 창문 안을 엿보았다… 커튼 뒤로 그녀의 얼굴이 보이는 듯하자 나는 놀라서 이내 자리를 피했다. '어쨌든 사귀긴 해야 하는데.' 네스쿠치느이 공원 앞에 펼쳐진 모래밭을 이리저리 거닐면서 생각했다. '그런데 무슨 수로? 그게 문제란 말이지.' 나는 어젯밤 만남의 아주 작은 사소한 부분까지 기억해냈다. 어쩐지 그 아가씨가 나를 보고 웃던 모습이 유난히 선명하게 떠올랐다… 그러나 내가 흥분해서 갖가지 계획을 생각해내고 있던 동안, 운명은 이미 나를 돕고 있었다.

내가 집을 비운 사이에 어머니는 새로 온 이웃으로부터 편지한 통을 받았다. 잿빛 종이에 쓴 그 편지는 우체국의 통지서나 싸구려 와인의 코르크 병마개 따위에나 쓰는 갈색 밀랍으로 봉인되어 있었다. 맞춤법도 틀린 서툰 필체로 쓴 편지에서 공작부인은 어머니에게 자신들을 보살펴달라고 청하고 있었다. 공작부인의 말에 따르면 현재 그녀에게는 매우 중요한 소송이 걸려 있는데, 우리 어머니가 자신과 아이들의 운명을 좌지우지할 수 있는 영향력 있는 인사들과 매우 친한 사이라는 것이었다. '저는 고상한 부인으로서 고상한 부인께 부탁합니다. 이러한 기회를 가지게 돼서 기쁩니다.' 그녀는 이렇게 썼다. 편지 끄트머리에서는 자신이 어머니를 방문하도록 허락해 달라고 간청하고 있었다. 내가 들어갔을 때 어머니는 별로 기분이 좋지 않은 상태였다. 아버지는 집을 비우셔서 의논할 사람도 없었다. '고상한 부인'에게, 그것도 공작부인에게 답장을 하지 않을 수는 없었다. 하지만 어머니는 뭐라고 답을 해야 할지 갈피를 잡지 못하고 있었다. 프랑스어로 쓰는 것은 적절치 않아 보였고, 러시아어 맞춤법에도 자신이 없었다. 어머니는 자기 실력을 잘 알고 있었기 때문에 망신을 당하고 싶지 않았던 것이다. 내가 집에 돌아오자 어머니는 반색하면서, 즉시 공작부인에게 찾아가 자신은 힘닿는 데까지 부인을 도울 용의가 있으며, 오후 한 시 경에 들르시라는 얘기를 전하라고 했다. 은밀한 내 소원이 이렇게 뜻밖에도 빨리 이루어지자 나는 기쁘기도 하고 놀랍기도 했다. 먼저 새 넥타이를 매고 프록코트를 입으러 내 방으로 갔다. 나는 더블칼라가 달린 재킷을 몹시 싫어했지만, 집에서는 아직도 그것을 입고 있었다.

4.

나도 모르게 온몸을 오들거리면서 비좁고 지저분한 곁채의 현관에 들어서자 백발인 한 늙은 하인이 나를 맞았다. 그는 짙은 구릿빛 얼굴에 돼지같이 쭉 째진 눈이었으며 이마와 관자놀이에는 여태껏 한 번도 본 적 없는 깊은 주름이 푹 파인 노인이었다. 그는 뜯어먹고 남은 청어 가시를 접시에 담아 나오다가 옆방으로 통하는 문을 발로 닫으면서 띄엄띄엄 말했다.

"무슨 일이십니까?"

"자세키나 공작부인은 집에 계시는지?" 나는 물었다.

"보니파티!" 문 뒤에서 쩌렁쩌렁한 여자의 목소리가 소리쳤다.

하인은 아무 말 없이 나한테서 등을 돌렸다. 그러자 문장이 새겨진 녹슨 단추가 하나밖에 남지 않은 그의 제복에 닳은 등 부분이 눈에 띄었다. 그는 바닥에 그릇을 내려놓고 가 버렸다.

"경찰서에 다녀왔어?" 방금 그 여자의 목소리였다. 하인은 뭐라고 중얼거렸다. "뭐?… 누가 왔다고?…." 다시 소리가 들렸다. "옆집 아드님이야? 그럼 어서 안으로 모시게."

"응접실로 가시지요." 내 앞에 다시 나타난 하인이 바닥에 둔

첫사랑

그릇을 집어 들면서 말했다.

나는 옷매무새를 고치고 '응접실'이라는 데로 갔다.

나는 허름한 가구를 급하게 가져다 놓은 것처럼 보이는 작고 너저분한 방으로 들어갔다. 창가에 있는 한쪽 팔걸이가 부서진 안락의자에는 쉰 살 정도로 보이는 추하게 생긴 부인이 앉아 있었다. 맨머리에 낡은 녹색 옷을 입고 얼룩덜룩한 털실로 짠 스카프를 두른 그녀의 조그맣고 까만 눈이 나를 뚫어지게 쳐다보았다.

나는 그녀에게 다가가서 머리를 숙여 인사했다.

"자세키나 공작부인과 말씀을 나눌 수 있을까요?"

"내가 자세키나 공작부인이에요. V 씨의 아드님이지요?"

"그렇습니다. 어머니의 심부름으로 왔습니다."

"앉아요. 보니파티! 내 열쇠 못 봤나?"

나는 자세키나 부인에게 그녀의 편지에 대한 어머니의 답변을 전했다. 그녀는 퉁퉁하고 불그스름한 손가락으로 창 언저리를 톡톡 두드리면서 내 말을 귀 기울여 듣다가, 내 말이 끝나자 다시 한번 나를 유심히 바라보았다.

"아주 잘 되었네요. 꼭 가도록 하지요." 마침내 그녀가 말했다.

"그런데 당신은 아직 몹시 젊군요! 실례지만 올해 나이가 몇이지요?"

"열여섯입니다." 나는 무의식적으로 더듬거리며 대답했다.

공작부인은 손때가 묻어 반질반질해진 빽빽한 서류를 주머니에서 꺼내더니, 코 가까이 가져가 한 장씩 뒤적거리기 시작했다.

"좋을 때군요." 그녀가 의자에 앉아 안절부절못하며 불쑥 말했다. "예의 차릴 필요 없어요. 우리 집에서는 편하게들 지낸답니다."

'지나치게 허물없이 지내는구나.' 하는 생각이 들어 불현듯 혐오감을 느끼면서 그녀의 꼴사나운 모습을 훑어보았다.

그 순간, 응접실의 다른 쪽 문이 홱 열리더니 어제 정원에서 보았던 그 아가씨가 문지방에 나타났다. 그녀는 손을 들어 올렸고 얼굴에는 옅은 미소가 떠올랐다.

"제 딸이랍니다." 팔꿈치로 가리키며 공작부인이 말했다. "지노치카, 우리 이웃인 V 씨의 아드님이란다. 실례지만 성함이?"

"블리디미르입니다." 나는 자리에서 일어서며 흥분해서 쉰 목소리로 대답했다.

"그럼 부칭은?"

"페트로비치입니다."

"아, 그래요! 내가 아는 경찰서장이 있는데 그분 이름도 블리디미르 페트로비치랍니다. 보니파티! 열쇠 찾지 말게. 내 주머니에 있었어."

앳된 아가씨가 눈을 약간 가늘게 뜨고 고개를 살짝 기울인 채로 아까 그 미소를 띠고서 계속 나를 바라보았다.

"이미 무슈 볼데마르를 본 적이 있어요." 그녀가 입을 열었다. (그녀의 낭랑한 목소리가 달콤한 차가움이 되어 온몸을 스쳤다.) "당신을 이렇게 불러도 되겠지요?"

"좋을 대로 하십시오." 나는 우물쭈물 말했다.

"어디서 만났다는 게냐?" 공작부인이 물었다.

공작의 딸은 어머니의 말에 대답하지 않았다.

"지금 바쁜가요?" 그녀는 내게서 눈을 떼지 않고 말했다.

"아뇨, 바쁠 건 없어요."

첫사랑

"털실 감는 것 좀 도와주실래요? 이리 오세요, 내 방으로."

그녀는 내게 고개를 까딱하고는 응접실을 빠져나갔다. 나는 그녀를 뒤따라 나갔다.

우리가 들어간 방 안의 가구는 좀 더 나았고, 꽤 그럴듯하게 배치되어 있었다. 하기야 그 순간에 나는 거의 아무것도 제대로 살펴볼 여유가 없었다. 마치 꿈속에서처럼 몸을 움직였으며, 어처구니없을 정도로 어떤 긴장된 행복감을 온몸으로 느꼈다.

공작의 딸은 자리에 앉아 빨간 털실 뭉치를 집어 들었다. 그리고 자기 맞은편 의자에 앉으라고 내게 손짓하고는 열심히 털 뭉치를 풀어서 내 손에 걸쳐 두었다. 그러는 동안 그녀는 우스꽝스러울 만큼 느릿느릿하게 움직였고, 살짝 벌린 입술에는 밝고 천연한 그 웃음을 띤 채 내내 아무 말도 하지 않았다. 그녀는 꺾은 카드에 털실을 감기 시작했다. 그러다 갑자기 반짝거리는 재빠른 눈길로 나를 쳐다보는 바람에 나도 모르게 눈을 내리깔고 말았다. 평소에는 주로 반쯤 감고 있는 것 같은 가느다란 그녀의 눈이 번쩍 뜨였을 때 그녀의 얼굴은 완전히 달라졌다. 얼굴에 광채가 흘러넘치는 듯했다.

"어제 날 보고 무슨 생각을 하셨나요, 무슈 볼데마르?" 잠시 후 그녀가 물었다. "아마 나를 흉보았겠지요?"

"저는… 아가씨… 아무 생각도 없었어요… 제가 감히 어떻게…." 나는 당황해서 대답했다.

"좀 들어봐요." 그녀가 대꾸했다. "당신은 아직 나를 잘 모르겠죠. 나는 참 이상한 여자예요. 남들한테서 언제나 솔직한 얘기만 듣고 싶답니다. 듣자 하니 열여섯 살이라던데, 나는 스물한 살이에요. 내가 훨씬 어른이잖아요. 그러니까 언제나 나한테는 바른대로 말해야 해요… 또 내 말을 잘 들어야 하고요." 그녀가 덧붙였다. "날 봐요, 왜 나를 똑바로 보지 않는 건가요?"

　　나는 더 당혹스러웠지만, 눈을 들어 그녀를 쳐다보았다. 그녀는 미소를 지었는데, 이전과 다르게 호의적인 미소였다.

　　"날 보라니까요." 그녀는 차분한 목소리로 상냥하게 말했다. "나를 쳐다봐도 기분 나쁘지 않답니다… 나는 당신 얼굴이 좋아요. 우리가 친해질 거란 걸 예감이 드는군요. 당신도 내가 마음에 드나요?" 그녀가 능청스럽게 덧붙였다.

　　"아가씨…." 나는 말문을 열었을 뿐이었다.

　　"첫째, 나를 지나이다 알렉산드로브나라고 불러요. 둘째, 어린애가(그녀는 고쳐 말했다.), 아니 젊은 사람이 자기가 느낀 걸 솔직하게 말하지 않는 건 좋은 버릇은 아니잖아요? 어른들이나 그러는 거죠. 당신은 내가 마음에 꼭 들지요?"

　　이처럼 그녀가 나한테 거리낌 없이 말하는 것이 기쁘기는 했지만, 어쨌거나 나는 약간의 모욕감을 느꼈다. 나는 그녀가 어린애와 말하고 있는 것이 아니라는 걸 보여 주고 싶었다. 그래서 가능한 한 최대한 거리낌 없이 진지한 표정으로 입을 열었다.

　　"물론, 당신이 무척 마음에 든답니다, 지나이다 알렉산드로브나. 이걸 숨기고 싶진 않군요."

　　그녀는 간격을 두고 고개를 끄덕였다.

　　"당신은 가정교사가 있지요?" 느닷없이 그녀가 물었다.

　　"아뇨, 벌써 오래전부터 가정교사 없이 지내고 있습니다."

　　나는 거짓말을 했다. 프랑스인 가정교사가 떠난 지 한 달도 채 되지 않았는데 말이다.

　　　　　　　　　　첫사랑

"오! 그렇군요. 당신은 어른이네요."

그녀는 내 손가락을 가볍게 톡톡 건드렸다.

"손을 똑바로 해요!" 그러고 나서 그녀는 열중해서 부지런히 털실을 감았다.

나는 그녀가 눈을 들지 않는 틈을 타서 그녀를 찬찬히 살펴보기 시작했다. 처음에는 슬쩍슬쩍 곁눈질했지만, 점점 더 대담해졌다. 그녀의 얼굴은 어제보다 더 아름다워 보였다. 얼굴의 어디를 보아도 여리여리하고 총명해 보였으며 귀염성 있었다. 그녀는 흰 커튼이 쳐진 창을 등지고 앉았다. 커튼을 뚫고 들어오는 햇살이 그녀의 부드러운 금빛 머리칼과 깨끗한 목덜미, 비스듬히 기울어진 어깨, 그리고 부드럽고 고요한 가슴에 잔잔한 빛을 비추었다. 그렇게 그녀를 바라보는 동안에 그녀가 내게 얼마나 소중하고 가까운 존재로 느껴지던지! 나는 그녀를 아주 오래전부터 알고 있었고, 그녀를 알기 전의 나는 마치 아무것도 모르고 살아있지도 않았던 것처럼 느껴졌다… 그녀는 다 낡은 짙은 빛깔의 원피스에 앞치마를 두르고 있었다. 나는 그 옷과 앞치마의 한 자락 한 자락을 기쁜 마음으로 어루만질 수 있을 것만 같았다. 원피스 밑으로 구두코가 빼꼼 나와 있었다. 나는 경건한 마음으로 그 구두에 절을 하고 싶은 마음마저 들었다… '이렇게 나는 그녀 앞에 앉아 있다.' 나는 생각했다. '이 아가씨랑 아는 사이가 되었구나… 아아, 행복하다!' 나는 환희에 차서 하마터면 의자에서 벌떡 일어설 뻔했으나, 마치 단 것을 입에 넣은 아이처럼 그저 두 발을 살짝 흔들 뿐이었다.

나는 물 만난 고기처럼 기분이 좋았다. 평생토록 이 방에서 나가지도 않고 이 장소를 떠나지도 않을 수 있을 것만 같았다.

그녀의 눈꺼풀이 살며시 위로 올라갔다. 그녀의 반짝반짝한 두 눈은 또다시 내 앞에서 상냥하게 빛났다. 그리고 그녀는 다시 미소를 머금었다.

"어쩜 나를 그렇게나 쳐다보시는지요." 그녀는 느릿느릿 말하더니, 손가락을 세워 나를 위협하는 시늉을 했다.

내 얼굴은 벌겋게 달아올랐다… '그녀는 다 알고 있구나. 다 보고 있는 거야.' 이런 생각이 머릿속을 스쳤다. '그래, 모를 리가 없어, 보지 못할 리가 없지!'

갑자기 옆방에서 무언가 쿵쿵거렸다. 군도가 쩔겅 대는 소리가 울려 퍼졌다.

"지나!" 공작부인이 응접실에서 외쳤다. "벨로브조로프 씨가 너한테 새끼고양이를 가져왔구나."

"새끼고양이라고!" 지나이다는 소리치며 의자에서 벌떡 일어서더니 털실 뭉치를 내 무릎에 홱 던지고 뛰쳐나갔다.

나도 따라 일어났다. 털실 뭉치와 실타래를 창턱에 얹어두고 응접실로 나오다가 나는 깜짝 놀라 우뚝 멈추어 서고 말았다. 방 한가운데는 줄무늬 새끼고양이 한 마리가 네 발을 쭉 뻗은 채로 벌렁 누워 있었다. 지나이다는 그 앞에 무릎을 꿇고 앉아 조심조심 고양이 얼굴을 들어올렸다. 공작부인 옆에는 불그스름한 얼굴에 눈알이 툭 튀어나오고 곱슬곱슬한 금발을 한 젊은 경기병이 창문과 창문 사이의 벽을 거의 다 차지하다시피 하고 서 있었다.

"아, 귀여워라!" 지나이다가 되풀이해서 말했다. "눈이 회색이 아니고 초록색이네. 귀는 이리 크고 말이야. 빅토르 예고르이치, 고마워요! 친절하기도 하시지요."

첫사랑

나는 그 경기병이 내가 어제 본 청년 중 하나라는 것을 알아보았다. 그는 씩 웃으며 머리 숙여 인사했다. 그러자 발꿈치의 박차가 짤깍거렸고 칼자루에서 쩔렁 소리가 났다.

"어제 귀가 커다란 줄무늬 고양이가 갖고 싶다고 하셨지 않습니까… 그래서 데려왔습니다. 당신의 말이 곧 법이니까요." 그리고는 다시 머리를 꾸벅 숙였다.

새끼고양이는 맥없이 야옹 하고 울면서 바닥에 대고 킁킁거리기 시작했다.

"배가 고픈가 봐요!" 지나이다가 소리쳤다. "보니파티! 소냐! 우유 좀 가져와."

색이 바른 스카프를 동여매고 누런 옷을 입은 하녀가 우유를 담은 접시를 들고 와서 고양이 앞에 내려놓았다. 고양이는 움찔하더니 눈을 살짝만 뜬 채로 꼴깍꼴깍 우유를 마시기 시작했다.

"어쩜 혓바닥이 분홍색이야!" 지나이다가 마룻바닥에 머리를 바짝 대고 고양이의 코끝을 옆으로 들여다보면서 말했다.

고양이는 배불리 먹었는지, 새침을 떨며 앞발로 바닥을 꾹꾹 누르면서 갸르릉갸르릉 거렸다. 지나이다는 일어서서 하녀를 돌아보며 무심히 말했다.

"고양이를 데리고 나가."

"새끼고양이를 가져왔으니, 그럼 당신의 한 손을." 경기병이 헤벌쭉 웃고는 새 군복이 꽉 끼는 다부진 몸을 홱 젖히면서 말했다.

"두 손에 다." 지나이다가 대꾸하며 그에게 두 손을 내밀었다. 경기병이 그녀의 손에 입 맞추는 동안 그녀는 그의 어깨 너머로 나를 바라보았다.

나는 그 자리에 꼼짝 않고 서 있었다. 웃어야 할지, 뭐라고 말을 해야 할지, 아니면 그냥 잠자코 있어야 할지 도무지 알 수가 없었다. 열려 있던 현관문으로 갑자기 우리 집 하인 표도르의 모습이 보였다. 그는 내게 손짓을 했다. 나는 기계적으로 그에게 걸어갔다.

"무슨 일이야?" 내가 물었다.

"어머님께서 찾으십니다." 그는 속삭이며 말했다. "답을 듣고 빨리 돌아오지 않는다고 화내고 계셔요."

"내가 여기 그렇게 오래 있었나?"

"한 시간도 넘었습니다."

"한 시간도 넘었다고!" 나도 모르게 그의 말을 되풀이했다. 나는 응접실로 돌아가서 머리 숙여 인사를 하고 뒷걸음질 쳐서 방을 나가려고 했다.

"어디 가세요?" 공작의 딸이 경기병 뒤에서 나를 바라보며 물었다.

"이만 집에 가봐야 합니다. 그럼 그렇게 전하도록 하겠습니다." 나는 노부인을 바라보며 덧붙였다. "부인께서 오후 한 시 경에 저희 집으로 오신다고요."

"그렇게 전해 주세요, 도련님."

공작부인은 부랴부랴 담뱃갑을 꺼내서 어찌나 요란스럽게 담배를 들이키는지 나는 몸서리를 칠 지경이었다.

"그럼 그렇게 전해 주세요." 그녀는 글썽거리는 눈을 깜빡이며 앓는 소리로 다시 반복했다.

나는 한 번 더 인사하고 뒤돌아서 방을 나왔다. 누군가의 시선이 자신을 좇고 있다는 것을 알았을 때, 나이 어린 사람들이 흔히 경험하곤 하는 어색한 기분이 등 뒤에서부터 느껴졌다.

"이봐요, 무슈 볼데마르, 또 놀러 오세요." 지나이다가 소리치고는 다시 웃어대기 시작했다.

'저 여자는 왜 내내 웃기만 하는 걸까?' 잠자코 시큰둥하게 뒤따르는 표도르와 함께 집으로 돌아오면서 나는 생각했다. 어머니는 나를 꾸짖으셨고 공작부인의 집에서 대체 무얼 하느라 그리 오래도록 있었는지 몹시 의아해하셨다. 나는 아무 대답도 하지 않고서 방으로 돌아와 버렸다. 갑자기 몹시 서글퍼졌다… 나는 울음을 꾹 참느라고 애를 썼다… 그 경기병에게 질투가 났다.

5.

공작부인은 약속한 대로 어머니를 찾아왔다. 그러나 어머니는 공작부인을 탐탁지 않아 했다. 나는 그 자리에 없었지만, 식사 때 어머니가 아버지에게 말씀하시는 걸 들었다. 그 자세킨이나 공작부인은 몹시 저급한 여자인 것 같으며, 세르게이 공작에게 알선해 달라고 어머니에게 끈덕지게 매달리고 애원했다고 했다. 그리고 무슨 소송이나 자질구레한 금전 관계에 관련된 일들에 끝도 없이 얽혀 있는 것으로 보아, 어마어마한 사기꾼임이 틀림없다는 것이었다. 그럼에도 어머니는 공작부인과 그녀의 딸을 내일 점심 식사에 초대했다고 덧붙였다. ('그녀의 딸'이란 말을 듣자 나는 접시에 코를 박을 듯이 고개를 푹 숙였다.) 좌우지간에 그녀는 이웃이고 이름 있는 가문이라는 것이었다. 어머니의 말을 들은 아버지는 그 부인이 누군지 이제야 생각난다고 했다. 아버지는 젊은 시절에 이미 고인이 된 자세킨 공작과 아는 사이였다. 그는 훌륭한 교육을 받았으나, 허황되고 하찮은 인간이었다. 파리에 오래 살았기 때문에 사교계에서는 '파리지앵'으로 통했다. 그는 엄청난 부자였지만 도박으로 전 재산을 탕진했다. 어떤 이유에서인지 정확히는 모르나, 아마도 돈 때문에 어떤 하급관리의 딸과 결

첫사랑

혼했다고 했다. "하기야 더 나은 여자를 고를 수도 있었을 텐데 말이야."라고 아버지는 덧붙이며 싸늘하게 미소 지었다. 결혼 후에는 투기에 손을 댔다가 완전히 파산하고 말았던 것이다.

"돈 빌려 달라고나 안 하면 좋겠네." 어머니가 말했다.

"그럴 가능성이 크지." 아버지는 조용하게 말했다. "그 여자가 프랑스 말을 하던가?"

"형편없던데요."

"흠, 하기야 무슨 상관이겠어. 당신이 그 집 딸도 불렀다고 했지. 그 딸이 상당히 예쁘고 교양 있는 아가씨라고들 하더군."

"그래요? 자기 어머니를 안 닮은 모양이네요."

"아버지도 안 닮았겠지." 아버지가 대꾸했다. "그 사람도 교육을 받긴 했지만 좀 모자란 구석이 있었지."

어머니는 한숨을 푹 내쉬더니 생각에 잠겼다. 아버지는 입을 다물었다. 이런 말이 오가는 내내 나는 몹시 거북했다.

식사를 마친 후 총은 놔두고서 정원으로 나갔다. '자세킨의 집 정원'에는 가지 않겠다고 다짐했지만, 거부할 수 없는 힘에 이끌려 그쪽으로 다가갔다. 그것은 괜한 일이 아니었다. 담장에 채 가까이 가기도 전에 지나이다를 발견했던 것이다. 이번에 그녀는 혼자였다. 그녀는 두 손으로 책을 든 채 오솔길을 천천히 걷고 있었다. 그녀는 나를 보지 못했다.

나는 그냥 지나칠까 하다가 불현듯 마음을 고쳐먹고 헛기침을 했다.

그녀는 돌아보았지만 걸음을 멈추지는 않았다. 둥그런 밀짚모자에 달린 커다란 하늘색 리본을 한 손으로 쓸어 올리면서 나를 보고 생긋 웃어 보이더니, 다시 책으로 눈길을 돌렸다.

나는 모자를 벗어들고 서서 잠시 머뭇거리다가 무거운 마음으로 발걸음을 돌렸다. '나는 그녀에게 무어란 말인가?' 나는 (왜인지 모르겠지만) 프랑스어로 생각했다.

익숙한 발소리가 뒤에서 들려왔다. 주위를 돌아보니 아버지가 특유의 빠르고 가벼운 걸음걸이로 나를 향해 걸어오고 계셨다.

"저 아가씨가 공작의 딸이냐?" 아버지가 물었다.

"네."

"너는 저 아가씨를 알고 있었구나?"

"오늘 아침에 공작부인 댁에서 만났어요." 아버지는 멈춰 섰다가 뒤꿈치로 몸을 휙 돌리더니 왔던 길로 되돌아갔다. 지나이다와 나란히 선 아버지는 정중하게 인사를 건넸다. 그녀도 아버지에게 인사를 했는데, 적잖이 당혹스러운 기색으로 책을 든 손을 아래로 툭 떨구었다. 나는 그녀의 시선이 아버지의 뒤를 쫓는 것을 보았다. 아버지는 항상 우아하고 독특하며 심플하게 옷을 입으셨다. 그러나 아버지의 모습이 이토록 멋있게 보인 적이 없었다. 그 회색 중절모가 숱이 거의 빠지지 않은 굽슬굽슬한 머리 위에 지금처럼 멋있게 얹혀 있는 걸 본 적이 없었다.

나는 지나이다 쪽으로 가려고 했지만, 그녀는 내게 눈길조차 주지 않고 다시 책을 들어 올리더니 가 버렸다.

6.

저녁 내내 그리고 이튿날 아침까지도 나는 어쩐지 우울한 기분에 빠져 마비가 된 것만 같았다. 공부라도 할 요량으로 카이다노프의 책을 들추어보았지만, 이 유명한 교과서에 띄엄띄엄 글자가 쓰여 있는 여러 줄과 책장들이 공연히 눈앞에 아른거릴 뿐이었다. 지금도 생생히 기억난다. '율리우스 카이사르는 군인으로서 용맹함이 뛰어난 사람이었다.' 나는 이 구절을 열 번이나 읽고 또 읽었지만, 아무것도 이해하지 못하고 책을 내던져 버렸다. 점심 식사 전에 나는 다시 포마드를 바르고 프록코트를 입고 넥타이를 맸다.

"어쩐 일이냐?" 어머니가 물었다. "넌 아직 대학생도 아니고, 시험에 합격할지 어떨지도 모르잖아. 재킷을 맞춰 준 지 얼마 안 됐잖아? 벌써 그걸 내던질 작정이냐?"

"손님들이 오잖아요." 나는 절망적으로 거의 속삭이듯 말했다.

"헛소리를 하는구나! 그게 무슨 손님이라고!"

어머니 말에 따를 수밖에 없었다. 나는 프록코트를 재킷으로 갈아입었지만, 넥타이는 풀지 않았다. 공작부인과 딸은 식사하기 삼십 분 전에 나타났다. 노부인은 지난번에도 입고 있던 녹색 드레스

위에 노란색 숄을 걸치고 새빨간 리본이 달린 구닥다리 모자를 쓰고 있었다. 그녀는 곧장 어음 얘기를 꺼내더니 한숨을 푹푹 쉬어대고 가난한 처지를 호소하며 '징징댔지만', 어려워하는 기색이라고는 조금도 없었다. 집에서 하던 대로 쿵쿵대며 요란하게 담배를 빨아 들였고, 의자에 앉아서 정신없이 허둥거리며 몸을 들썩들썩 움직였다. 자신이 공작부인이라는 생각이 아예 없는 것 같았다. 그 대신 지나이다는 거의 불손하게 느껴질 정도로 몹시 단호하게 행동했다. 그야말로 공작의 딸 다웠다. 그녀의 얼굴에서는 차가운 무표정과 엄숙함이 사라질 줄 몰랐고, 나는 그녀를 알아볼 수 없었다. 그녀의 시선도, 그녀의 미소도 낯설었지만, 그 새로운 모습 속에서조차 그녀는 내게 아름답게 보였다. 그녀는 여리여리한 하늘빛으로 덩굴무늬가 새겨진 얄팍한 실크 드레스를 입고 있었다. 영국식으로 길게 땋은 굽슬굽슬한 머리는 양쪽 볼 옆으로 내려뜨렸다. 머리모양은 그녀의 차가운 표정과 잘 어울렸다. 식사하는 동안 아버지는 그녀 옆에 앉아서 특유의 세련되고 침착한 태도로 그녀를 대접했다. 그러면서 한 번씩 그녀를 힐끗힐끗 쳐다보았고, 그녀도 이따금 아버지를 바라보았다. 그 눈길은 아주 이상했고 적의를 품은 것같이 느껴질 정도였다. 두 사람은 프랑스어로 대화를 했다. 지나이다의 발음이 몹시 명료해서 놀랐던 기억이 난다. 공작부인은 식사 중에도 여전히 거리낄 것 없이 넙죽넙죽 받아먹으면서 음식이 맛있다고 칭찬을 했다. 어머니는 공작부인에게 진저리가 난 것 같았고 어쩐지 시무룩하고 멸시에 찬 투로 그녀에게 대꾸했다. 아버지는 가끔 보일락 말락 할 정도로 미간을 찌푸렸다. 지나이다 역시 어머니 마음에 들지 않았다.

"거만한 것 같으니라고." 다음 날 어머니가 말했다. "생각해 봐요, 제가 봐줄 게 뭐 있다고. 그리제트[1] 같은 얼굴을 하고서는!"

"당신은 이런 여자를 본 적이 없잖소." 아버지가 핀잔을 주었다.

"그러니 다행이죠!"

"물론 다행이겠지… 그런데 본 적조차 없으면서 어떻게 당신은 그리제트 같다느니 어쩌니 하고 말할 수가 있는 거지?"

지나이다는 나를 조금도 신경 쓰지 않았다. 식사를 마치자 공작부인은 곧바로 작별 인사를 했다.

"두 분께서 선처해 주시리라 믿어요, 마리야 니콜라예브나, 그리고 표트르 바실리치." 그녀는 말끝을 늘이며 어머니와 아버지에게 말했다. "어쩌겠어요! 좋은 시절이 다 지나버린 것을. 나도 공작부인이긴 하지만." 그녀는 불쾌하게 미소 지으며 덧붙였다. "입에 풀칠할 것도 없는 처지에 명예가 다 무슨 소용인가요."

아버지는 공손히 인사하고 그녀를 현관문까지 배웅했다. 나는 짤막한 재킷을 입은 채로 꼭 사형 선고를 받은 사람처럼 우두커니 서서 마룻바닥만 뚫어지게 보았다. 나를 대하던 지나이다의 태도 때문에 숨이 턱 막혔다. 그런데 내 옆을 지나던 그녀가 전처럼 상냥한 눈짓을 하며 재빠르게 속삭였을 때 나는 어찌나 놀랐던지. "여덟 시에 우리 집으로 와요. 알겠죠, 꼭이요…."

나는 그저 두 손을 벌려 보일 뿐이었다. 그녀는 새하얀 스카프를 머리에 쓰더니 벌써 총총 사라졌다.

---

1 바람기 있고 행실이 바르지 못한 프랑스 하류 계층의 직업여성을 가리킨다.

7.

프록코트를 입고 머리를 힘껏 치켜올린 나는 여덟 시 정각에 공작부인이 사는 곁채의 현관에 들어섰다. 늙은 하인이 멀뚱하게 나를 바라보더니 마지못해 엉거주춤 일어났다. 응접실에서는 시끌벅적한 소리가 들려왔다. 나는 문을 열어보고 깜짝 놀라 슬그머니 뒤로 물러섰다. 방 한가운데에 놓여 있는 의자 위에 공작부인의 딸이 남자 모자를 든 채로 서 있고, 다섯 명의 사내들이 빙그르르 의자를 둘러싸고 있었다. 그들은 모자를 잡으려고 힘껏 손을 뻗었지만, 그녀는 모자를 더 높이 치켜들고는 획획 흔들어 댔다. 나를 발견하자 그녀는 소리쳤다.

"잠깐만요, 잠깐! 새로운 손님이 오셨으니, 저 사람한테도 표를 줘야죠." 의자에서 사뿐히 뛰어내린 그녀는 내 프록코트의 소맷자락을 붙잡으며 말했다.

"이리로 오세요. 왜 그렇게 멀뚱히 서 있어요? 여러분, 소개합니다. 우리 옆집 아드님인 무슈 볼데마르예요. 그리고 이분은…." 그녀는 손님들을 차례차례 가리키며 나에게 말했다. "말레프스키 백작, 의사 선생인 루쉰, 시인인 마이다노프, 예비역 대위인 니르마츠키, 그리고 경기병인 벨로브조로프, 이분은 전에도 본 적 있죠. 다들 사이좋게 지내세요."

나는 몹시 당황한 나머지 누구에게도 제대로 인사하지 못했다. 루쉰이라는 사람은 정원에서 나를 톡톡히 망신시켰던 바로 그 거무튀튀한 남자임을 알아차렸지만, 나머지 사람들은 모두 초면이었다.

"백작님!" 지나이다가 말했다. "무슈 볼데마르한테도 표를 만들어줘요."

"그건 불공평하지요." 백작은 폴란드 억양이 배어 있는 말투로 반대했다. 그는 매우 세련되고 멋진 옷차림을 하고 있었고, 새카만 머리, 표정이 풍부한 갈색 눈, 희고 좁다란 코를 가졌으며, 자그마한 입 위에는 가느다란 콧수염을 기른 사내였다. "이분은 우리와 함께 내기를 하지 않았으니까요."

"불공평하고말고." 벨로브조로프와 예비역 대위라는 신사가 잇따라 말했다. 마흔 살쯤으로 보이는 이 남자는 까뭇까뭇한 주근깨가 다닥다닥 박힌 얼굴과 흑인같이 곱슬곱슬한 머리에 등은 굽고 다리마저 휘었는데, 견장도 없는 군인 정복을 앞섶을 다 풀어 헤친 채로 걸치고 있었다.

"표를 써주라고 했잖아요." 공작의 딸이 다시 말했다. "내 말을 안 듣겠다는 건가요? 무슈 볼데마르는 우리랑 처음 놀게 된 거니까 오늘 이분한테는 그 규칙을 적용할 수 없어요. 불평 그만하고 어서 만들어 줘요. 내가 그걸 원해요."

백작은 어깨를 으쓱했지만, 공손히 머리를 숙이더니 반지를 여러 개 낀 흰 손으로 펜을 집어 들고 종잇조각을 쭉 찢어서 그 위에 이름을 써넣기 시작했다.

"그렇다면 볼데마르 씨에게 전후 사정만이라도 좀 설명해야겠군요." 루쉰이 비아냥거리는 투로 입을 열었다. "그렇지 않으면 이분이 몹시 당황스러울 테니까요. 이보시오, 젊은이, 우리는 내기를 하고 있었소. 이 집 아가씨가 벌칙을 받게 되었는데, 행운의 표를 뽑는 사람이 이 아가씨 손에 입맞춤할 권리를 얻게 되지요. 내 말 알아들었소?"

나는 그를 힐끗 쳐다보았을 뿐, 여전히 얼빠진 사람처럼 서 있었다. 지나이다는 다시 의자 위로 풀쩍 뛰어 올라가서 아까처럼 모자를 흔들기 시작했다. 모두가 모자에 손을 뻗었고, 나도 그들이 하는 대로 따라했다.

"마이다노프 씨." 그녀는 기다란 검은 머리를 하고 야윈 얼굴과 잘 보일 것 같지도 않은 단춧구멍 만한 눈을 가진 멀대 같은 청년에게 말했다. "당신은 시인이니까 너그러운 마음을 가져야 해요. 당신의 표를 무슈 볼데마르에게 양보하세요. 그러면 그는 두 번의 기회를 갖게 될 테니까요."

그러나 마이다노프는 이를 거부하듯이 고개를 가로저었고, 그의 머리채가 너풀너풀했다. 나는 맨 마지막 순서에 모자 속에 손을 넣어 표 한 장을 집어 펼쳐 보았다… 아아! 종잇조각에서 '키스!'라는 두 글자를 보았을 때의 그 기분이란!

"키스!" 나는 얼떨결에 소리쳤다.

"브라보! 이분이 뽑았어요." 공작의 딸이 말을 이었다. "정말 기쁘네요!" 그녀가 의자에서 내려오더니 맑고 달콤한 눈길로 내 눈을 빤히 들여다보는 바람에, 내 심장은 쿵쾅대며 요동쳤다. "당신도 기쁘죠?" 그녀는 내게 물었다.

"저… 말입니까?" 나는 웅얼거렸다.

"그 표를 나한테 파시오." 별안간 벨로브조로프가 내 귓전에 대고 경박하게 말했다. "100루블 주겠소."

내가 분노에 찬 눈초리로 경기병에게 응수하자, 지나이다가 손뼉을 짝짝 쳤고 루쉰은 소리쳤다. "잘했소!"

"그렇지만." 그가 말을 이었다. "나는 진행자로서 모든 것이 규칙대로 시행되도록 감독할 책임이 있소. 무슈 볼데마르, 한쪽 무릎을 꿇으시오. 우리는 원래 그렇게 한다오."

지나이다가 내 앞에 섰고, 나를 더 주의 깊게 보려는 듯이 고개를 옆으로 살짝 기울이더니 거드름을 피우면서 한 손을 내밀었다. 눈앞이 캄캄해졌다. 나는 한쪽 무릎을 꿇고 앉으려 했지만, 양쪽 무릎을 털썩 꿇어 버렸다. 지나이다의 손가락에 서툴게 입술을 갖다 대다가 그녀의 손톱에 코끝이 살짝 긁히고 말았다.

"좋습니다!" 루쉰이 외치더니 나를 일으켜 세웠다.

내기는 계속되었다. 지나이다는 나를 자기 옆에 앉게 했다. 그녀는 얼마나 많은 내기를 생각해 내던지! 한번은 그녀가 '조각상'이 되어 보여야 했다. 그녀는 조각상을 놓아둘 받침대로 못생긴 니르마츠키를 선택한 다음에 그에게 엎드려서 얼굴을 가슴에 틀어박고 있으라고 명령했다. 요란한 웃음소리가 한동안 그칠 줄을 몰랐다. 교양 있는 귀족 집안에서 엄격한 교육을 받으며 외롭게 자란 소년인 나는 이렇게 떠들썩한 야단법석, 격식 없고 난폭하기까지 한 흥 오른 분위기, 모르는 사람들과의 전에 없던 교제로 인해 머리가 핑핑 도는 것 같았다. 나는 술 취한 사람처럼 한껏 도취되었다. 나는 다른 사람들보다 더 요란하게 웃고 더 크게 떠들기 시작했다. 무언가를 의논할 작정으로 이베르스키 성문 근방에서 불러온 관리와 옆방에서 이야기를 나누던 늙은 공작부인까지도 나를 보러 나왔을 정도였다. 하지만 나는 너무나 행복해서 아무리 누가 나를 비웃고 내게 따가운 눈총을 보내도 전혀 개의치 않았다. 지나이다는 계속해서 나를 각별히 대하면서 자기 곁에서 떠나지 못하게 잡아 두었다. 어떤 벌칙을 받게 되었을 때 나는 그녀와 함께 비단 숄을 뒤집어쓴 채로 딱 붙어 앉게 되었다. 그녀에게 내 비밀을 고백해야만 했다. 향긋하고 어렴풋한 짙은 안개가 홀연 우리 두 사람의 머리를 뒤덮었던 기억이 지금도 생생하다. 안개 속에서 그녀의 두 눈이 바로 코앞에서 부드럽게 반짝였고, 살짝 벌어진 입술은 뜨거운 입김을 내뿜었으며 흰 이가 드러나 보였다. 그리고 그녀의 머리칼은 나를 간질이며 화끈거리게 했다. 나는 잠자코 있었다. 그녀는 알쏭달쏭하고 장난스러운 미소를 지으며 마침내 내게 속삭였다. "자, 그럼?" 그 말에 나는 얼굴이 벌겋게 달아올라서 웃기만 할 뿐이었다. 옆으로 몸을 돌리고 나서야 간신히 깊게 숨을 내쉬었다. 우리는 내기에 싫증이 났다. 줄넘기 놀이가 시작되었다. 아아! 넋 놓고 서 있다가 지나이다에게 찰싹 손가락을 얻어맞았을 때 느꼈던 환희! 그다음부터 나는 일부러 멍하니 서 있는 척했지만, 그녀는 내 마음만 졸이게 할 뿐 손은 건드리지도 않았다!

그 후로도 저녁 내내 우리는 얼마나 많은 장난을 했던지! 피아노를 치고, 노래 부르고, 춤을 추다가 집시들 흉내를 내기도 했다. 니르마츠키에게 곰 분장을 시키고 소금물까지 먹였다. 말레프스키 백작은 여러 가지 카드 마술을 선보였고, 그 카드들을 전부 뒤섞더니 휘스트의 으뜸 패를 몽땅 자기 앞으로 오게 했다. 이에 대해 루쉰은 '그에게 찬사를 보내는 영광'을 가졌다. 마이다노프는 자기가 지은 서사시 「살인자」(낭만주의의 절정기에 일어났던 일이다.)의 일부를 낭독했다. 그는 이 작품을 검은 표지에 붉은 글자를 박은 책으로 출판할 생각이었다. 또 우리는 이베르스키 성문 근방에서 온 관리가 무릎에 올려둔 모자를 훔쳐다가, 모자를 돌려준다는 조건으로 카자크 춤을 추라고 시켰다. 보니파티 영감에게 여성용 모자를 씌우기도 하고, 공작의 딸은 남자 모자를 뒤집어쓰기도 했다. 우리가 친 장난들은 일일이 다 열거할 수도 없을 정도이다. 다만 벨로브조로프만은 내내 성이 나서 잔뜩 찡그린 얼굴로 구석에 틀어박혀 꿈쩍도 하지 않았다. 이따금 눈은 벌겋게 충혈되고 온몸이 붉게 달아오르는 것이, 당장이라도 우리 모두에서 달려들어 모두를 나뭇조각처럼 사방팔방으로 내던질 것 같은 기세였다. 그러다가도 공작의 딸이 그를 노려보면서 손가락을 세워 획획 위협하는 시늉을 하면, 그는 다시 움츠러들어 구석으로 기어들었다.

마침내 우리는 기진맥진해졌다. 공작부인 스스로 말했듯이, 그녀는 몹시 활발한 성격이라 아무리 와자지껄 떠들어 대도 아랑곳하지 않았다. 그래도 그녀는 피곤했는지 좀 쉬어야겠다고 했다. 밤 11시가 지나서 밤참이 나왔다. 오래돼서 퍼석퍼석해진 치즈와 햄을 넣은 다 식어 빠진 피로그[2]였지만, 내게는 여태까지 먹어본 피로그 중에서 제일 맛있는 것처럼 느껴졌다. 와인은 딱 한 병 나왔는데, 그마저도 좀 이상했다. 거무죽죽한 빛깔의 술병은 병목이 불룩 부풀

2　러시아식 만두.

42

어 올랐으며, 그 속에 든 술은 장밋빛 물감처럼 보였다. 어쨌거나 그걸 마신 사람은 아무도 없었다. 나는 녹초가 되어 정신이 몽롱할 정도로 행복에 젖은 채로 곁채를 빠져나왔다. 헤어질 때 지나이다는 내 손을 꼭 붙잡았고 다시금 알쏭달쏭한 미소를 지었다.

무겁고 축축한 밤공기가 상기된 내 얼굴을 스쳤다. 뇌우가 한바탕 쏟아질 듯한 날씨였다. 시커먼 먹구름이 피어나서 연기처럼 변하더니 순식간에 하늘을 뒤덮었다. 한 줄기 바람이 불안스럽게 휭휭 소리를 내며 어두컴컴한 나무들 사이를 지났고, 저 멀리 지평선 너머 어딘가에서 잔뜩 성난 천둥이 마치 혼잣말하듯 으르렁대는 소리가 웅웅거렸다.

나는 뒷문을 통과해 내 방으로 들어갔다. 내 시중을 드는 하인이 바닥에 누워 자고 있었으므로 그를 넘어서 지나가야만 했다. 하인이 깨어나서 나를 보더니, 어머니가 또 화나 가서 나를 데리고 오라고 사람을 보내려는 것을 아버지가 말리셨다고 전했다. (여태껏 나는 어머니께 밤 인사를 드리지 않고, 또 축복을 받지 않고서 잠자리에 든 적이 한 번도 없었다.) 그래도 어쩔 수 없었다!

나는 하인에게 알아서 옷을 갈아입고 자리에 들겠다고 말한 후 촛불을 껐다. 그러나 나는 옷을 갈아입지도 않았고 눕지도 않았다.

나는 의자에 걸터앉아 마법에라도 걸린 것처럼 오랫동안 멍하니 있었다. 내가 느꼈던 것은 너무나 새롭고 또 달콤한 것이었다… 나는 방 안을 한 번 둘러본 뒤, 꼼짝하지 않고 앉아서 천천히 숨을 내쉬었다. 방금 있었던 일들을 떠올리며 가만히 미소지었다. 내가 다름 아닌 그녀를 사랑하게 되었으며, 이것이야말로 진짜 사랑이라는 생각이 들자 가슴이 선뜩해졌다. 지나이다의 얼굴은 어둠 속에서 내 앞에 조용히 떠다녔다. 사라지지 않고 계속해서 떠다녔다. 그녀의 입술은 여전히 알쏭달쏭한 미소를 짓고 있었고, 눈은 약간 비스듬히 나를 바라보며 질문하듯, 생각에 잠긴 듯, 상냥한 눈길을 보내고 있었다… 그녀와 헤어지던 순간에 보았던 것과 꼭 같은 눈길이었다. 드디어 나는 일어서서 침대를 향해 까치발로 사뿐사뿐 걸음을 옮겼고, 옷도 갈아입지 않은 채 살며시 베개에 머리를 뉘였다. 조심성 없이 움직였다가 내 마음을 가득 채운 감정이 달아날까 봐 두렵기라도 한 듯이….

나는 자리에 누웠지만 눈조차 감지 않았다. 얼마 지나지 않아 어떤 희미한 빛줄기가 계속해서 내 방으로 비쳐 들어오고 있다는 것을 알아차렸다. 나는 몸을 일으켜 창을 바라보았다. 신비스럽고 어렴풋하게 하얘진 유리창 위로 창살이 뚜렷이 도드라져 보였다. '뇌우구나.' 나는 생각했다. 분명 뇌우이긴 했지만, 아주 멀리에서 치는 것이어서 천둥소리도 들리지 않았다. 무수히 뻗은 가지같이 기다랗고 희미한 번개만이 하늘에서 쉴 새 없이 번쩍거렸을 뿐이다. 그것은 번쩍거린다기보다는 마치 죽어가는 새의 날개가 파닥거리다 바르르 경련을 일으키는 것과 비슷했다. 나는 침대에서 일어나 창가로 다가가서 아침이 될 때까지 그대로 서 있었다… 번개는 잠시도 잦아들지 않았다. 흔히들 말하는 이른바 참새의 밤[3]이었다. 고요한 모래사장, 네스쿠치느이 공원의 어두컴컴한 숲, 저 멀리 떨어진 건물의 누르스름한 정면을 바라보았다. 희미한 번갯불이 번쩍일 때마다 그 건물도 부르르 떠는 것만 같았다… 그 광경에서 눈을 뗄 수가 없었

3 천둥 번개가 치는 짧은 여름밤을 말한다.

다. 이 소리 없는 번갯불과 억제된듯한 섬광은 내 마음속에서 숨죽인 채 불타오르는 비밀스러운 충동에 호응이라도 하는 듯했다. 날이 밝아오고 있었다. 새벽노을에 하늘이 새빨갛게 물들었다. 태양이 서서히 떠오르자 번개는 차츰 약해지고 잠잠해져 갔다. 희미한 섬광마저 뜸해지더니, 마침내는 떠오르는 태양의 선명하고 눈부신 빛 속으로 빠져들어 가 사라지고 말았다….

내 마음속의 격정도 잦아들었다. 피로가 몰려오며 평온함이 느껴졌다… 그러나 내 마음을 점령한 지나이다의 모습은 여전히 맴돌며 사라질 줄을 몰랐다. 다만 그 형상도 이제는 안정을 찾은 듯이 보였다. 마치 늪지의 수풀로부터 날아오르는 백조처럼, 그녀의 형상은 보기 흉한 다른 주변 형체들로부터 뚝 떨어져 나온 것 같았다. 꾸벅꾸벅 잠이 들면서 나는 마지막으로 이별의 정과 신뢰에 찬 경애심을 담아 그녀의 품으로 안겨들었다….

아아, 감동에 젖은 영혼의 온화한 감정, 부드러운 소리, 선량함과 평온함, 첫사랑의 감동에 흠뻑 젖은 기쁨이여! 그대 어디에 있는가, 그대는 어디에?

8.

이튿날 아침 차를 마시러 내려갔을 때 어머니는 나를 꾸짖었다. 하지만 각오하고 있던 것보다는 덜했다. 어머니는 어젯밤에 뭘 했는지 말해 보라고 했다. 나는 자세한 내용은 대부분 다 생략하고, 모든 것이 순진무구하게 보이도록 애쓰면서 짧게 대답했다.

"어쨌거나 그들은 점잖은 사람들이 아니다." 어머니는 말했다. "그러니까 괜히 그런 집에 드나들지 말고 시험 준비나 열심히 해라."

내 학업에 대한 어머니의 걱정은 이런 말 몇 마디가 전부라는 걸 알고 있었으므로 나는 말대꾸할 필요조차 느끼지 못했다. 그러나 차를 다 마시고 난 후 아버지는 내 팔을 붙잡고 함께 공원으로 나와서 내가 자세킨의 집에서 본 것을 모조리 얘기하도록 했다.

아버지는 내게 묘한 영향력을 행사했고, 아버지와 나의 관계역시 이상했다. 아버지는 내 교육에 전혀 관심을 가지지 않았지만, 그렇다고 나를 모욕한 적도 없었다. 그는 내 자유를 존중해주었고, 이렇게 말할 수 있을지 모르지만 내게 정중하기까지 했다… 단지 아버지는 내가 자기 곁에 가까이 다가오지 못하도록 했을 뿐이다. 나는 아버지를 사랑했고, 또 아버지에게 매료되어 있었다. 내 눈에 아버지가 이상적인 남성의 전형으로 보였다. 아아, 나를 밀어내는 아버지의 손길을 끊임없이 느끼지 않았더라면, 나는 아버지에게 몹시 강한 애착을 가졌을 것이다! 그 대신 아버지는 마음이 내킬 때면 순식간에, 한마디로 말해서, 몸짓 하나만으로도 내 가슴속에 무한한 신뢰감을 불러일으킬 수 있었다. 그러면 내 마음의 문은 활짝 열리고, 나는 총명한 친구나 관대한 스승을 만난 것처럼 아버지와 끊임없이 이야기를 나누었다… 그러고 나서 아버지는 갑자기 또 나를 덩그러니 두고 떠나 버렸다. 아버지의 손이 다시 나를 밀어냈다. 부드럽고 상냥하게, 그러나 밀어냈다.

아버지는 이따금 기분이 유쾌해지곤 했는데, 그럴 때면 마치 어린애처럼 나와 함께 떠들고 장난을 쳤다.(아버지는 몸으로 하는 격렬한 운동은 다 좋아했다.) 언젠가 한 번 – 단 한 번뿐이었다! – 아버지가 나를 너무나 부드러운 손길로 쓰다듬어 주어서 하마터면 울음을 터뜨릴 뻔한 적이 있었다… 그러나 그 쾌활함과 부드러움은 흔적도 없이 사라지고, 방금 우리 사이에 일어났던 일은 내게 미래에 대한 아무런 희망도 주지 않았다. 나는 마치 꿈을 꾼 것 같았다. 나는 지적이며 아름답게 빛나는 아버지의 얼굴을 바라보곤 했다… 내 심장은 쿵쾅거리고, 나의 신경은 온통 아버지에게로 집중되었다. 아버지는 내 마음속을 들여다보기라도 하는 듯이, 옆을 지나치며 내 뺨을 쓰다듬고 나서 홀연히 가버리던가, 무슨 일에 집중하던가, 아니면 아버지 특유의 모양새로 갑자기 온몸이 빳빳하게 굳어 버린다. 그러면 나도 즉시 움츠러들어 차갑게 얼어붙고 만다. 어쩌다 한 번씩 내게 보였던 느닷없는 호의는 아버지의 애정을 갈구하는 나의 애원에 대한 응답이 결코 아니었다. 이런 소망은 내가 한 번도 표현한 적은 없지만, 아버지도 분명하게 알아챌 수 있는 것이었다. 그것은 언제나 예기치 못하게 일어났다. 나중에 아버지의 성격에 대해 곰곰이 생각해 보았는데, 나는 아버지가 나나 가정생활에 아무 관심도 없었다는 결론에 도달했다. 아버지는 다른 것을 좋아했고, 그것을 마음껏 즐기고 있던 것이었다. "할 수 있는 것은 스스로 해라. 다른 사람 손에 맡기면 안 돼. 너는 너 자신의 것이어야만 한다. 그게 바로 인생이다." 어느 날 아버지는 이렇게 말했다. 또 언젠가 나는 젊은 민주주의자로서 아버지 앞에서 자유에 대해 논한 적이 있었다. (내 식대로 부르자면, 그날 그는 "착한" 아버지였다. 그런 때는 아버지와 무슨 이야기든지 할 수 있었다.)

"자유라…" 아버지가 되뇌었다. "너는 무엇이 인간을 자유롭게 하는지 알고 있니?"

"뭐죠?"

"의지, 자신의 의지야. 의지는 자유보다도 더 좋은 권력을 주지. 무언가를 원하는 능력을 가져라. 그러면 자유로워지고, 다른 사람에게 명령을 내릴 수도 있게 된다."

아버지는 무엇보다도 살아있는 것처럼 살고 싶어 했다. 그리고 그렇게 살았다… 어쩌면 아버지는 자신이 "인생"을 오랫동안 누릴 수 없다는 걸 예감했는지도 모른다. 아버지는 마흔두 살에 돌아가셨다.

나는 자세킨의 집에 방문했던 것에 대해 아버지에게 자세히 얘기했다. 아버지는 벤치에 앉아 채찍 끝으로 모래 위에 그림을 그리면서 내 얘기를 듣는 둥 마는 둥 했다. 그리고 간간이 웃음을 띠고는, 어쩐지 유쾌하고 익살스러운 표정을 지으며 짤막한 질문을 던지고 대꾸해가며 나를 부추겼다. 처음에 나는 지다이다의 이름을 입 밖에 낼 수조차 없었지만, 도저히 참지 못하고 그녀를 칭찬하기 시작했다. 아버지는 내내 웃고만 있었다. 그러고 나서 아버지는 생각에 잠기더니, 기지개를 켜며 일어섰다.

나는 아버지가 집을 나서면서 말에 안장을 매라고 한 것이 떠올랐다. 아버지는 훌륭한 기수였으므로 래리[4] 씨보다도 훨씬 먼저 가장 사나운 말을 길들일 줄 알았다.

"저도 함께 갈까요, 아빠?" 내가 물었다.

"안 돼." 아버지는 대답했다. 그 얼굴에는 평소처럼 상냥하면서도 무관심한 표정이 떠올랐다. "가고 싶으면 혼자 가거라. 그리고 나는 가지 않을 거라고 마부에게 전해라."

아버지는 내게 등을 돌리더니 재빨리 가 버렸다. 나는 그 뒷모습을 바라보았다. 이윽고 아버지는 대문 밖으로 사라졌다. 나는 아버지의 모자가 담장을 따라 움직이는 것을 보았다. 아버지는 자세킨의 집으로 들어갔다.

아버지는 그 집에 한 시간도 채 머물지 않았다. 그리고 바로 시내로 나갔다가 저녁 무렵이 되어서야 집으로 돌아왔다.

식사를 마친 후 나는 자세킨의 집으로 갔다. 응접실에는 늙은 공작부인이 혼자 앉아 있었다. 그녀는 나를 보더니, 뜨개바늘 끝을 실내모 밑으로 찔러 넣어 머리를 긁적이면서 별안간 진정서 한 통을 정서해 줄 수 없겠느냐고 물었다.

"해드리지요." 나는 대답을 하고 의자 끝에 걸터앉았다.

---

4 John S. Rarey 19세기 유명했던 미국 출신의 말 조련사.

"글자를 좀 큼직큼직하게 써줘요." 공작부인은 너덜너덜해진 종이 한 장을 건네며 말했다. "오늘 중으로 써주실 수 있을까요, 도련님?"

"네, 오늘 써드리지요."

옆방 문이 살짝 열리더니 그 틈새로 지나이다의 얼굴이 보였다. 머리는 아무렇게나 쓸어넘겼고, 얼굴은 창백하고 수심에 잠겨 있었다. 그녀는 크고 차가운 눈으로 나를 바라보더니 조용히 문을 닫았다.

"지나! 얘야, 지나!" 노부인이 불렀다.

지나이다는 대답이 없었다. 나는 노부인의 진정서를 가지고 돌아와 저녁 내내 앉아서 그 종이를 정서했다.

9.

나의 '열정'은 그날부터 시작되었다. 지금도 기억나는데, 그 당시 나는 새로운 직장에 갓 들어간 사람이 느끼게 마련인 감정과 비슷한 기분을 느꼈다. 나는 이미 단순히 어린 소년이 아니라 사랑에 빠진 남자였다. 그날부터 내 열정이 시작되었는데, 덧붙여 내 고통도 바로 그날부터 시작되었다고 할 수 있을 것이다. 지나이다가 없으면 나는 괴로워했고, 머릿속은 텅 비어 버렸으며, 아무 일도 손에 잡히지 않았다. 나는 종일 그녀 생각에만 골몰했다… 고통스러웠다… 그렇다고 그녀 앞에서 내 상태가 더 좋아지는 것도 아니었다. 나는 질투를 했고, 나 자신이 얼마나 보잘것없는지를 의식했으며, 공연히 뾰로통해지거나, 어리석게 굽실거렸다. 그럼에도 저항할 수 없는 힘이 나를 그녀에게로 이끌었고, 나는 매번 무의식중에 행복의 전율을 느끼면서 그녀의 방 문턱을 넘곤 했다. 지나이다는 내가 자신을 사랑하고 있다는 걸 곧 알아차렸고, 나도 숨기려고 하지 않았다. 그녀는 내 열정을 재미있게 생각해서 나를 놀리기도 하고, 응석을 받아주기도 하며, 괴롭히기도 했다. 다른 누군가에게 최고의 기쁨과 깊은 슬픔의 유일한 원천이 되고, 아무런 책임도 지지 않으면서 그를 휘두르는 존재가 된다는 것은 달콤한 일일 것이다. 지나이다의 손안에서 나는 말랑말랑한 밀랍 같은 존재였다. 하지만 그녀에게 반한 것은 나뿐만이 아니었다. 그녀의 집을 드나드는 모든 남자들이 그녀에게 흠뻑 빠져 있었다. 그리고 그녀는 그들 모두를 자기 발밑에 묶어 두었다. 그녀는 그들에게 희망을 안겨주었다가 불안하게 만들었다가 하면서, 자기 변덕에 따라 쥐락펴락하는 것을 재밌어했다. (그녀는 이것을 두고 '서로를 잡아먹으려는 아귀다툼'이라고 불렀다.) 그런데도 그들은 거역할 생각을 하기는커녕 기꺼이 그녀에게 복종했다. 생기 넘치고 아름다운 그녀의 온몸에서는 교활함과 어수룩함, 기교와 단순함, 차분함과 명랑함이 뒤섞여 일종의 특별한 매력이 흘러넘쳤다. 그녀의 모든 말과 행동, 몸짓 하나하나에서는 미묘하고 경쾌한 매력이 넘쳤으며, 모든 것들에서 그녀 특유의 생동하는 힘이 엿보였다. 그녀의 얼굴 역시 쉴새 없이 변화했으며 표정이 풍부했다. 조소, 깊은 상념, 열정이 거의 동시에 그녀의 얼굴에 떠올랐다. 바람이 살랑이는 활짝 갠 날의 구름이 만들어 내는 그림자처럼 몹시 다양한 감정들이 가볍고 빠르게 그녀의 눈과 입술을 스쳐 갔다.

지나이다의 숭배자들 한 사람 한 사람이 모두 그녀에게 필요한 존재였다. 그녀가 "나의 맹수", 혹은 그냥 "내 사람"이라고 부르곤 하는 벨로브조로프는 그녀를 위해서라면 기꺼이 불 속에라도 뛰어들 사람이었다. 그는 지적 능력이나 그 밖의 다른 내세울 만한 조건도 없었으므로, 다른 사내들이 말만 번지르르할 뿐이라고 깎아내리면서 그녀에게 끈질기게 청혼했다. 마이다노프는 그녀 영혼의 시적 감수성에 호소하려 했다. 거의 모든 작가가 그렇듯이 그도 무척 냉정한 사람이었지만, 자신이 그녀를 사모한다는 것을 그녀뿐만 아니라 자기 자신에게도 열렬히 맹세하는 듯했다. 그리고 수없이 많은 시구로 그녀를 찬미하고, 다소 어설프고 감격에 찬 어조로 그것들을 낭독했다. 그녀는 그에게 동감하기도 했고, 짓궂게 놀리기도 했다. 그녀는 그를 별로 신뢰하지 않았으므로, 그의 감정 토로를 지긋지긋하게 듣고 나면 다시 푸시킨의 시를 낭독해 달라고 했다. 그녀의 말을 빌리면, 이는 공기를 정화하기 위해서였다. 루쉰은 빈정거리길 좋아하고 냉소적인 말도 거리낌 없이 해대는 의사 선생이었는데, 누구보다 그녀를 잘 알고 있었다. 그는 그녀가 있으나 없으나 늘 그녀를 비난했지만, 누구보다도 그녀를 사랑하고 있었다. 그녀는 그를 존경하긴 했으나, 그렇다고 봐주는 법은 없었다. 그리고 때때로 그녀는 그가 자신의 손아귀에 있다는 걸 느끼도록 만들면서 심술궂은 쾌감을 맛보곤 했다. "나는 바람둥이예요. 진실한 마음이란 건 내게 없어요. 배우 기질을 타고난 거죠." 언젠가 내가 있는 자리에서 그녀는 그에게 말했다. "좋아요! 당신 손을 내밀어 보세요. 바늘로 그 손을 찔러 드릴 테니. 당신은 이 젊은이한테 부끄러우실 테죠. 그리고 아프시겠죠. 그래도 당신은 정직한 신사니까, 웃으세요." 루쉰은 얼굴을 붉히고 고개를 돌리면서 입술을 지그시 깨물었지만, 결국은 손을 내밀었다. 그녀가 그를 쿡 찌르자, 그는 정말로 웃기 시작했다… 그녀는 바늘을 꽤 깊숙이 찔러넣고는, 공연히 이리저리 흔들리는 그의 눈동자를 들여다보면서 깔깔거렸다.

내가 가장 이해하기 힘들었던 것은 지나이다와 말레프스키 백작의 관계였다. 그는 잘 생기고 능수능란하며 영리한 사내였지만, 열여섯 살인 내 눈에도 어쩐지 수상쩍고 거짓된 구석이 있어 보였다. 나는 지나이다가 이를 알아채지 못하고 있다는 데 놀랐다. 아마도 그녀는 그의 위선을 알고는 있었지만, 그다지 싫어하지 않았던 것 같다. 그릇된 교육, 이상한 교제와 습관, 늘 옆에 붙어 있는 어머니, 집안의 가난과 무질서, 젊은 처녀가 누리는 자유와 주변 사람들보다 우월하다는 의식에서 비롯된 모든 것-이것들이 그녀의 경멸하는 듯 무심하고 거리낌 없는 태도를 만들어 낸 것이었다. 보니파티가 설탕이 다 떨어졌다고 알려도, 어떤 추잡한 소문이 밖으로 새어 나와도, 손님들이 서로 싸우더라도, 즉 어떤 일이 일어나더라도 그녀는 곱슬곱슬한 머리를 절레절레 흔들면서 "시시하군!"이라고만 할 뿐 개의치 않았다.

그 대신, 말레프스키가 여우처럼 교활하게 건들건들 몸을 흔들며 그녀에게 다가가 우아한 태도로 그녀의 의자 뒤에 기대어 선 채로 흐뭇하고 간사한 미소를 지으며 그녀의 귓가에 대고 속삭거릴 때면, 나는 피가 거꾸로 솟는 듯하였다. 그러면 그녀는 팔짱을 끼고 그를 찬찬히 쳐다보면서 미소를 머금고 고개를 흔들었다.

"대체 왜 말레프스키 씨 같은 사람을 집에 들이시는 건가요?" 한번은 내가 그녀에게 물었다.

"그분의 수염이 너무 멋지잖아요." 그녀는 답했다. "하지만 그런 건 당신이 참견할 일이 아니랍니다."

또 언젠가 그녀가 내게 이렇게 말했던 적도 있다. "당신은 내가 그를 사랑하고 있는 게 아닐까 생각하는 거죠? 천만에요. 나는 내가 높은 곳에서 내려다보아야 하는 그런 남자는 사랑할 수가 없어요. 나를 굴복시킬 수 있는 사람을 원해요… 하지만 그런 남자는 만나지 않을 거예요, 다행인 거죠! 나는 누구의 손아귀에도 잡히지 않을 거예요, 절대로!"

"그럼 당신은 아무도 사랑할 수 없겠군요?"

"당신도요? 정말 내가 당신마저도 사랑하지 않을까요?"그녀는 장갑 끝으로 내 코를 톡톡 두드리며 말했다.

그렇다. 지나이다는 나를 마음껏 조롱했다. 삼 주 동안 나는 매일 그녀를 만났는데, 그녀는 내게 온갖 장난질을 했다. 그녀가 우리 집에 놀러 오는 일은 좀처럼 없었지만, 나는 섭섭하게 생각하지 않았다. 우리 집에 오면 그녀는 귀족 아가씨, 그러니까 공작의 딸로 변신했고, 나도 그녀를 피했다. 어머니한테 속내를 들킬까 봐 두려웠던 것이다. 어머니는 지나이다를 몹시 홀대했으며, 적의에 찬 눈으로 우리를 감시하고 있었다. 아버지는 그다지 두렵지 않았다. 아버지는 내게 별 관심이 없어 보였다. 그리고 지나이다와도 별로 대화를 나누지 않았지만, 아버지가 하는 말은 어쩐지 유난히 재치 있고 의미심장한 것 같았다. 나는 공부도 독서도 그만두었다. 심지어 동네를 산책하는 것도, 말을 타고 멀리 나가는 것도 그만두고 말았다. 다리를 붙들어 놓은 딱정벌레처럼 나는 그리운 곁채 주변만 끊임없이 빙빙 맴돌 뿐이었다. 그곳에 영원히 머무를 수도 있을 것 같았다… 하지만 그럴 수도 없는 노릇이었다. 어머니는 투덜투덜 불만을 했고, 또 어쩌다 한 번씩 지나이다가 나를 쫓아 버리기도 했다. 그럴 때면 나는 방문을 잠그고 틀어박혀 있거나, 그렇지 않으면 정원 끝에 자리한 높은 석조 온실의 허물어진 쪽으로 기어올라서 도로를 향해 난 벽에다 발을 늘어뜨린 채 앉아있곤 했다. 아무것도 눈에 들어오지 않는데도 몇 시간이고 꼼짝하지 않고서 앞만 응시하고 있었다. 내 옆에서는 하얀 나비들이 먼지투성이 엉겅퀴 위를 한가로이 팔랑팔랑 날아다니고 있었다. 멀지 않은 곳에 있는 동강 난 붉은 벽돌 위에는 날쌘 참새 한 마리가 끊임없이 온몸으로 부산을 떨고 꼬리를 활짝 펼치며 흥분한 듯이 짹짹거렸다. 아직도 의심을 떨치지 못한 까마귀들은 자작나무의 벗겨진 꼭대기에 높이, 아주 높이 앉아서 드문드문 까악까악 울어 댔다. 태양과 바람은 자작나무의 성긴 나뭇가지들 사이를 조용히 노닐었다. 때때로 돈스키 수도원에서 평온하고 구슬픈 종소리가 들려왔다. 나는 가만히 앉아 앞을 바라보고 귀를 기울인다. 그러면 어떤 이름 모를 감정이 마음속에 차오른다. 그 속에는 우수, 환희, 미래에 대한 예감, 희망과 삶의 공포가 모두 담겨 있다. 그러나 그 당시 나는 이것을 전혀 이해할 수 없었고, 내 안에서 떠돌아다니는 그 어떤 것도 명명할 수 없었다. 혹은 이 모든 것들을 하나의 이름, 즉 지나이다라는 이름으로 부를 수 있었을지도 모르겠다.

하지만 지나이다는 고양이가 쥐를 가지고 놀듯이 나를 다루었다. 어쩌다 그녀가 내게 교태를 부리면 나는 흥분해서 녹아내릴 지경이었고, 때로 그녀가 돌연 나를 밀쳐버리면 나는 감히 그녀 가까이 다가갈 수도 그녀를 쳐다볼 수도 없었다.

그녀가 며칠 내내 나를 몹시 냉랭하게 대했던 일이 지금도 생생하게 떠오른다. 나는 완전히 기가 죽어서 비겁하게 곁채로 뛰어들어가 늙은 공작부인 옆에 붙어 있으려고 했다. 하필 그 시기에 공작부인이 몹시 호통치면서 고래고래 소리를 질러대고 있었음에도 말이다. 어음 관련 사건이 잘못되어 그녀는 벌써 두 번이나 경찰서장에게 진술해야 했던 것이다.

어느 날 나는 낯익은 담을 따라 정원을 거닐다가 지나이다를 보았다. 그녀는 두 손으로 얼굴을 괴고서 꼼짝하지 않고 풀밭에 앉아 있었다. 나는 슬금슬금 자리를 뜨고 싶었지만, 그녀가 불쑥 고개를 들더니 내게 명령하듯이 손짓했다. 나는 그 자리에서 얼어붙어 서 있었다. 처음에 그녀의 손짓을 이해하지 못했기 때문이다. 그녀가 다시 손짓했다. 나는 곧장 담을 훌쩍 뛰어넘었고 기쁜 마음으로 그녀에게 달려갔다. 하지만 그녀는 눈짓으로 나를 제지하더니 그녀에게서 두 발짝 떨어져 있는 오솔길을 가리켰다. 당황해서 어찌할 바를 모르고 나는 길가에 무릎을 꿇고 앉았다. 그녀의 얼굴은 너무나 창백했고, 고통스러운 슬픔과 깊은 피로의 빛이 그녀의 표정 하나하나에 배어나, 내 심장은 죄어들 듯 아팠다. 나는 무심결에 웅얼댔다.

"무슨 일 있나요?"

지나이다는 손을 뻗어 무슨 풀을 쥐어뜯어서 씹어 보더니 멀리 휙 내던졌다.

"당신은 나를 무척 사랑하죠?" 마침내 그녀가 물었다. "그래요?"

나는 아무 대답도 하지 않았다. 사실 내가 대답할 필요가 있었겠는가?

"그래." 그녀는 예전처럼 나를 바라보며 되풀이했다. "그러네요. 똑같은 그 눈이군요." 그녀는 이렇게 덧붙이고 생각에 잠기더니 두 손으로 얼굴을 감쌌다. "다 싫어졌어." 그녀가 속삭였다. "이 세상 끝에라도 가 버렸으면. 견딜 수가 없어. 어떻게 해야 할지… 앞으로 무엇이 날 기다리고 있는 걸까!… 아아, 괴로워… 정말 너무 괴로워!"

"무엇 때문에 그러세요?" 나는 소심하게 물었다.

지나이다는 아무 대답도 없이 어깨를 흠칫할 뿐이었다. 나는 계속 무릎을 꿇고 앉아 비통한 심정으로 그녀를 바라보았다. 그녀의 말 한마디 한마디가 내 심장을 파고들었다. 그 순간 나는 그녀가 슬퍼하지 않을 수만 있다면 기꺼이 내 목숨이라도 바칠 수 있을 것 같았다. 나는 그녀를 바라보았다. 무엇 때문에 그녀가 슬퍼하는지 이해할 수 없었던 나는 그녀가 슬픔을 참지 못하고 갑자기 정원으로 뛰쳐나가 베인 풀처럼 땅으로 쓰러지는 모습을 머릿속에 생생히 그려볼 수 있었다. 주위는 온통 밝고 푸르렀다. 바람은 지나이다의 머리 위에서 때때로 산딸기나무의 긴 가지를 흔들면서 나뭇잎 사이로 살랑 댔다. 어디선가 비둘기가 구구 울었고, 꿀벌은 듬성듬성 난 풀 위를 낮게 날아다니며 붕붕거렸다. 머리를 들면 푸른 하늘이 부드럽게 펼쳐져 있었다. 나는 몹시 슬퍼졌다….

"아무 시나 좀 읊어주세요." 지나이다가 속삭이듯 말하면서 한쪽 팔꿈치에 몸을 기댔다. "당신이 시를 들려주면 참 좋아요. 당신은 노래하듯이 읊지만, 상관없어요. 젊다는 증거니까요. 「그루지야의 언덕에서」를 들려주세요. 일단 앉아 봐요."

나는 앉아서 「그루지야의 언덕에서」를 읽었다.

"사랑하지 않을 수 없다." 지나이다는 이 구절을 되풀이했다. "그래서 시가 좋은 거죠. 시는 이 세상에 없는 걸 들려주니까. 실제보다 더 좋게 말할 뿐 아니라 진실에 더 가까운 것을 들려주잖아요. 사랑하지 않을 수 없다. 사랑하지 않으려 해도 그럴 수가 없는걸요!" 그녀는 다시 조용해지더니 갑자기 벌떡 일어섰다. "가죠. 마이다노프가 어머니와 함께 있어요. 직접 지은 시를 가지고 왔는데, 그냥 두고 나와버렸어요. 지금 그 사람은 슬픔에 빠져 있을 거예요… 어쩌겠어요! 언젠가 당신도 알게 되겠지만… 나한테 화내지만 말아요!"

지나이다는 서둘러 내 손을 꼭 쥐고 앞장서 달려갔다. 우리는 겉채로 돌아왔다. 마이다노프는 방금 출판되어 나온 자작시 「살인자」를 낭송하기 시작했지만 나는 듣지 않았다. 그는 약강 4보 격의 시를 노래하듯 우렁차게 낭독했다. 압운이 반복되며 마치 여러 개의 작은 방울 소리처럼 공허하고 커다랗게 울려 퍼졌다. 나는 줄곧 지나이다를 바라보며 그녀가 한 마지막 말의 뜻을 이해하려 애썼다.

아니면, 혹시 남모르는 적수가
뜻밖에 당신의 마음을 사로잡은 것인가?

마이다노프가 갑자기 콧소리로 외쳤다. 내 눈과 지나이다의 눈이 마주쳤다. 그녀는 시선을 떨구고 살짝 얼굴을 붉혔다. 나는 그녀의 얼굴이 달아오르는 것을 보고 놀란 나머지 오싹해졌다. 이미 전부터 나는 질투하고 있었지만 바로 그 순간 그녀가 사랑에 빠졌다는 생각이 뇌리에 번쩍 스쳤다. '아아! 그녀는 누군가를 사랑하고 있다!'

10.

나의 진짜 괴로움은 그 순간부터 시작되었다. 나는 머리를 짜내어 이리저리 생각하기도 하고 또다시 고쳐 생각하기도 했다. 그리고 집요하게, 가능한 한 비밀스럽게 지나이다를 관찰했다. 그녀에게 변화가 생긴 것이 분명했다. 그녀는 홀로 산책을 나섰고 오랫동안 돌아오지 않았다. 이따금 그녀는 손님이 와도 나타나지 않고, 몇 시간씩 자기 방에 틀어박혀 있곤 했다. 이전에는 없었던 일이다. 나는 갑자기 몹시 명민해졌다. 적어도 스스로 그렇게 느꼈다. '이 사람이 아닐까? 혹은 저 사람이 아닐까?' 나는 그녀의 추종자들 하나하나를 불안하게 머릿속에 떠올리며 자문해 보았다. 나는 말레프스키 백작이(이렇게 생각하는 것조차 지나이다에게 부끄러운 일이긴 했지만.) 다른 누구보다 위험한 인물이라고 남몰래 생각하고 있었다.

나의 관찰력은 내 코끝을 못 벗어났고, 나의 은밀함은 아무도 속이지 못한 것 같았다. 적어도 루쉰 선생은 머지않아 내 속내를 꿰뚫어 알아차렸다. 그런데 최근에는 그도 뭔가 변한 것 같았다. 그는 야위었고, 전처럼 자주 웃기는 했지만, 어딘가 더 공허하고 악의를 띤 짧막한 웃음이었다. 예전의 가벼운 풍자와 꾸민 듯한 냉소는 무의식적이고 신경질적인 발작으로 바뀌었다.

"이봐요 젊은이, 왜 이런 곳을 계속 드나드는 겁니까?" 어느 날 자세킨의 집 응접실에 단둘이 남게 되었을 때 그가 말했다.(공작의 딸은 아직 산책에서 돌아오지 않았고, 공작부인이 버럭버럭하는 소리가 다락방에서 울렸다. 그녀는 하녀를 꾸짖고 있었다.) "젊은 시절엔 공부하고 일도 해야 할 텐데. 대체 뭘 하는 거죠?"

"집에서 내가 공부를 하는지 아닌지 모르시잖아요?" 나는 다소 교만하게 반박했지만, 당황한 기색을 숨길 수는 없었다.

"무슨 공부를 하겠어요! 정신이 딴 데 빠져 있는데. 하지만 이러쿵저러쿵하진 않겠습니다… 그 나이엔 그러는 게 당연한 일이니. 그래도 당신은 상대를 완전히 잘못 골랐습니다. 이 집이 어떤 곳인지 정말 모르겠나요?"

"무슨 말씀을 하시는 건지 모르겠네요." 내가 대꾸했다.

"모른다고요? 그렇다면 더욱 해롭지요. 주의를 주는 게 제 의무인 것 같습니다만. 우리같이 늙은 홀아비들이야 이런 데 드나들어도 상관없지요. 별일이라도 생기겠습니까? 우리는 산전수전 다 겪은 인간들이라 무슨 일에도 끄떡없답니다. 그런데 당신은 아직 살갗이 부드럽잖소. 이 집 공기는 당신한테 해롭다고요. 내 말을 믿어요. 전염될지도 모르니까."

"어떻게요?"

"말 그대로요. 과연 지금 당신은 건강한 걸까요? 정말 당신은 정상적인 상태입니까? 당신이 느끼는 감정이 정녕 당신한테 이로울까요?"

"내가 뭘 느낀다는 겁니까?" 이렇게 말하긴 했지만, 나는 속으로 의사 선생의 말이 옳다는 것을 인정했다.

"하, 이보게, 젊은 친구." 이 두어 마디 말 속에 무언가 내게 몹시 모욕적인 것이 있다는 듯한 표정으로 의사 선생은 말을 이었다.

"당신이 누굴 속일 수 있겠어요? 당신 마음 속에 뭐가 들었는지 얼굴에 훤히 다 드러나는데요. 하기야 무슨 말을 하겠습니까? 만약… (의사 선생은 이를 악물었다.) 만약에 내가 제정신인 인간이면 나도 이런 데를 찾아다니지는 않겠지요. 다만 어떻게 당신같이 총명한 사람이 자기 주변에서 무슨 일이 일어나는지 모른다는 것이 놀라울 따름입니다."

"대체 무슨 일이 벌어지고 있다는 겁니까?" 나는 그의 말을 가로채며 한껏 신경을 곤두세웠다.

의사 선생은 조소하면서도 동정하는 듯한 표정으로 물끄러미 나를 바라보았다.

"나도 참 잘하는 짓이군." 그는 마치 혼잣말을 하듯 말했다. "이런 말은 이 사람한테 꼭 할 필요가 있었으니까. 한마디로 말해." 그가 목소리를 높이며 덧붙였다. "다시 말하지만, 이곳의 공기는 당신에게 무익합니다. 당신은 여기가 좋을 테지요. 없는 게 없으니까요? 온실 속도 향기가 가득하지만, 그렇다고 거기에서 살 수는 없잖소. 여보게! 내 말 듣고 카이다노프의 책이나 다시 펼치시오."

공작부인이 들어와서 의사 선생에게 이가 아프다며 불평을 늘어놓았다. 조금 뒤에 지나이다가 들어왔다.

"이봐요." 공작부인이 덧붙였다. "의사 선생, 얘 좀 혼쭐내줘요! 종일 얼음물을 마신다니까요. 심장도 약한 애가 그럼 되겠어요?"

"왜 그러시는 겁니까?" 루쉰이 물었다.

"별일 있겠어요?"

"별일이라니요? 감기에 걸려서 죽을 수도 있습니다."

"그래요? 정말로요? 그럼 그렇게 되라지요!"

"저런!" 의사가 중얼거렸다.

공작부인은 방에서 나가버렸다.

"저런!" 지나이다가 의사를 흉내 냈다. "사는 게 그렇게 즐거운 가요? 주위를 한 번 둘러 보세요… 뭐 좋을 게 있나요? 혹시 내가 아무것도 이해하지도 느끼지도 못한다고 생각하시나요? 얼음물을 마시면 나는 만족감을 느껴요. 당신은 순간의 만족을 위해서 위험을 무릅쓰면 안 될 만큼 인생이 가치 있다고 내게 진지하게 설교하실 수도 있겠지만, 난 이제 행복에 대해서는 말하지 않겠어요."

"그렇군요." 루쉰이 말했다. "변덕과 독립심… 이 두 단어가 당신을 갉아먹고 있어요. 당신의 천성이 이 두 단어에 전부 들어있지요."

지나이다는 신경질적으로 깔깔 웃어 댔다.

"진단이 좀 늦으시군요, 존경하는 의사 선생님. 진찰을 잘 못하고, 뒤떨어져 있으시네요. 안경이라도 쓰시지요. 난 지금 변덕 부릴 생각조차 없는데요. 당신을 바보로 만들거나 나 자신이 바보짓을 한들… 뭐가 재밌겠어요! 그리고 독립심이라니… 무슈 볼데마르." 지나이다는 갑자기 덧붙이더니 발을 굴렀다. "침울한 표정 짓지 말아요. 누가 날 동정하는 건 참을 수 없으니까요." 그녀는 재빨리 나가버렸다.

"이곳 분위기는 자네한테 해로워, 해롭다고, 젊은이." 루쉰은 다시 한 번 내게 말했다.

11.

그날 저녁에도 자세킨의 집에는 평상시와 같이 손님들이 모여 들었다. 나도 그 속에 끼어 있었다.

사람들은 마이다노프의 시에 관해 이야기했다. 지나이다는 진심으로 그 시를 칭찬했다.

"그런데 아세요?" 그녀가 마이다노프에게 말했다. "만약 내가 시인이라면 나는 좀 다른 내용을 썼을 거예요. 아마도 전부 헛소리 겠지만, 때때로 내 머릿속에는 이상한 생각이 떠오르곤 하거든요. 특히 하늘이 장밋빛으로, 회색으로 물들어가기 시작할 무렵, 새벽녘에 잠들지 않고 있을 때면 더 그래요. 나라면, 예를 들어⋯ 저를 비웃지는 않으실 거죠?"

"아니오! 절대로!" 우리는 한목소리로 외쳤다.

"나는 이런 걸 떠올리겠어요." 그녀가 두 손을 모아 가슴 위에 얹고 한쪽을 지그시 바라보면서 말을 이었다. "한밤중에 고요한 강에 뜬 커다란 배에 타고 있는 한 무리의 젊은 아가씨들. 달빛은 반짝이고, 새하얀 옷을 입고 흰 꽃으로 만든 화관을 쓴 아가씨들이, 아시겠죠, 무슨 찬송가 같은 노래를 부르는 거예요."

"알지요. 알고 말고요. 계속하세요." 마이다노프는 의미심장하게 꿈꾸는 듯이 말했다.

"갑자기 강기슭에서 왁자지껄하는 소리, 깔깔대는 웃음소리, 펄럭대는 횃불 소리, 둥둥 북소리가 들려와요… 바쿠스의 무녀들이 노래 부르고 소리치면서 달려오는 거예요. 이 장면을 묘사하는 건 당신이 할 일이죠, 시인 선생… 다만, 내가 바라는 건 횃불은 연기 내며 붉게 활활 타올라야 하고 바쿠스의 무녀들의 눈은 화관 아래서 반짝여야 해요. 그리고 화환은 검은색이어야 하고요. 호랑이 가죽이랑 술잔도 잊으면 안 돼요. 그리고 황금, 황금도 많아야 해요."

"황금은 어디에 있어야 할까요?" 마이다노프가 밋밋한 머리칼을 뒤로 넘기고 콧구멍을 벌름거리며 물었다.

"어디라니요? 어깨에, 손에, 발에, 어디든지 다요. 고대엔 여자들이 발목에 황금 발찌를 차고 있었다죠. 바쿠스의 무녀들이 작은 배에 있는 아가씨들을 부르는 거예요. 아가씨들은 찬송가를 뚝 그쳐요. 더 이상 부를 수가 없는 거죠. 그렇지만 아가씨들은 꼼짝도 하지 않고 가만히 있어요. 강물에 밀려 강변까지 내려와요. 그리고 갑자기 그들 중 하나가 조용히 일어서요… 달빛 아래서 그녀가 조용히 일어서는 모습이라든지, 다른 친구들이 깜짝 놀라는 모습… 이런 부분은 잘 묘사해야 해요. 그녀가 뱃전을 넘어서자 바쿠스의 무녀들이 그녀를 에워싸고는 어둠 속으로 끌고 사라져 버려요… 여기서 연기가 자욱하게 피어오르는 걸 상상해 보세요. 모든 게 뒤죽박죽되어 버려요. 아가씨들의 비명만이 들려오고, 강기슭에는 그 아가씨의 화환만 남아 있어요."

지나이다는 입을 다물었다.("아! 그녀는 사랑에 빠진 것이다!" 나는 또다시 생각했다.)

"그게 답니까?" 마이다노프가 물었다.

"그것뿐이에요." 그녀가 대답했다.

"이것만으로 서사시 한 편을 쓰기엔 부족하지만." 그는 건방지게 말했다. "당신 생각을 서정시에 이용해 보도록 하죠."

"로맨틱한 것이겠군요?" 말레프스키가 물었다.

"물론 로맨틱하고, 바이런적이겠지요."

"그런데 내 생각에는 위고가 바이런보다 나은 것 같은데요." 젊은 백작이 무심하게 말했다.

"더 재밌기도 하고요."

"위고는 일류 작가지요." 마이다노프는 반박했다. "내 친구인 톤코셰예프도 자기가 쓴 스페인을 배경으로 한 소설『엘 트로바도르』에서…"

"아, 그 물음표가 거꾸로 된 책 말이지요?" 지나이다가 말을 가로챘다.

"맞아요. 스페인 사람들은 그렇게 쓰거든요. 내가 말하려던 것은 톤코셰예프가…"

"이런, 당신은 또 고전주의니 낭만주의니 하는 논쟁을 벌이려 하시는군요." 지나이다가 다시 그의 말을 가로막았다. "게임이나 하는 게 낫겠어요…"

"벌칙 게임을 할까요?" 루쉰이 말을 받았다.

"아뇨, 벌칙 게임은 지겨워요. 비유 게임을 해요.(이 놀이를 생각해낸 사람은 다름 아닌 지나이다였다. 사물의 이름을 하나 말하면 모두가 그것을 무언가에 비유하는 놀이였다. 가장 훌륭한 비유를 생각해 낸 사람이 상을 받는다.)"

그녀는 창가로 다가갔다. 지금 막 해가 져서 붉은빛의 기다란 구름이 하늘 높이 떠 있었다.

"저 구름은 무엇에 비유할 수 있을까요?" 지나이다가 묻고는 우리의 대답을 기다리지도 않고 자기가 말했다. "나는 저 구름이 클레오파트라가 안토니우스를 만나러 갈 때 탄 황금빛 배에 달려있던 진홍색 돛을 닮은 것 같아요. 마이다노프, 기억나시죠? 얼마 전에 당신이 나한테 이 얘기를 들려줬잖아요."

우리는 모두 『햄릿』의 폴로니우스가 된 것처럼 저 구름이 정말로 그 배의 돛과 닮았고 우리들 가운데 누구도 이보다 더 훌륭한 비유를 떠올리지 못할 것이라고 확신했다.

"그때 안토니우스는 몇 살이었을까요?" 지나이다가 물었다.

"분명 젊었을 겁니다." 말레프스키가 말했다.

"그렇습니다. 젊었어요." 마이다노프가 자신 있게 확신했다.

"죄송하지만." 루쉰이 소리쳤다. "그는 마흔이 넘었습니다."

나는 곧 집으로 돌아왔다. '그녀는 사랑에 빠졌다.' 내 입술이 나도 모르게 속삭였다. '그런데 누구를 사랑하는 걸까?'

12.

며칠이 흘렀다. 지나이다는 점점 더 이상해졌고, 점점 더 알 수 없게 변해 갔다. 어느 날 나는 그녀를 찾아갔다가 그녀가 뾰족한 책상 모서리에 머리를 댄 채 짚으로 엮은 의자에 앉아 있는 것을 보았다. 그녀는 자세를 고쳐 앉았다… 그녀의 얼굴은 온통 눈물범벅이었다.

"아! 당신이군요!" 그녀가 잔인한 냉소를 머금고 말했다. "이리 좀 와요."

나는 그녀에게 다가갔다. 그녀는 내 머리 위에 한 손을 얹더니 느닷없이 내 머리카락을 움켜쥐고 비틀기 시작했다.

"아파요…" 마침내 내가 말했다.

"아! 아프다고! 그럼 난 아프지 않나요? 아프지 않느냐고요?" 그녀가 되풀이해 말했다.

"어머!" 내 머리에서 뽑혀 나온 한 움큼의 머리카락을 보더니 지나이다가 소스라치며 외쳤다. "내가 무슨 짓을 한 거지? 가엾은 무슈 볼데마르!"

그녀는 뽑힌 머리칼을 조심스럽게 가지런히 모으더니 손가락에 돌돌 말아 반지처럼 만들었다.

"이 머리카락을 내 목걸이에 달린 펜던트에 넣어 지니고 다닐게요." 그녀가 말했다. 그녀의 두 눈에는 눈물이 그렁그렁했다. "그렇게 하면 아마 당신 마음도 조금은 누그러지겠죠… 이제 그만 가 보세요."

나는 집으로 돌아와 불쾌한 상황에 맞닥뜨렸다. 어머니가 아버지와 말다툼을 하고 있었다. 어머니는 무슨 일 때문에 아버지를 비난했고, 아버지는 여느 때와 같이 냉정하고 예의를 잃지 않은 태도로 침묵을 지켰다. 그러다 곧 밖으로 나가버렸다. 나는 어머니가 무슨 말을 했는지 잘 듣지 못했다. 거기에 신경 쓸 겨를이 없었다. 싸움이 끝난 후 어머니가 나를 방으로 불러 공작부인 집에 내가 너무 자주 드나든다고 몹시 못마땅하다는 듯이 꾸중한 것만이 기억난다. 어머니 말에 따르면 공작부인은 무슨 짓이든 할 수 있는 여자라는 것이었다. 나는 그녀의 손에 입을 맞추고 (이것은 내가 대화를 끝내고 싶을 때 내가 항상 하는 행동이다.), 내 방으로 건너왔다. 지나이다의 눈물은 나를 완전히 혼란에 빠뜨렸다. 나는 무엇을 어떻게 생각해야 할지 너무나 막막해서 울음이 터질 것만 같았다. 나는 비록 열여섯 살이었지만 그저 어린애에 불과했던 것이다. 벨로브조로프는 날이 갈수록 점점 더 험악한 표정으로 마치 숫양을 노리는 늑대처럼 능구렁이 같은 백작을 노려보았지만, 나는 이미 말레프스키에 대해서는 더는 생각도 하지 않았다. 나는 아무것도, 그 누구에 대해서도 생각하지 않았다. 아무 생각도 할 수 없는 상태로 나는 줄곧 외딴 장소만을 찾아다녔다. 스러져 가는 온실이 특히 내 마음에 들었다. 높은 벽을 기어 올라가 불행하고 외로운 애수에 젖은 청년처럼 앉아 있곤 했다. 그러면 나는 스스로가 가여워졌다. 이 애처로운 느낌은 내게 큰 위안이 되었고, 나는 그 느낌에 흠뻑 취해 있었다…!

어느 날 나는 담장 위에 앉아서 먼 산을 바라보며 종소리에 귀를 기울이고 있었다… 갑자기 무엇인가가 나를 스쳐 지나는 느낌이 들었다. 살랑대는 한 줄기 바람도 아니고, 으스스한 오한도 아니었다. 마치 숨결 같은 것이라고나 할까, 누군가 다가오고 있는 듯한 그런 느낌이었다… 나는 밑을 내려다보았다. 아래쪽 길 위로 하늘하늘한 회색 드레스를 입고 장밋빛 양산을 어깨에 얹은 지나이다가 총총 걸어가고 있었다. 그녀는 나를 보고는 멈춰 서더니 밀짚모자 챙을 젖히면서 부드러운 눈길로 나를 올려다보았다.

"거기서 뭐 하세요? 그렇게 높은 데서?" 그녀가 좀 이상한 미소를 지으며 물었다. "아, 그렇지." 그녀는 말을 이었다. "당신은 날 사랑한다고 늘 맹세하시죠. 그게 정말이라면, 내가 있는 이 길로 어디 한번 뛰어내려 봐요."

지나이다가 이 말을 마치기도 전에 나는 마치 누군가가 뒤에서 나를 떠밀기라도 한 것처럼 벌써 아래로 몸을 던지고 있었다. 담장 높이는 대략 2사젠[5] 정도였다. 발이 땅에 먼저 떨어졌지만 충격이 너무 강해서 몸이 휘청거렸다. 나는 그대로 쓰러져 한순간 의식을 잃었다. 정신이 들었을 때 나는 눈을 감고 있었지만 지나이다가 곁에 있다는 것을 느꼈다.

"사랑스러운 꼬마 같으니." 그녀가 위에서 나를 향해 몸을 숙이고 말했다. 그녀의 목소리에는 근심 어린 상냥함이 깃들어 있었다. "어떻게 이런 짓을, 어떻게 내가 시키는 대로 할 수가 있어요… 나도

---

5 약 4,268미터. 1사젠은 약 2,134미터이다.

당신을 사랑하니까… 일어나요."

그녀의 가슴이 내 옆에서 숨을 쉬고, 그녀의 손이 내 머리를 어루만졌다. 그런데 갑자기, 그때 내게 무슨 일이 일어났던가! 그녀의 부드럽고 생기있는 입술이 내 얼굴에 키스를 퍼붓기 시작했다… 그녀의 입술이 내 입술에 닿았다… 하지만 그때 지나이다는 내가 눈을 뜨지 않았는데도 내 표정을 보고 깨어난 걸 알아챈 듯했다. 그녀는 재빨리 몸을 일으키며 말했다.

"자, 일어나요, 얼빠진 장난꾸러기. 어쩌자고 이런 먼지 구덩이에 누워 있어요?" 나는 몸을 일으켰다. "내 양산이나 집어 줘요." 지나이다가 말했다. "어쩜, 내가 이걸 어디다 내동댕이쳤담. 날 그렇게 보지 말아요… 대체 그게 무슨 짓이에요? 다치진 않았어요? 쐐기풀에 찔렸겠죠? 날 그렇게 보지 말라고 했잖아요… 그는 아무것도 이해하지 못하고, 아무 대답도 안 하네." 그녀는 혼잣말하듯 덧붙였다. "무슈 볼데마르, 집으로 가서 좀 씻으세요. 그리고 감히 날 따라올 생각 말아요. 안 그러면 화낼 거예요. 그리고 절대 다시는…"

그녀는 말을 마치지도 않고 재빨리 자리를 떴다. 나는 길 위에 웅크려 앉았다… 다리가 풀렸다. 쐐기풀에 찔린 손이 따끔거리고, 등은 욱신욱신하고, 머리가 핑핑 돌았지만, 그때 느꼈던 행복감은 내 일생에 두 번 다시 찾아오지 않았다. 그 느낌은 달콤한 고통이 되어 내 온몸으로 퍼져나갔고, 이윽고 환희에 차 날뛰고 소리치는 것으로 분출되었다. 정말로 나는 아직 어린애였다.

13.

그날 온종일 나는 몹시 즐겁고 자신만만했다. 나는 얼굴에 지나이다가 입 맞추었던 감촉을 생생히 간직하며, 환희에 전율하면서 그녀의 말 한마디 한마디를 다시 떠올려 보았다. 나는 이 예상치 못한 행복이 너무나 소중하게 느껴져서 두려워졌고, 이 새로운 감각을 불러일으킨 장본인인 그녀를 마주하는 것조차 두려워졌다. 운명에 더는 바랄 게 없을 듯싶었다. 이제는 '마지막으로 숨을 한번 깊이 들이쉬고 나서, 죽어야겠다.' 싶은 생각이 들었다. 그러나 이튿날 곁채로 가면서 나는 극도의 당혹감을 느꼈다. 나는 비밀을 지킬 수 있다는 걸 남들에게 과시하고 싶어 하는 사람이 짓곤 하는 점잖고 자연스러운 표정으로 당혹스러움을 감추려 애썼지만 헛수고였다. 지나이다는 아무런 동요의 빛 없이 평소처럼 나를 맞이했다. 단지 손가락으로 나를 위협하면서 멍이 들지 않았는지 물었다. 내가 가장했던 점잖고 자연스러운 표정과 비밀스러운 기분은 물론, 당혹감까지도 순식간에 사라져 버렸다. 물론 내가 특별한 것을 기대한 건 아니지만, 지나이다의 침착한 태도는 내게 찬물을 끼얹은 것과 같았다. 그녀의 눈에 나는 그저 어린애일 뿐이라는 사실을 깨달았다. 너무나 괴로워졌다! 지나이다는 방 안을 이리저리 서성대면서 내가 보일 때마다 재빨리 미소를 지었다. 하지만 그녀의 생각은 저 멀리 어딘가에 가 있었다. 나는 그것을 분명히 알 수 있었다. '어제 일에 대해 말을 꺼내 볼까.' 하고 생각했다. '그녀가 어딜 그렇게 급하게 간 건지 한 번 캐물어 알아내 볼까…' 하지만 나는 그저 손을 내젓고는 한쪽 구석으로 가 앉았다.

벨로브조로프가 들어왔다. 그의 등장이 반가웠다.

"성질이 온순한 말은 찾을 수가 없었습니다." 그가 엄격한 목소리로 입을 열었다.

"프레이타크가 한 필을 구해준다고 호언장담했지만, 믿을 수가 있어야죠. 걱정입니다."

"무얼 그리 걱정하시는 거죠?" 지나이다가 물었다. "물어봐도 되나요?"

"무엇 때문이냐고요? 당신은 말 타는 법을 모르시지 않습니까. 만에 하나 무슨 일이라도 생긴다면! 그런데 어쩌다 갑자기 그런 생각을 하신 겁니까?"

"글쎄, 그건 내 마음이죠, 나의 짐승 같은 무슈. 자꾸 그러시면 표트르 바실리예비치께 부탁하겠어요…" (표트르 바실리예비치는 내 아버지의 이름이다. 나는 그녀가 아무 거리낌도 없이 그토록 쉬이 아버지의 이름을 부르는 것에 놀랐다. 마치 아버지가 자신의 청을 들어주리라 확신하는 듯이 말이다.)

"그렇군요." 벨로브조로프가 대꾸했다. "당신은 그와 함께 말을 타고 싶으신 거군요."

"그와 함께든 다른 사람과 함께든 당신에게는 마찬가지겠죠.

당신과 함께는 아니니까요."

"나와는 아니라고요?" 벨로브조로프가 되풀이했다. "당신이 원하시는 대로. 어쨌든 간에 말 한 필은 보내드리지요."

"그래요. 단 암소 같은 놈은 안 돼요. 미리 말해두지만, 나는 말을 타고 실컷 달려보고 싶다고요."

"맘껏 달리시지요… 대체 누구랑 간다는 겁니까? 말레프스키입니까?"

"그와 가면 안 되나요, 용사님? 하지만 안심하세요." 그녀가 덧붙여 말했다. "눈을 번득이지 좀 마세요. 당신도 데리고 갈 테니까요. 아시다시피 요즘 내게 말레프스키는, 쳇!" 그녀는 머리를 흔들었다.

"나를 위로하려고 그런 말을 하시는 겁니까." 벨로브조로프가 투덜거렸다.

지나이다는 눈을 가느다랗게 떴다.

"그런 말이 위로가 되시나요? 오… 오… 오… 용사님!" 지나이다는 다른 말을 찾지 못한 듯이 결국 이렇게 말했다. "무슈 볼데마르, 우리와 함께 가지 않을래요?"

"저는… 여럿이 모이는 곳을 좋아하지 않아서…" 나는 시선을 아래로 향한 채로 중얼거렸다.

"당신은 둘이서 마주 앉아 도란도란 이야기 나누는 걸 더 좋아하는군요?… 그래요, 누구든 선택의 자유는 있으니까요." 그녀가 한숨을 쉬며 말했다. "이만 가보세요, 벨로브조로프 씨, 수고 좀 해주세요. 내일까지는 말을 구해주셔야 해요."

"그래, 돈은 어디서 구할 테냐?" 공작부인이 참견했다.

지나이다는 눈썹을 찌푸렸다.

"어머니께 부탁하진 않아요. 벨로브로조프 씨가 나를 믿고 빌려줄 테니까요."

"빌려준다, 믿고 빌려준다고…?" 공작부인이 투덜댔다. 그러더니 갑자기 있는 힘껏 소리쳤다. "두냐쉬카!"

"어머니, 제가 종을 드렸잖아요." 공작의 딸이 말했다.

"두냐쉬카!" 노부인이 다시 외쳤다.

벨로브조로프는 작별 인사를 했다. 나는 그와 함께 나왔다. 지나이다는 날 붙잡지 않았다.

첫사랑

14.

이튿날 아침 나는 일찍 일어나서 지팡이 하나를 깎아 들고 관문 밖으로 나섰다. '슬픔을 달래서 한번 가 보자.'는 생각이었다. 날씨는 화창하고 맑았으며 그다지 덥지 않았다. 산뜻하고 신선한 바람이 대지 위로 불어와 기분 좋을 정도로 윙윙대며 장난치고 있었다. 만물을 살랑살랑 흔들면서도 평온은 조금도 깨지 않는 그런 바람이었다. 나는 오랫동안 산과 숲속을 헤맸다. 나는 불행했고, 한없이 우수에 잠겨 있을 작정으로 집을 나왔다. 그러나 젊음, 화창한 날씨, 상쾌한 공기, 빠른 발걸음이 주는 유쾌함, 무성한 풀밭에 홀로 누워 있다는 만족스러운 기분에 나는 흠뻑 취했다. 잊을 수 없는 그녀의 말과 키스의 기억이 다시 내 마음속을 파고들었다. 어쨌거나 지나이다가 나의 결단력과 영웅적 행동을 정당하게 평가하지 않을 수 없을 것이라고 생각하자 기뻤다…. '그녀에게는 다른 남자들이 나보다 나아 보일지도 모르지.' 나는 생각했다. '그러라지! 대신 다른 이들이 말로만 하겠다고 한 것을 나는 행동으로 했어! 그리고 그녀를 위해서라면 더한 일도 할 수 있지!…' 나는 상상의 나래를 폈다. 적들의 손아귀에서 그녀를 구해낸다든지, 온몸이 피투성이가 된 내가 지하

감옥에서 그녀를 구출한다든지, 그녀의 발밑에서 죽어간다든지 하는 장면을 상상하기 시작했다. 나는 우리 집 응접실에 걸려있는 그림을 떠올렸다. 마틸다를 납치하는 말레크 아델⋯. 그러나 곧 가녀린 자작나무 줄기를 바삐 기어오르는 알록달록하고 커다란 딱따구리가 나타나자 나는 온통 정신이 팔렸다. 마치 콘트라베이스의 잘록한 목 뒤에서 움직이는 연주자처럼 딱따구리는 좌우로 쉴 새 없이 얼굴을 내밀고 있었다.

그러다가 나는 〈눈은 하얗지 않다〉를 부르기 시작했는데, 당시 유행하던 로망스 〈서풍이 불어올 때 나는 너를 기다리네〉가 함께 뒤섞여 흘러나왔다. 그러고 나서 나는 호먀코프의 비극에 나오는 예르마크의 별을 향한 호소를 우렁차게 낭독했다. 충만한 감정을 담아 글 한 편을 써 보려 애쓰면서 시의 맨 마지막 행으로 '오, 지나이다! 지나이다!'를 떠올렸지만, 결국 아무것도 짓지 못했다. 그러는 사이 점심때가 되었다. 나는 골짜기로 내려갔다. 좁은 모랫길이 골짜기를 따라 구불구불 시내까지 이어졌다. 나는 그 길을 따라 걸었다⋯ 둔탁한 말발굽 소리가 등 뒤에서 들려왔다. 나는 주위를 둘러보았고, 나도 모르게 멈춰서서 모자를 벗었다. 아버지와 지나이다를 발견했던 것이다. 그들은 나란히 말을 타고 있었다. 아버지는 한 손으로는 말의 목덜미를 잡고 몸통을 그녀 쪽으로 기울인 채로 그녀에게 무언가 말하고 있었다. 아버지의 얼굴에 미소가 떠올랐다. 지나이다는 엄격한 시선을 아래로 떨구고 입을 꼭 다문 채 조용히 귀 기울이고 있었다. 처음에 나는 두 사람밖에 보지 못했지만, 잠시 후 골짜기의 모퉁이에서 경기병 제복에 외투를 걸친 벨로브조로프가 입에 거품을 문 검은 말을 타고 나타났다. 그 멋진 말은 머리를 흔들고 콧김을 내뿜으면서 이리저리 날뛰었다. 기수가 고삐를 당기기도 하고 박차를 가하기도 했다. 나는 한쪽으로 비켜섰다. 아버지는 고삐를 당기면서 지나이다로부터 몸을 돌려 앉았다. 그녀는 천천히 눈을 들어 아버지를 바라보았다. 두 사람은 빠르게 말을 몰았다…. 벨로브조로프는 허리에 찬 칼을 절거덕거리면서 쏜살같이 그들을 뒤쫓았다. '저 사람은 익은 새우처럼 얼굴이 새빨갛게 되었네.' 나는 생각했다. '그런데 그녀는… 그녀는 왜 저렇게 창백할까? 아침 내내 말을 타고 달렸을 텐데, 왜 창백한 거지?'

나는 걸음을 재촉하여 점심 식사 직전에 집에 도착했다. 아버지는 벌써 옷을 갈아입고 깨끗하게 세수한 뒤 상쾌하게 어머니의 안락의자 곁에 앉아서 고르고 낭랑한 목소리로 어머니에게 「주르날 데 데바」[6]의 문예란 기사를 읽어 주고 있었다. 그러나 어머니는 별로 귀담아듣고 있지 않았다. 나를 보더니 종일 어디를 다닌 것인지 물었다. 그리고 내가 누구와 어디를 헤매고 다니는지 알리지 않는 것이 별로 탐탁스럽지 않다고 덧붙였다. '혼자서 산책했어요.'하고 대답하고 싶었지만, 아버지를 보고는 왠지 입을 다물어 버렸다.

6 제2차 세계대전 전에 발행되었던 프랑스의 유력한 일간신문.

15.

    그 후 대엿새 동안 나는 지나이다를 거의 보지 못했다. 그녀가 아프다고 말했지만, 평소 곁채를 드나드는 손님들은 그들의 말마따나 계속 당직을 섰다. 마이다노프는 예외였다. 그는 열광할 기회가 사라져 버리자 곧바로 풀이 죽었고 따분해했다. 벨로브조로프는 단추를 목 끝까지 모두 채우고 벌건 얼굴로 구석에 침울하게 앉아 있었다. 말레프스키 백작의 갸름한 얼굴에는 어떤 악의적인 미소가 항상 떠올라 있었다. 그는 지나이다에게 정말로 미움을 받게 되자, 공작부인 눈에 들기 위해 특히 공을 들이고 있었다. 그래서 역마차를 타고 그녀와 함께 현 지사에게 다녀오기도 했다. 하지만 이 여행은 실패로 돌아갔고, 말레프스키에게는 불쾌한 일까지 생기고 말았다. 몇몇 철도 장교들과 관련된 과거의 어떤 사건이 거론되었기 때문이다. 그래서 그는 당시 자신이 미숙해서 그랬노라고 변명을 해야만 했다. 루쉰은 하루에 두 차례 찾아왔지만, 잠깐 머물다 떠나곤 했다. 그와 마지막으로 대화를 나눈 후부터 나는 그가 약간 두렵긴 했지만, 한편으로는 그에게 진심으로 호의를 갖게 되었다. 한번은 그와 함께 네스쿠치느이 정원을 산책했다. 그는 상냥하고 친절했으며, 갖가지

풀과 꽃의 이름과 특징을 내게 알려주었다. 그러다가 갑자기, 말하자면 아닌 밤중에 홍두깨같이, 자기 이마를 탁 치면서 소리쳤다. "이런, 나는 바보로군. 그녀가 바람둥이라고만 생각했으니! 분명 어떤 사람들에게는 자기를 희생하는 게 달콤한 행복일 텐데 말이야."

"그게 무슨 말씀이신가요?"

"자네에게는 아무 말도 하고 싶지 않네." 루쉰이 딱 잘라 말했다.

지나이다는 나를 피했다. 나의 출현은 그녀를 불쾌하게 만들었다. 나는 이 사실을 알아차리지 않을 수 없었다. 그녀는 무의식적으로 나를 외면했다… 무의식적이라니. 그것이 나를 힘겹고 고통스럽게 했다! 그렇지만 아무것도 할 수 있는 게 없었다. 나는 그녀의 눈에 띄지 않으려 애쓰면서 멀리서만 그녀를 엿보려고 했지만, 이마저도 매번 뜻대로 되지 않았다. 그녀에게는 전처럼 이해할 수 없는 일이 일어나고 있었다. 얼굴이 딴사람같이 돼버렸고, 아예 그녀 자체가 다른 사람이 된 것 같았다. 어느 따스하고 고요한 저녁에 일어난 그녀의 변화는 특히 나를 놀라게 했다. 나는 넓게 퍼진 딱총나무 아래 나지막한 벤치에 앉아 있었다. 내가 좋아하는 자리였다. 여기에서는 지나이다의 방 창문이 보였다. 나는 앉았다. 내 머리 위 검푸른 나뭇잎 사이에서 조그만 새 한 마리가 분주히 바스락거렸다. 회색 고양이는 허리를 쭉 펴고 살금살금 정원으로 기어들었고, 때 이른 딱정벌레들은 이미 어스름이 깔렸지만 아직 투명한 대기 속에서 힘겹게 웅웅거렸다. 나는 자리에 앉아서 창문을 바라보며 혹여 열릴까 하여 기다렸다. 정말로 창문이 열리더니 지나이다가 나타났다. 그녀는 흰 드레스를 입고 있었는데, 그녀의 얼굴, 어깨, 팔 모든 것이 혈기 없이 창백했다. 그녀는 오랫동안 꼼짝하지 않고 서서 눈썹을 찌푸린 채로 똑바로 앞만 바라보았다. 나는 그녀에게서 그와 같은 눈길을 본 적이 없다. 얼마 후 그녀는 주먹을 꽉 쥐더니 입술로, 이마로 가져갔다. 그리고 갑자기 손가락을 펴서 머리칼을 귀 뒤로 쓸어넘기며 가볍게 젖혔다. 그녀는 무언가 결심한 듯이 머리를 위아래로 끄덕이고는 창문을 쾅 닫았다.

사흘 후 그녀는 정원에서 나와 마주쳤다. 나는 피해 가려 했지만, 그녀가 나를 멈춰 세웠다.

"손 좀 줘봐요." 그녀는 전처럼 상냥하게 말했다. "우리 오랫동안 말하지 않았네요."

나는 그녀를 바라보았다. 그녀의 눈동자는 고요히 반짝였고 얼굴엔 아지랑이가 피어오르듯 은은한 미소가 떠올랐다.

"아직도 몸이 안 좋으신가요?" 내가 물었다.

"아뇨. 이제 다 나았어요." 그녀가 대답하며 조그만 붉은 장미 한 송이를 꺾었다.

"좀 피곤하긴 하지만 괜찮아지겠죠."

"그럼 다시 예전의 모습으로 돌아가시는 겁니까?" 내가 물었다. 지나이다는 장미를 얼굴로 가져갔다. 밝은 꽃잎의 그림자가 그녀의 뺨에 떨어지는 것처럼 보였다.

"정말 내가 변했나요?" 그녀가 물었다.

"네, 변하셨습니다." 나는 나지막하게 대답했다.

"내가 당신한테 쌀쌀맞게 굴었지요. 알고 있어요." 지나이다가 입을 열었다. "하지만 그런 것에 신경 쓰지 마세요… 나도 달리 방법이 없었어요… 그런데 이런 말을 한들 무슨 소용이겠어요!"

"내가 당신을 사랑하는 걸 당신은 원치 않는다, 이거죠!" 나도 모르게 충동적으로 침울하게 소리쳤다.

"아니에요. 나를 사랑해 주세요. 하지만 전처럼은 말고요."

"그럼 어떻게요?"

"우리 친구가 돼요. 이렇게요!" 지나이다는 내게 장미를 내밀어 향기를 맡게 했다. "좀 들어봐요. 나는 당신보다 나이가 훨씬 많잖아요. 당신의 이모뻘이지요. 아니, 이모가 아니라면 큰누나 나이고요. 그런데 당신은…."

"당신 눈에 나는 어린애잖아요." 나는 그녀의 말을 가로챘다.

"그럼요, 어린아이죠. 그렇지만 내가 몹시 사랑하는 귀엽고 멋지고 총명한 아이지요. 지금부터 나는 당신을 내 시동으로 삼겠어요, 아시겠죠? 시동은 여주인 곁에서 절대 떨어지면 안 된다는 걸 잊지 마세요. 자, 이게 당신의 새로운 직위의 표시예요." 그녀는 내 재킷 단춧구멍에 장미꽃을 꽂으며 덧붙였다. "내가 당신을 총애한다는 증표지요."

"이전에 당신께 받은 총애는 다른 것이었지요." 내가 중얼거렸다.

"아!" 지나이다가 이렇게 말하고 옆에서 나를 바라보았다. "기억력도 좋군요! 그래요! 나는 지금도 그럴 수 있으니…."

그리고 그녀는 내게 몸을 숙이더니, 내 이마에 맑고 평온한 입맞춤을 남겼다.

나는 그저 그녀를 바라보고 있을 뿐이었다. "나를 따라오세요, 우리 시동님." 이렇게 말하면서 그녀는 뒤돌아 곁채로 향했다. 나는 그녀 뒤를 따랐다. 아무것도 이해할 수 없었다. '이 온순하고 사려 깊은 처녀가 정말 내가 알던 그 지나이다란 말인가?' 그녀의 걸음걸이

는 더 차분해진 것 같았다. 그녀의 모습 전체가 더 당당하고 더 우아
해 보였다.

아아! 내 마음속에서 사랑은 새로운 힘으로 불타올랐다!

16.

점심때가 지나 손님들이 다시 곁채로 모여들었다. 공작의 딸도 나와 손님을 맞았다. 잊을 수 없는 그 첫날 저녁에 모였던 사람들이 빠짐없이 모두 와 있었다. 니르마츠키까지도 어슬렁거리며 찾아왔다. 마이다노프는 이번에는 가장 먼저 나타났는데, 새로 지은 시를 가지고 왔다. 다시 벌칙 게임이 시작되었지만, 이제는 예전의 괴상한 장난도, 바보짓도, 떠들썩한 소란도 찾아볼 수 없었다. 집시들 같은 분위기가 사라져버린 것이다. 지나이다는 우리 모임에 새로운 분위기를 불어넣었다. 나는 시동의 자격으로 그녀 옆에 앉았다. 여러 놀이를 하던 중에 지나이다는 제비를 뽑은 사람이 꿈 얘기를 해보자고 했다. 하지만 놀이는 생각처럼 잘되지 않았다. 꿈은 재미가 없거나 (벨로브조로프는 꿈에서 자기 말에게 붕어를 먹였는데 그 말의 머리가 나무통이었다고 말했다.) 이야기들을 부자연스럽게 이어붙인 것에 지나지 않았기 때문이다. 마이다노프는 아예 소설 한 편을 들려주었다. 그의 꿈에는 시체를 매장하는 구덩이와 리라를 든 천사, 말하는 꽃이 나왔으며 멀리에서 어떤 소리가 들려왔다고 했다. 지나이다는 이야기를 끝까지 들으려 하지 않았다.

"이왕 이렇게 이야기를 지어내는 지경이 되었으니." 그녀가 말했다. "그럼 각자 무언가 상상해 낸 이야기를 해 보기로 해요."

벨로브조로프에게 첫 번째 순서가 돌아갔다.

젊은 경기병은 당황했다.

"난 아무것도 지어낼 수 없습니다!" 그가 외쳤다.

"무슨 바보 같은 소리!" 지나이다가 맞받았다. "자, 예를 들어 당신이 유부남이라고 상상해 보세요. 그럼 당신이 아내와 어떤 생활을 할 것인지 우리한테 얘기하면 되잖아요. 당신은 아내를 가둬 두겠죠?"

"가둘 겁니다."

"그리고 당신은 그녀 옆에 붙어 있고요?"

"꼭 붙어 있을 겁니다."

"좋아요. 그런데 만약 그녀가 싫증이 나서 당신을 배신한다면요?"

"그녀를 죽일 겁니다."

"그녀가 도망을 친다면?"

"나는 그녀를 뒤쫓아가서 어쨌든 죽일 겁니다."

"그렇군요. 그럼, 만일 내가 당신의 아내라면 당신은 어쩌실 건가요?"

벨로브조로프는 침묵했다.

"난 자살할 겁니다…."

지나이다가 웃음을 터뜨렸다.

"당신 속이 빤히 보이는군요."

두 번째 순서는 지나이다에게 돌아갔다. 그녀는 천창을 올려다보며 생각에 잠겼다.

"그럼, 내가 상상한 이야기를 한번 들어 보세요…" 마침내 그녀가 입을 열었다. "웅장한 궁전, 여름밤, 화려한 무도회를 떠올려 보세요. 이 무도회는 젊은 여왕이 여는 것이지요. 사방을 둘러봐도 황금과 대리석, 크리스털, 실크, 등불, 다이아몬드, 꽃들, 향불, 온통 호화스러운 것들이 가득해요."

"호화로운 것을 좋아하십니까?" 루쉰이 끼어들었다.

"호화로운 것은 예쁘니까요." 그녀가 대꾸했다. "나는 예쁜 건 다 좋아요."

"아름다운 것보다 더요?" 그가 물었다.

"그 말은 어쩐지 좀 교활하게 들리는데요. 잘 모르겠군요. 내 얘기를 방해하지 마세요. 어쨌거나 호화스러운 무도회예요. 손님들이 아주 많이 모였는데, 하나같이 젊고 멋지고 용감하죠. 모두가 왕비를 열렬히 사모해요."

"손님 중에 여자는 없습니까?" 말레프스키가 물었다.

"없어요. 아니 잠깐만요, 있어요."

"모두 못생겼나요?"

"아름다운 여자들이지요. 하지만 남자들은 모두 여왕만을 사랑한답니다. 여왕은 키가 크고 늘씬해요. 검은 머리 위에 작은 황금 왕관을 쓰고 있어요."

나는 지나이다를 바라보았다. 그 순간에 그녀는 우리보다 더 높은 존재처럼 느껴졌다. 그녀의 하얀 이마와 미동도 없는 눈썹에서부터 빛나는 총기와 위엄이 흘러나오는 듯하여, 나는 '당신이 그 여왕입니다!' 하고 생각할 정도였다.

"모두가 그녀를 에워싸고 있어요." 지나이다가 이야기를 계속했다. "모두가 그녀에게 듣기 좋은 찬사를 늘어놓느라 여념이 없지요."

"그런데 그녀가 아첨을 좋아합니까?" 루쉰이 물었다.

"정말 지긋지긋하군요! 번번이 남의 말을 끊고… 아첨을 싫어하는 사람이 어디 있겠어요?"

"마지막으로 하나만 더 묻겠습니다." 말레프스키가 말했다. "여왕에게는 남편이 있습니까?" "그런 건 생각해 보지 않았어요. 없어요. 남편이 왜 필요하죠?"

"물론, 남편이 왜 필요하겠습니까?" 말레프스키가 말을 이었다.

"조용!"[7] 서툴게 프랑스어를 하는 마이다노프가 소리쳤다.

"고마워요."[8] 지나이다가 말했다. "자, 여왕은 이러한 찬사와 음악 소리를 듣고 있지만, 손님들 누구에게도 눈길을 주지 않아요. 여섯 개의 창문이 천장에서 바닥까지, 위아래로 훤히 열려있어요. 창밖으로는 커다란 별이 반짝이는 까만 하늘과 큰 나무들이 무성한 컴컴한 정원이 보여요. 여왕이 정원을 바라봐요. 거기, 나무 옆에는 분수가 있어요. 분수는 어둠 속에서 빛나고 있죠. 유령처럼 아른아른 흔들리면서요. 여왕은 오가는 말소리와 음악 소리 사이로 고요한 물소리를 들어요. 그녀는 가만히 보며 생각합니다. 당신들 모두 고결하고 총명하며 부유합니다. 당신들은 나를 에워싸고 있고, 내 말 한마디 한마디를 소중하게 여기고 내 발밑에서 목숨 바칠 준

---

7 Tais-toi!로 표현하는 프랑스어.
8 Merci.로 표현하는 프랑스어.

비가 되어 있지요. 나는 당신들을 지배하고 있습니다… 그런데 저기 분수 옆에, 저 물보라 옆에 내가 사랑하고 나를 지배하는 남자가 나를 기다리고 있습니다. 그는 값비싼 옷을 입지 않았고, 보석도 지니지 않았어요. 아무도 그를 알지 못합니다. 하지만 그는 나를 기다리며 내가 올 것이라 확신하고 있어요. 그리고 나는 그에게 갑니다. 내가 그에게로 가고 싶을 때, 그와 함께 머물고 싶을 때, 그리고 정원의 어둠 속에서, 바스락대는 나뭇잎 소리 아래에서, 분수의 물보라 아래에서 그와 함께 사라지고 싶어질 때, 나를 막을 힘은 없습니다….”

지나이다는 입을 다물었다.

“그게 지어낸 얘깁니까?” 말레프스키가 간사하게 물었다.

지나이다는 그에게 눈길조차 주지 않았다.

“여러분, 우리는 어떻게 했을까요?” 루쉰이 불쑥 말했다. “만약 우리가 그 손님들 가운데 하나인데, 분수 옆의 그 행운아에 대한 이야기를 들었다면요?”

“잠깐만요, 잠깐만.” 지나이다가 말을 끊었다. “당신을 각각이 어떻게 했을지 내가 직접 얘기해 주겠어요. 벨로브조로프 씨, 당신은 그에게 결투를 신청하겠지요. 그리고 마이다노프 씨, 당신은 그에 대한 풍자시를 쓰겠지요… 아, 아니군요. 당신은 풍자시를 쓸 줄 모르니, 바르비에[9] 풍의 긴 약강격 시를 써서 그것을 「텔레그라프」에 싣겠네요. 니르마츠키 씨, 당신은 그에게 돈을 빌려달라고… 아니, 당신이 그에게 이자를 붙여 돈을 빌려주겠네요. 그리고 의사 선생, 당신은….” 그녀가 말을 멈추었다. “당신이 무얼 하실지는 잘 모

---

9 프랑스의 시인.

르겠군요."

"나는 시의 자격으로," 루쉰이 대답했다. "손님들을 살필 여유가 없을 때는 무도회를 열지 마시라고 여왕에게 간언할 겁니다."

"당신 말이 옳을지도 모르겠군요. 그럼 백작님, 당신은…."

"나 말입니까?" 말레프스키는 사악한 미소를 머금고 되뇌었다….

"당신은 그에게 독이 든 사탕을 건네겠지요."

말레프스키의 얼굴이 약간 일그러지며 순간 유대인 같은 표정을 지었지만, 그는 즉시 웃음을 터뜨렸다.

"볼데마르, 당신은 아마…." 지나이다가 말을 이었다. "아니, 됐어요. 이제 우리 다른 놀이를 해요."

"무슈 볼데마르는 여왕의 시동 자격으로 그녀가 정원으로 달려 나갈 때, 기다란 치맛자락을 잡아드렸겠지요." 말레프스키가 악의에 차서 말했다.

나는 울그락불그락 했지만, 지나이다가 재빨리 내 어깨에 손을 얹고 몸을 곧추세우며 가볍게 떨리는 목소리로 말했다.

"나는 결코 공작님께 무례하게 행동할 권리를 드린 적이 없습니다. 그러니 나가주세요." 그녀는 그에게 문을 가리켰다.

"미안합니다, 아가씨." 말레프스키는 웅얼거리며 새하얗게 질렸다.

"아가씨 말이 맞습니다." 벨로브조로프가 소리치며 자리에서 일어났다.

"저는 맹세코 그런 뜻이 아니었습니다." 말레프스키가 말을 계속했다. "제 말에는 전혀… 당신을 모욕하려는 그런 생각은 조금도 없었습니다… 용서해 주십시오."

지나이다는 냉담한 시선으로 그를 흘겨보며 냉소 지었다.

"그렇다면 남아 있으세요."

그녀는 성의 없이 손짓하며 말했다. "무슈 볼데마르와 나는 괜히 화를 냈잖아요. 당신은 남을 비꼬는 것을 즐기시니… 아무쪼록."

"용서하십시오." 말레프스키가 거듭 사과했다. 나는 지나이다의 몸짓을 떠올리면서, 진짜 여왕이라 할지라도 그렇게 당당한 위엄을 지니고 무뢰한에게 문을 가리켜 보일 수는 없을 것이라고 다시금 생각했다.

이 사소한 사건이 일어난 후로 벌칙 게임은 오래 계속되지 못했다. 모두가 조금씩 불편해했는데, 그것은 이 사건 때문만이 아니라 분명치는 않지만 복잡한 어떤 감정 때문이었다. 아무도 그 감정에 대해 말하지 않았지만, 모두가 느끼고 있었고 다른 이들도 자신과 같은 감정을 느낀다는 사실을 감지하고 있었다. 마이다노프가 자작시를 낭송했고, 말레프스키는 과도하게 정열적으로 그 시를 격찬했다. "지금 그는 훌륭한 사람으로 보이려고 몹시 애를 쓰는군." 루쉰이 내게 속삭였다. 우리는 곧 흩어졌다. 지나이다는 불현듯 생각에 잠겼고, 공작부인이 사람을 보내 머리가 아프다고 알려 왔다. 니르마츠키는 류머티즘 통증을 호소하며 투덜거리기 시작했다….

나는 오랫동안 잠들지 못했다. 지나이다의 이야기는 내게 충격을 주었다.

"정말 그 이야기에 무슨 암시가 있는 걸까?" 나는 자문해 보았다. '그녀는 누구를, 무엇을 암시한 걸까? 만약 분명히 무언가를 암시하고 있다면… 어떻게 알 수 있을까? 아니, 아니, 그럴 리 없지.' 나는 뜨거워진 한쪽 뺨을 반대편으로 돌려 누우면서 속삭였다… 하지만 나는 지나이다가 이야기를 할 때의 표정을 떠올렸다… 네츠쿠치느 이 공원에서 루쉰이 불쑥 소리쳤던 일과 나를 대하는 그녀의 태도가 돌변했던 것을 떠올리고 나는 수수께끼에 빠졌다. '그는 누굴까?' 이 두 단어가 어둠 속에서 새겨져 내 눈앞에 아른거리는 듯했다. 낮게 깔린 불길한 구름이 나를 덮치는 것 같았다. 나는 그 구름의 압력을 느꼈고 곧 폭발해 버리기를 기다렸다. 최근 나는 많은 것에 익숙해졌다. 자세킨의 집에서 많은 것을 보았다. 그들의 무질서, 타다 남은 지저분한 양초, 부러진 나이프와 포크, 우울한 보니파티, 누더기투성이 하녀들, 공작부인의 언행. 이 모든 기묘한 생활은 더는 내게 낯설지 않았다… 그러나 최근 지나이다가 희미하게 풍기는 어떤 것에만은 익숙해질 수가 없다… 언젠가 어머니는 그녀를 두고 '교활한 바람둥이'라고 말했다. '교활한 바람둥이'라니, 그녀는 나의 우상, 나의 신이다! 그 말은 내 가슴을 찢어 놓았고, 나는 베개에 파묻힌 채 거기에서 벗어나려 애쓰며 분개했다. 그러면서도 그 분수대 옆의 행운아가 될 수만 있다면, 그 대가가 무엇이든 마다하지 않을 수 있을 것만 같았다…!

내 안에서 피가 끓어올라 용솟음쳤다. '정원… 분수….' 나는 생각했다. '정원에 나가봐야겠다.' 나는 재빨리 옷을 걸치고 살금살금 집을 빠져나왔다. 밤은 캄캄했고 나무들이 바스락바스락 소곤거렸다. 하늘에선 고요히 냉기가 내려앉고, 텃밭에서 회향풀 내음이 풍겨왔다. 나는 오솔길 구석구석을 빠짐없이 거닐었다. 내 가벼운 발걸음 소리는 나를 당황케 하기도 하고 용기를 북돋아 주기도 했다. 나는 멈춰 서서 무언가를 기다리는 심정으로 내 심장이 세차고 빠르게 쿵쾅대는 소리를 듣기도 했다. 마침내 나는 담장 가까이 다가가서 가느다란 말뚝에 기대어 섰다. 갑자기, 아니 그저 내가 그렇게 느꼈을 뿐인지 모르지만, 몇 발짝 앞에서 여자의 모습이 얼핏 스쳐 지나갔다. 나는 눈을 부릅뜨고 어둠 속을 응시했다. 숨을 죽였다. 저건 뭘까? 정말 발걸음 소리였을까? 아니면 이번에도 내 심장이 요동치는 소리였을까? "거기 누가 있습니까?" 나는 들릴 듯 말 듯 웅얼거렸다. 이건 또 뭐지? 웃음을 참는 소리인가…? 나뭇잎이 사각거리는 소리인가… 아니면 귀밑에서 뿜어내는 한숨 소리인가? 나는 무서워졌다…. "거기 누구요?" 나는 더욱 숨죽여 한 번 더 말했다.

한순간 공기가 흐르기 시작했다. 하늘에서는 불줄기가 번쩍하고 별이 흘러갔다. '지나이다?'하고 묻고 싶었지만, 입이 떨어지지 않았다. 한밤중이면 종종 그러하듯이 갑자기 사방이 쥐 죽은 듯한 고요에 잠겼다… 수풀 속의 귀뚜라미 울음소리조차 멈춰 버렸다. 어디선가 창문이 딸그락거리는 소리만이 들려올 뿐이었다. 나는 그렇게 한참을 서 있다가, 차가워진 내 방 침대로 돌아왔다. 이상한 흥분이 느껴졌다. 마치 애인을 만나러 갔지만 만나지 못한 채 홀로 남아 있다가 타인의 행복을 스쳐 지나온 것 같은 기분이었다.

17.

다음 날 나는 지나이다를 얼핏 보았을 뿐이다. 그녀는 공작부인과 마차를 타고 어디론가 가고 있었다. 대신 나는 루쉰을 보았는데, 그는 나와 말레프스키에게 인사를 하는 둥 마는 둥 했다. 젊은 백작은 헤벌쭉 웃더니 다정하게 내게 말을 걸었다. 곁채를 드나드는 손님들 가운데 그만이 약삭빠르게 우리 집에 드나들었고 어머니의 총애를 받았다. 아버지는 그를 달가워하지 않았으므로 모욕적일 정도로 예의 바르게 그를 대했다.

"아, 시동 씨!"[10] 말레프스키가 말을 시작했다. "만나니 반갑군요. 당신의 아름다운 여왕님은 무얼 하고 계십니까?"

그의 말쑥하고 잘생긴 얼굴도 이 순간 내게는 역겨웠다. 그는 경멸스럽고 조롱하는 듯한 눈초리로 나를 바라보고 있었으므로, 나는 아무 대꾸도 하지 않았다.

"아직도 화가 나셨습니까?" 그가 말을 이었다. "쓸데없이. 당신을 시동이라 부른 건 내가 아니잖습니까? 특히나 여왕에게는 으레

---

10 Ah, monsieur le page!

시동이 딸려 있지요. 감히 말씀드리자면, 당신은 자기 직책을 제대로 수행하지 못하고 있는 것 같군요."

"뭐라고요?"

"시동은 여왕과 떨어지지 않고 항상 붙어 있어야 하는 법입니다. 시동은 여왕이 무얼 하는지 전부 알고 있어야 하고, 일거수일투족을 다 관찰해야 한단 말입니다." 그가 목소리를 낮추어 덧붙였다. "밤낮으로요."

"무슨 말이 하고 싶으신 겁니까?"

"무슨 말이 하고 싶냐고요? 분명하게 말했잖습니까. 밤과 낮이라고요. 낮에는 어떻게든 흘러가지요. 훤하고 사람들도 많으니. 그런데 밤에는 위험이 도사리고 있습니다. 밤에도 자지 말고 온 힘을 다해 잘 살피라고 충고하고 싶군요. 기억나실 겁니다. 밤에 정원에 분수가에서. 여기를 지켜야 한단 말입니다. 당신은 내게 고맙다고 하게 될 겁니다."

말레프스키는 껄껄 웃으며 내게서 등을 돌렸다. 아마도 그가 한 말에 특별한 의미가 있는 건 아닌 듯했다. 그는 사람을 잘 속이기로 소문이 났고, 무도회에서도 사람들을 골탕 먹이는 술수로 유명한 사람이었다. 뼛속 깊이 배어있어서 거의 무의식적으로 튀어나오곤 하는 거짓말쟁이 기질이 이를 가능케 한 것이었다… 그는 그저 나를 놀려주고 싶었던 것뿐이다. 하지만 그의 한마디 한마디는 독이 되어 내 혈관을 타고 온몸으로 퍼져 나갔다. 피가 머리로 솟구쳤다. "아! 그런 거였군!" 나는 혼잣말을 했다. "그렇지! 어제 내 예감이 맞았던 거야! 괜히 내가 정원으로 이끌린 게 아니었어! 그럴 리가 없지!" 나는 크게 소리치며 주먹으로 가슴을 쿵쿵 쳤다. 무엇이 그럴

리 없다는 것인지 나 자신도 확실히 알지 못했지만 말이다. '말레프스키가 정원으로 갔던 걸까?' 나는 생각했다. (그는 무심결에 그런 소리를 했을 수도 있다. 그러고도 남을 만큼 뻔뻔스러운 자니까.) '아니면 다른 남자일까? (우리 정원의 담장은 아주 낮아서 그 담을 뛰어넘는 것쯤은 별일이 아니었다.) 어쨌든 나한테 걸리기만 하면 그는 무사하지 못할 걸! 누구든지 나를 조심하는 게 좋을 거야! 나는 온 세상에, 그리고 그 배신자에게 (나는 그녀를 배신자라고 부르고 말았다.) 나도 복수할 수 있다는 걸 보여 주고 말 테다!'

나는 방으로 돌아와 얼마 전에 구입한 영국제 칼을 책상에서 꺼내어 칼날을 만져보았다. 그리고 눈썹을 찌푸리면서 냉혹하고 결연하게 그것을 주머니에 찔러넣었다. 마치 이런 일이 새삼스럽지 않고 처음도 아닌 듯이 행동했다. 내 심장은 세차게 고동치더니 돌처럼 딱딱해졌다. 밤이 깊어갈 때까지도 나는 눈썹을 풀지 않고 입술을 꽉 다문 채 있었다. 나는 온기가 느껴지는 칼을 주머니 안에서 꽉 쥔 채, 어떤 끔찍한 일에 대한 마음의 준비를 하면서 방안을 이리저리 서성거렸다. 지금껏 경험해 본 적 없는 이 새로운 느낌은 나를 사로잡았고, 유쾌한 기분까지 들게 해서, 지나이다 생각이 별로 나지 않을 정도였다. 젊은 집시 알레코가 끊임없이 떠올랐다. '젊은 미남이여, 어딜 가느냐? 눕거라…' 그 다음, '그대는 온몸이 피로 물들었구나…! 오, 무슨 짓을 한 거냐?' '아무 짓도 안 했소!' 나는 잔인한 미소를 지으며 '아무 짓도!'하고 되뇌었다. 아버지는 집에 없었다. 그러나 얼마 전부터 내내 화난 상태였던 어머니가 내 심상치 않은 상태를 알아차린 듯이 저녁 식사 때 내게 물었다. "왜 보릿자루를 노리는 생쥐 마냥 뾰로통하니?" 나는 대답 대신에 그저 무심한 척 싱긋

첫사랑

미소 지어 보이며 생각했다. '그들이 이 사실을 알고 있다면!' 11시를 알리는 종이 쳤다. 나는 방으로 돌아왔지만, 옷도 벗지 않고 자정이 되기만을 기다렸다. 이윽고 12시를 알렸다. "지금이다!" 나는 앙다문 이 사이로 중얼거렸다. 목 아래까지 단추를 전부 채우고 소매까지 걷어 올린 후, 정원으로 향했다.

나는 지키고 서 있을 장소를 미리 생각해 두었다. 정원 한쪽 끝에, 우리 땅과 자세킨 네 땅을 가로막고 있는 벽 담장이 있는 곳에 전나무 한 그루가 외로이 서 있었다. 그 낮고 무성한 나뭇가지 아래 서 있으면, 밤의 어둠이 허락하는 한 주변에서 일어나는 일을 잘 볼 수 있었다. 그곳에는 늘 신비롭게 보였던 오솔길이 있었다. 오솔길은 타고 넘나든 발자국이 나 있는 담장 아래로 구불구불 나 있었고, 아키시아 나무로 지은 둥근 정자 쪽으로 뻗어 있었다. 나는 전나무까지 걸어가서, 나무에 몸을 기대선 채로 주변을 감시하기 시작했다.

어젯밤과 마찬가지로 몹시 고요했다. 그런데 하늘에 구름이 별로 없어서 관목의 형체뿐 아니라 키가 큰 꽃들의 윤곽까지도 또렷하게 보였다. 기다리는 처음 한동안은 너무나 괴로웠다. 공포스러울 지경이었다. 나는 어떠한 상황이라도 마주할 각오가 되어 있었고, 그저 어떻게 행동할지만 곰곰이 생각했다. "어디를 가는 것이냐? 멈춰라! 바른대로 말해. 그렇지 않으면 죽음만 있을 뿐이다!" 이렇게 호통을 칠까? 아니면 그냥 바로 푹 찔러 버릴까… 바스락거리는 소리 하나, 살랑 대는 소리 하나하나에 특별한 의미가 있는 것처럼 느껴졌다… 나는 준비했다… 몸을 앞으로 수그렸다… 하지만 삼십 분이 지나고 또 한 시간이 흘렀다. 내 안의 피가 잠잠해지고 차가워졌다. 내가 괜한 짓을 한 것이로구나, 내가 우스운 짓을 했다, 말레프스키가 나를 조롱한 것이었다… 이런 생각이 마음속에서 생겨나기 시작했다. 나는 숨어 있길 관두고 정원 구석구석을 돌아다녔다. 일부러 그러기라도 한 듯 아주 작은 소리조차 들리지 않았다. 모든 것이 잠들었다. 우리 집 개조차도 몸을 둥글게 돌돌 말고 문 옆에 달라붙어 잠에 빠져 있었다. 나는 폐허가 된 온실 위로 기어 올라가, 눈앞에 멀리 펼쳐진 들판을 바라보았다. 지나이다와의 만남을 회상하고, 깊은 생각에 잠겼다….

나는 흠칫 몸을 떨었다… 삐걱하며 문 열리는 소리가 나더니, 우지직 나뭇가지가 꺾이는 가벼운 소리가 들린 것 같았다. 나는 껑충껑충 두 번을 뛰어 폐허에서 내려왔다. 그리고 그 자리에서 얼어붙었다. 빠르고 가볍지만 경계하는 듯한 발소리가 정원에서 분명 울리고 있었다. 발소리는 내 쪽으로 점점 가까워졌다. "바로 그다… 그 사람이다, 드디어!" 내 심장이 세차게 고동쳤다. 나는 조급하게 주머니에서 칼을 확 잡아뺀 후 재빨리 칼을 펼쳤다. 붉게 타오르는 불꽃 같은 것이 내 눈에서 빙빙 회오리쳤다. 공포심과 악의로 머리칼이 쭈뼛쭈뼛 곤두섰다… 발걸음은 곧장 내 쪽을 향해 오고 있었다. 나는 몸을 한껏 웅크린 채로 그들을 향해 움직였다… 한 사람이 나타났다… 맙소사! 그건 내 아버지였다!

아버지는 검은 망토를 걸치고 모자를 얼굴 쪽으로 푹 눌러쓰고 있었지만, 나는 곧바로 그를 알아보았다. 아버지는 발뒤꿈치를 들고 가만가만 내 옆을 지나쳤다. 나는 몸에 아무것도 걸치지 않았지만, 땅에 몸이 달라붙은 것처럼 잔뜩 웅크리고 있었으므로 아버지는 나를 발견하지 못했다. 질투심에 불타 살인할 각오가 되어 있던 오델로는 한순간에 학생으로 변해 버렸다… 나는 예상치 못한 아버지의 등장에 너무 놀란 나머지 처음에는 아버지가 어디에서 와서 어느 쪽으로 사라졌는지조차 분간조차 하지 못했다. 주위가 다시 고요해졌을 때에야 나는 겨우 몸을 펴고 생각했다. '아버지는 왜 이 밤중에 정원에 나온 걸까'. 겁에 질린 나머지 나는 풀밭에 칼을 떨어뜨렸지만 찾아볼 생각도 하지 않았다. 나는 몹시 부끄러웠다. 단번에 정신이 번쩍 들었다. 하지만 집으로 돌아오는 길에 나는 딱총나무관목 아래 놓인 내 벤치로 가서 지나이다의 침실 창문을 바라보았다. 약간 구부러진 작은 유리창은 밤하늘의 약한 빛을 받아 희미하게 빛났다. 갑자기 유리창 색깔이 변하기 시작했다… 창문 너머로 나는 분명히 보았다. 하얀 커튼이 조심스럽게 살며시 창틀까지 내려오더니, 그 뒤로는 꼼짝도 하지 않았다. "이게 다 뭐지?" 다시 방에 돌아왔을 때, 나는 나도 모르게 큰 소리로 말했다. "꿈일까, 우연일까, 아니면…." 갑자기 머릿속에 떠오른 추측은 너무나 새롭고 이상한 것이어서, 나는 그것을 제대로 떠올려 볼 수조차 없었다.

18.

아침에 나는 두통을 느끼며 잠에서 깼다. 어제의 흥분은 사라졌다. 대신 무거운 의혹과 경험한 적 없는 어떤 우수가 그 자리를 차지했다. 내 안에서 무언가가 죽어가는 것만 같았다.

"자네는 그렇게 뇌를 반쯤 들어낸 토끼처럼 뭘 쳐다보는 건가?" 루쉰이 나를 만나자 이렇게 말했다.

아침 식사 때 나는 가만히 아버지와 어머니를 번갈아 가며 살펴보았다. 아버지는 평소처럼 침착했고, 어머니도 여느 때처럼 화를 애써 감추고 있었다. 나는 이따금 그랬듯이 아버지가 내게 친절하게 말을 걸어오지 않을까 기다렸다… 하지만 아버지는 내게 늘 하던 냉랭한 애정 표현조차 보여주지 않았다. '지나이다한테 모조리 얘기해 버릴까?' 나는 생각했다. '이러나저러나 마찬가지야. 우리 사이는 완전히 끝나 버렸어.' 나는 그녀를 찾아갔지만, 입도 뻥끗하지 못했을 뿐만 아니라 내 기대와는 달리 이야기할 기회조차 없었다. 페테르부르크에서 유년 사관 학교에 다니는 열두 살쯤 된 공작부인의 아들이 휴일을 맞아 집에 내려와 있었다. 지나이다는 곧장 자기 동생을 내게 맡겨 버렸다.

"자," 그녀가 말했다. "나의 사랑스러운 볼로쟈(그녀는 처음으로 나를 이렇게 불렀다.), 당신 친구랍니다. 이 애 이름도 볼로쟈예요. 잘 대해 주세요. 아직 어린애지만 마음씨가 착하답니다. 네스쿠치느이 공원을 보여 주고 같이 산책도 좀 하면서 이 애를 돌봐주세요. 해 주시겠죠? 그렇죠? 당신도 착한 분이시니까요!"

그녀는 상냥하게 내 어깨 위에 두 손을 얹었다. 나는 완전히 어리둥절해졌다. 이 소년의 등장이 나를 완전히 어린 애로 만들어 버렸다. 나는 말없이 사관 학교 생도를 쳐다보았다. 그도 잠자코 나를 물끄러미 응시했다. 지나이다는 깔깔 웃으면서 우리를 서로에게 밀어붙였다.

"자, 포옹해요, 우리 친구들!"

우리는 껴안았다.

"정원에 데려가 줄까요?" 내가 사관 학교 생도에게 물었다.

"좋아요." 그는 사관 학교 생도다운 목쉰 소리로 대답했다.

지나이다는 다시 웃어 댔다… 나는 그녀의 얼굴에서 이처럼 매력적인 홍조를 본 적이 없다는 사실을 알아차렸다. 우리는 함께 밖으로 나왔다. 우리 집 정원에는 낡은 그네가 있었다. 나는 그를 좁다란 판자 위에 앉히고 밀기 시작했다. 그는 폭이 두꺼운 금색 술이 달린 두툼한 모직으로 만든 새 제복을 입고 미동도 없이 앉아서 그넷줄을 꼭 쥐고 있었다.

"칼라 단추를 풀어야지." 내가 그에게 말했다.

"괜찮아요. 익숙해서요." 그는 말을 하고 목을 가다듬었다.

그는 자기 누나를 닮았다. 특히 그녀의 눈을 쏙 빼닮았다. 나는 그를 돌보는 것이 즐겁기는 했지만, 동시에 가슴 저리는 슬픔이

내 심장을 조용히 갉아 먹는 것 같았다. '지금 나는 꼭 어린애로구나.' 나는 생각했다. '그런데 어제는….' 나는 전날 밤에 칼을 잃어버린 장소를 떠올려서 칼을 찾아냈다. 사관 학교 생도가 칼을 달라고 하더니, 굵은 어수리 줄기를 뜯어 피리를 만들어서 불기 시작했다. 오델로도 휘파람을 불었다.

그러나 저녁에 정원 구석에서 그를 발견한 지나이다가 대체 무엇 때문이냐고 물었을 때, 이 오델로는 그녀의 팔에 안겨 얼마나 울었던가? 그녀가 깜짝 놀랄 정도로 내 눈물이 왈카닥 쏟아졌다.

"무슨 일이에요? 무슨 일인가요, 볼로쟈?" 그녀가 되풀이했다. 그러나 내가 대답도 하지 않고 울음도 그치지 않는 것을 보자, 그녀는 눈물로 젖은 내 뺨에 입을 맞추려고 했다.

그러나 나는 고개를 돌린 채 흐느끼면서 속삭였다.

"나는 다 알고 있어요. 왜 당신은 나를 가지고 놀았나요…? 무엇 때문에 내 사랑이 필요했던 겁니까?"

"나는 당신한테 죄를 지었어요, 볼로쟈…." 지나이다가 말했다. "아, 나는 너무나 죄가 많아요…." 이렇게 덧붙이고 그녀는 두 손을 꼭 움켜쥐었다. "내가 얼마나 나쁘고 어둡고 죄 많은 사람인지 몰라요… 하지만 나는 지금 당신을 가지고 노는 게 아니에요. 나는 당신을 사랑해요. 내가 왜, 그리고 얼마나 당신을 사랑하는지 상상도 못 할 거예요… 그런데 당신은 대체 무엇을 알고 있다는 거죠?"

내가 그녀에게 무슨 말을 할 수 있었을까? 그녀는 내 앞에 서서 날 바라보았다. 그녀가 나를 바라보는 순간 나는 머리부터 발끝까지 전부 그녀의 것이 되어 버렸다… 십오 분쯤 지나 나는 이미 사관 학교 생도와 지나이다와 앞다퉈 뜀박질을 하고 있었다. 나는 울지 않고 웃고 있었다. 비록 웃어 대는 바람에 부어오른 눈꺼풀에서 구슬진 눈물이 떨어졌지만⋯ 내 목에는 넥타이 대신 지나이다의 리본이 매어 있었다. 그리고 그녀의 허리를 잡는 데 성공했을 때, 나는 기쁨에 겨워 소리를 질렀다. 그녀는 날 데리고서 하고 싶은 모든 것을 했다.

19.

　　만약 그날 밤의 탐험이 실패로 끝난 후 일주일 동안 내게 벌어진 일을 자세히 말해 보라고 한다면, 나는 상당한 어려움을 느꼈을 것이다. 그 일주일은 이상한 열병 같은 시간이었다. 모순된 감정, 생각, 의혹, 희망, 기쁨, 고통이 회오리치는 일종의 카오스였다. 만약 열여섯 살밖에 안 된 소년도 자기 마음속을 들여다볼 수 있다면, 나는 내 안을 들여다보는 것이 두려웠다. 무엇이든 간에 솔직하게 인정하는 것이 두려웠다. 나는 그저 낮부터 밤까지 시간을 보내기에 바빴다. 대신 밤에는 잠을 잤다… 어린애 특유의 단순함이 도움이 되었다. 내가 사랑받고 있는지 아닌지 알고 싶지 않았고, 또 내가 사랑받지 못한다는 것을 스스로 인정하고 싶지도 않았다. 나는 아버지를 피했다. 그런데 지나이다는 피할 수가 없었다… 그녀 옆에 있을 때면 나는 불타오르는 것만 같았다… 하지만 나를 불태우고 녹여 버리는 그 불길이 어떤 것인지 내가 알아야 할 이유는 없었다. 그저 타고 녹아 버리는 것만으로 몹시 달콤한 행복이었으니까. 나는 내 모든 감각에 몸을 맡겼고, 나 자신을 속였다. 기억을 외면했으며, 다가올 미래에 대한 예감에는 눈을 감았다… 이 고통은 오래가지 못했을 것이다… 천둥 번개가 단번에 모든 것을 중단시키고 나를 새로운 길 위에 던져 놓았다.

어느 날 꽤 오랜 산책을 마치고 점심을 먹으러 돌아온 나는 혼자서 식사해야 한다는 사실을 알고 몹시 놀랐다. 아버지는 집에 계시지 않았고, 어머니는 건강이 좋지 않아 식사할 생각이 없다며 침실에서 꼼짝하지 않았다. 나는 하인들의 표정을 보고서 무언가 심상치 않은 일이 벌어졌음을 알아차렸다… 하인들에게 속속들이 물어볼 엄두가 나지 않았다. 하지만 내게는 주방에서 일하는 필립이라는 젊은 친구가 있었다. 그는 시를 열렬히 사랑하고 기타를 훌륭하게 연주하는 청년이었다. 나는 그에게 향했다. 그를 통해서 나는 아버지와 어머니 사이에 한바탕 싸움이 있었다는 것을 알 수 있었다. (하녀 방에서는 토씨 하나 빠뜨리지 않고 다 들렸다고 했다. 프랑스어로 많은 말이 오갔지만, 마샤라는 하녀가 파리에서 온 재봉공과 오 년을 함께 살았으므로 모든 얘기를 다 알아들었다.) 어머니는 아버지의 배신과 이웃 처녀와의 관계를 비난했다. 아버지는 처음에는 변명을 늘어놓았지만, 곧장 버럭 화를 내며 '자신들의 나이가 어떻다는 둥' 잔인한 말을 내뱉었다고 했다. 그 말에 어머니는 울음을 터뜨렸다. 어머니가 늙은 공작부인에게 주었다는 어음 얘기를 꺼내면서 그녀뿐 아니라 그 딸에 대해서도 혹독한 말을 늘어놓자, 아버지는 어머니를 위협했다는 것이었다.

"이 모든 불행이 일어난 건," 필립은 말을 이었다. "익명의 편지 때문입니다. 누가 썼는지는 모르지만. 그 편지가 아니라면 어떻게 이런 일이 어떻게 밖으로 새어 나올 수 있겠어요."

"정말로 무슨 일이 있긴 있었나 보군?" 나는 간신히 물었다. 내

팔과 다리는 차가워졌고, 가슴 가장 깊은 곳에서 무언가가 부들부들 떨리기 시작했다.

필립은 의미심장하게 눈을 깜박였다.

"있었지요. 그런 일은 숨길 수가 없습니다. 이번에는 아버님께서도 조심하시긴 했어요. 그렇지만 꼭 필요한 것들이 있지 않습니까. 예를 들어, 마차를 빌린다든지… 사람들의 손을 빌리지 않으면 안 되지요."

나는 필립을 돌려보내고 침대에 쓰러졌다. 나는 울지 않았고, 절망에 빠지지도 않았다. 언제, 어떻게 이 모든 일이 벌어진 것일까 자문하지 않았고, 어째서 내가 그 전에 오랫동안 눈치채지 못했던 것인지 놀라워하지도 않았다. 심지어 나는 아버지를 원망하지도 않았다… 내가 알게 된 것은 내 힘으로 어찌할 수 없는 일이었다. 이 뜻밖의 발견이 나를 짓눌렀다… 모든 게 끝나버렸다. 나의 모든 꽃들이 송두리째 뽑히고 흩어져 짓밟힌 채 내 주변에 널려 있었다.

20.

다음 날 어머니는 시내로 이사를 할 것이라고 알렸다. 아침에 아버지는 어머니의 침실로 가서 오랫동안 함께 있었다. 아버지가 무슨 이야기를 했는지 아무도 듣지 못했지만, 어머니는 더 이상 울지 않았다. 어머니는 마음을 가라앉히고 식사를 가져오라고 일렀다. 그러나 모습을 드러내지는 않았고, 이사하겠다는 결심도 바꾸지 않았다. 지금도 기억나지만, 나는 온종일 이리저리 서성대며 돌아다녔다. 그러나 정원으로는 나가지 않았고, 곁채에 눈길조차 주지 않았다. 그날 저녁 나는 놀라운 사건을 목격했다. 아버지가 응접실에서 말레프스키 백작의 팔을 붙잡아 현관으로 끌어내고 있었다. 아버지는 하인이 보는 앞에서 냉정하게 말했다. "며칠 전 어떤 집에서 백작님께 문을 가리키며 나가라고 했다지요. 당신에게 여러 말 하지는 않겠소. 그러나 당신이 또다시 나를 찾아오면 그때는 당신을 창밖으로 던져버리겠다고 말하고 싶군요. 당신의 필체가 마음에 들지 않소." 백작은 고개를 푹 숙이고 이를 악문 채로 몸을 움츠리며 사라졌다.

우리 집이 있는 아르바트 시내로 이사할 준비를 시작했다. 아버지 역시 별장에 더 머무르고 싶어 하지 않는 듯했다. 그러나 아버지는 어머니가 소란을 피우지 못하게 설득하는 데는 성공한 것 같 았다. 모든 일이 조용히 차근차근 진행되었다. 심지어 어머니는 몸 이 좋지 않아 출발 전에 찾아뵙지 못해 유감스럽다는 인사를 공작 부인에게 전하도록 했다. 나는 정신 나간 사람처럼 헤매고 돌아다녔 다. 단지 하루빨리 이 모든 것이 끝나기만을 바랐다. 한 가지 생각이 내 머릿속을 떠나지 않았다. 어떻게 그처럼 젊은 처녀가, 그것도 공 작의 딸이라는 여자가, 나의 아버지에게 가정이 있다는 것을 알면서 그런 행동을 할 수 있었을까? 하다못해 벨로브조로프 같은 사람과 도 결혼할 수 있는 일 아닌가? 그녀는 대체 무엇을 기대했던 것인가? 자기의 앞날을 완전히 망쳐버리는 것을 어찌 두려워하지 않았을까? 그렇다, 나는 생각했다. 이것이야말로 사랑이다. 이것이 열정이고 희 생이라는 것이다… 루쉰이 했던 말이 떠올랐다. '어떤 사람들에게는 자기를 희생하는 것이 달콤한 행복이다.' 어쩐 일인지 곁채의 창문 중 하나에서 어렴풋이 그림자 하나가 보였다…'저것이 정말 지나이 다의 얼굴일까?' 나는 생각했다… 분명 그녀의 얼굴이었다. 나는 참 을 수 없었다. 그녀에게 마지막 인사도 하지 못하고 헤어질 수는 없 었다. 나는 기회를 엿보다 곁채로 향했다.

응접실에서 공작부인이 여느 때처럼 격식 없는 무심한 인사로 나를 맞았다.

"무슨 일인가요, 도련님. 왜 그렇게 서둘러 떠나시나요?" 그녀 가 양쪽 콧구멍에 담배를 쑤셔 넣으면서 말했다.

그녀를 보자 나는 마음이 가벼워졌다. 필립이 말한 어음이라 는 말이 나를 괴롭혔다. 그녀는 아무것도 눈치채지 못하고 있었다… 적어도 그때 내 눈에는 그렇게 보였다. 옆방에서 검은 드레스를 입고 창백한 얼굴에 머리를 풀어 헤친 지나이다가 나타났다. 그녀는 말없이 내 손을 잡아끌고 자기 방으로 데려갔다.

"당신 목소리가 들려와서," 그녀가 말했다. "바로 나간 거예요. 당신은 너무 쉽게 우리를 버리고 가 버리네요, 못된 아이로군요?"

"아가씨, 나는 작별 인사를 하러 왔습니다." 내가 대답했다. "아마 다시는 보지 못할 것입니다. 우리가 이사 간다는 소식을 들으셨겠지요."

지나이다는 나를 빤히 바라보았다.

"네, 들었어요. 와 줘서 고마워요. 당신을 보지 못하리라고 생각했어요. 나를 나쁘게 생각하지 말아줘요. 가끔 당신을 놀려주긴 했지만, 당신이 생각하는 것 같은 그런 사람은 아니에요."

그녀는 뒤돌아서 창가에 몸을 기대었다.

"그래요, 나는 그런 사람이 아니에요. 당신이 나를 나쁘게 생각한다는 거 알고 있어요."

"제가요?"

"네, 당신… 당신 말이에요."

"저요?" 나는 슬픔에 잠겨 되물었다. 내 심장은 저항할 수 없고 말로 표현할 수 없는 그녀의 매력에 사로잡혀 이전처럼 떨려오기 시작했다. "내가 말입니까? 믿어주세요, 지나이다 알렉산드로브나. 당신이 무슨 짓을 하더라도, 나를 아무리 괴롭히더라도, 나는 죽는 날까지 당신을 사랑하고 숭배할 것입니다."

그녀는 재빨리 나를 향해 돌아서더니 두 팔을 활짝 벌려 내 머리를 끌어안고는 힘차고 뜨겁게 내게 키스했다. 이 길고 긴 이별의 키스가 누구를 찾는 것이었는지는 신만이 아실 것이다. 그러나 나는 그 입맞춤의 달콤함을 탐욕스럽게 맛보았다. 나는 이런 순간이 다시 오지 않으리라는 것을 알고 있었다.

"안녕, 안녕히." 나는 몇 번이고 되풀이했다….

그녀는 도망치듯 나가 버렸다. 나도 밖으로 나왔다. 그 집에서 나올 당시의 심경을 제대로 전할 수가 없다. 나는 그런 심경이 언제라도 다시 되풀이되지 않기를 바랐다. 하지만 그런 감정을 한 번도 경험하지 못했다면 나는 자신을 불행한 사람이라고 여겼을 것이다.

우리는 시내로 이사했다. 나는 지난 일에서 금방 헤어나오지 못했고 쉽사리 학업에 전념하지도 못했다. 나의 상처는 천천히 아물어갔다. 그러나 정말로 아버지에 대해서는 나쁜 감정을 조금도 가지지 않았다. 그 반대였다. 내 눈에 아버지는 더 큰 존재같이 보였다… 이 모순된 감정은 심리학자들이 설명하도록 내버려 두자. 어느 날 나는 산책길을 걷다가 우연히 루쉰과 마주쳤다. 이루 말할 수 없이 기뻤다. 그의 직선적이고 솔직담백한 성격 때문에 나는 그를 무척 좋아했다. 그뿐 아니라 그가 내게 불러일으킨 기억만으로도 그는 내게 소중한 사람이었다. 나는 그에게 달려갔다.

"아하!" 그가 말하며 눈썹을 찡긋했다. "자네로군, 젊은이! 어디 좀 봅시다. 여전히 얼굴이 누르스름하군요. 그래도 당신 눈에서 예전처럼 허접쓰레기 같은 건 보이지 않는군요. 집안에서 귀염받는 강아지가 아니라 어엿한 어른 같습니다. 좋은 일이지요. 그런데 무엇을 하십니까? 공부하십니까?"

나는 한숨을 쉬었다. 거짓말을 하고 싶지 않았지만, 진실을 말하기는 부끄러웠다.

"자, 괜찮아요." 루쉰이 말을 이었다. "겁내지 마세요. 중요한 건

평범하게 살면서 열정에 휩쓸리지 않는 것입니다. 무슨 소용이겠습니까? 어느 쪽으로 치든 파도는 늘 해롭습니다. 인간은 돌 위에서라도 자기 두 발로 굳건히 서 있어야 합니다. 나는 이렇게 기침을 한답니다… 그런데 벨로브조로프 소식은 들으셨습니까?"

"무슨 일이 있습니까? 듣지 못했어요."

"소리소문 없이 사라져 버렸습니다. 카프카즈로 갔다더군요. 당신 같은 젊은이에게는 교훈이 될 겁니다. 이 모든 농담 같은 일들이 제때 헤어지지 못하고 그물을 끊어내지 못해서 벌어진 것입니다. 이렇게 당신은 무사히 빠져나온 것 같군요. 다시는 빠져들지 마십시오. 그럼 안녕히."

'빠져들지 않아요….' 나는 생각했다. '더 이상 그녀를 보지 못할 테니까요.' 하지만 나는 지나이다를 한 번 더 만나야 할 운명이었다.

21.

아버지는 말을 타고 매일 외출했다. 아버지에게는 회색 털이 섞인 밤색 영국산 말이 있었다. 길고 가는 목과 기다란 다리를 가진 말은 지칠 줄 몰랐으며 사나웠다. 말의 이름은 엘렉트릭이었다. 아버지 외에 그 말을 탈 수 있는 사람은 없었다. 어느 날 아버지는 한동안 보지 못했던 기분 좋은 얼굴로 내 방에 들어왔다. 아버지는 외출할 채비를 마치고 벌써 박차를 달고 있었다. 나는 데려가 달라고 아버지를 졸랐다.

"뛰어넘기 놀이를 하는 게 더 나을 텐데." 아버지가 대답했다. "네 독일산 말로는 나를 쫓아오지 못할 거다."

"쫓아갈 수 있어요. 저도 박차를 달겠어요."

"그럼, 그렇게 하렴."

우리는 출발했다. 나는 북실북실한 검은 털에 다리가 튼튼하고 꽤 날쌘 말을 가지고 있었다. 실제로 엘렉트릭이 빠르게 걸을 때 내 말은 전속력으로 달려야 했지만, 어쨌거나 나는 뒤처지지 않았다. 나는 아버지 같은 기수를 본 적이 없었다. 아버지는 너무나 아름답게, 무심하면서도 날쌘 솜씨로 말을 탔다. 아버지를 태운 말도 그것을 느끼고 아버지를 자랑스러워하는 것 같았다. 우리는 모든 산책로를 하나도 빠짐없이 달려서 데비치 들판까지 나아갔다. 울타리 몇 개를 뛰어넘고,(처음에는 뛰어넘는 것이 무서웠지만, 아버지가 소심한 사람을 경멸했기 때문에 겁내지 않았다.) 모스크바 강을 두 번이나 건넜다. 나는 이제 집으로 돌아가겠거니 했다. 더욱이 아버지도 내 말이 지쳤다는 것을 눈치채고 있다고 생각했다. 그런데 갑자기 아버지는 나한테서 몸을 틀어 크림 여울 쪽으로 방향을 바꾸더니 강변을 따라 달리기 시작했다. 나도 뒤따라 달렸다. 높게 쌓아 올린 낡은 통나무 더미에 이르자 아버지는 엘렉트릭에서 날쌔게 뛰어내렸고 내게도 내리라고 했다. 그리고 자신의 말고삐를 내게 주며 여기 통나무 옆에서 기다리라고 한 뒤 좁은 골목길로 들어서더니 사라졌다. 나는 말들을 끌고 강변을 왔다 갔다 하면서 엘렉트릭을 꾸짖었다. 엘렉트릭은 걷는 내내 머리를 흔들어대며 몸을 들썩였고 콧김을 내뿜으면서 히힝 울었다. 내가 멈추어 서면 말굽으로 번갈아 가며 땅을 팠고, 비명 소리를 내며 내 독일산 말의 목을 물려고 했다. 말하자면 응석받이로 자란 순종말답게 굴었다. 아버지는 돌아오지 않았다. 강에서는 습기를 머금은 끈끈한 공기가 밀려와 불쾌하게 했고, 가랑비가 조용히 내렸다. 이미 한참 동안 그 주위를 맴돌아서 쳐다보기조차 싫증 나는 둔탁한 잿빛 통나무 위로 후두둑 빗방울이 떨어져 까만 작은 점들이 얼룩얼룩 생겨났다. 나는 우수에 빠져들었다. 아버지는 아직도 돌아오지 않았다. 온통 회색빛 옷을 입은 한 핀란드 출신 감시인이 항아리 모양의 낡고 커다란 군인모를 머리에 쓰고 도끼 모양의 무기를 손에 든 채 내게 다가왔다.(도대체 모스크바 강변에 감시인이 왜 있단 말인가!) 그는 쭈글쭈글한 얼굴을 들이밀며 말했다.

"도련님, 여기서 말을 끌고 무얼 하십니까? 제가 붙잡고 있을 테니 이리 주시지요."

나는 대답하지 않았다. 그는 내게 담배를 달라고 했다. 나는 그와 떨어져 있고 싶어서(게다가 초조함이 나를 고통스럽게 했다.) 아버지가 사라진 쪽으로 몇 걸음을 옮겼다. 그 길로 골목길 끝에 다다라 모퉁이를 돌아섰을 때, 나는 걸음을 멈추고 말았다. 내가 있는 데서 사십 발자국쯤 떨어진 길 위에 목조 주택 한 채가 있었는데, 열려있는 창문의 바깥쪽에 아버지가 등을 보이고 서 있었다. 아버지는 창틀에 가슴을 대고 서 있었고 집 안에서는 검은 옷을 입은 여자가 커튼으로 몸을 반쯤 가리고 앉아서 아버지와 이야기하고 있었다. 그 여자는 지나이다였다.

나는 그대로 얼어붙었다. 솔직히 말해서 이런 장면을 보게 될 줄은 꿈에도 몰랐다. 처음에 나는 도망가려고 했다. '아버지가 돌아본다면,' 나는 생각했다. '나는 끝이야….' 하지만 이상한 감정이 나를 멈춰 세웠다. 호기심보다 강하고 질투심보다도 강렬하며 공포심보다 더 큰 감정이었다. 나는 그쪽을 바라보기 시작했고, 말소리를 들으려고 애썼다. 아버지가 무언가를 강요하는 듯했다. 지나이다는 동의하지 않는 것 같았다. 서글프고 진지한 아름다운 그녀의 얼굴이 지금도 눈에 선하다. 그 얼굴에는 헌신과 슬픔과 사랑과 어떤 절망의 형용할 수 없는 그림자가 드리워 있었다. 그것을 표현할 어떤 다른 말도 떠오르지 않는다. 그녀는 짧게 몇 마디씩 말했고, 눈을 내리깐 채 순종적이고 고집스럽게 미소만 지어 보일 뿐이었다. 그 미소에서만 나의 지나이다의 예전 모습을 알아볼 수 있었다. 아버지는 어깨를 움츠리며 모자를 고쳐 썼다. 이것은 아버지가 초조함을 느낄 때면 언제나 하는 버릇이었다… 잠시 후 말소리가 들렸다. "당신은 헤어져야만 합니다…."[11] 지나이다는 몸을 꼿꼿이 세우고 손을 내밀었다… 갑자기 내 눈앞에 믿을 수 없는 일이 벌어졌다. 아버지가 프록코트 앞깃에 묻은 먼지를 툭툭 털어내던 채찍을 갑자기 치켜들었다. 그리고 팔꿈치까지 드러난 팔을 내리치는 날카로운 소리가 들렸다. 내 입에서 비명 소리가 터져 나오려는 것을 간신히 참았다. 지나이다는 몸을 부들부들 떨고는 말없이 아버지를 바라보았다. 그리고 천천히 팔을 입술로 가져가서 붉어진 상처에 입을 맞추었다. 아버지는 채찍을 내던지고 서둘러 현관 층계를 올라가서 집 안으로 들어가 버렸다… 지나이다는 돌아섰다. 팔을 늘어뜨리고 고개를 뒤로 젖힌 채 그녀도 창문에서 멀어졌다.

놀란 나머지 정신이 아찔해진 나는 의혹에 찬 공포를 가슴에 품은 채 왔던 길로 황급히 내달렸다. 하마터면 엘렉트릭을 놓칠뻔하면서 골목길을 빠져나와 강변으로 돌아왔다. 나는 아무 생각도 할 수 없었다. 나는 냉정하고 절도 있는 아버지도 이따금 광적인 발작을 일으킨다는 것을 알고 있었다. 그래도 내가 방금 본 것은 전혀 이해할 수가 없었다… 그러나 나는 그 즉시 내가 얼마를 더 살든, 지나이다의 그 몸짓, 그 눈빛, 그 미소를 영원히 잊을 수 없을 것이라는 걸 직감했다. 그녀의 모습, 내 앞에 불현듯 나타난 그 새로운 모습이 내 기억에 영원히 아로새겨지리라는 것을 느꼈다. 나는 하염없이 강물을 바라보았다. 내 눈에서 눈물이 줄줄 흘러내리는 것도 몰랐다. '그녀가 매를 맞다니.' 나는 생각했다. '매를 맞다니… 매를 맞다니….'

---

11 vous devez vous séparer.로 표현하는 프랑스어.

"무얼 하는 게냐, 말을 이리 다오!" 등 뒤에서 아버지의 목소리가 들렸다.

나는 기계적으로 아버지에게 말고삐를 건넸다. 아버지는 엘렉트릭에 훌쩍 올라탔다… 추위에 얼어있던 말은 뒷발로 서서 솟구쳐 오르더니 1.5사젠[12]쯤 앞으로 펄쩍 뛰었다… 하지만 아버지가 곧 말을 제지했다. 아버지는 말의 옆구리를 박차로 꾹 누르고 주먹으로 목덜미를 내리쳤다….“이런, 채찍이 없군.” 아버지가 중얼거렸다.

나는 조금 전 그 채찍이 찰싹하고 후려치던 소리를 떠올리고 몸을 부르르 떨었다.

"채찍은 어디 두셨어요?" 잠시 후 나는 아버지에게 물었다.

아버지는 대답도 하지 않고 앞으로 말을 달렸다. 나는 아버지를 따라잡았다. 나는 꼭 아버지의 얼굴이 보고 싶었다.

"내가 없어서 지루했니?" 아버지는 이를 꽉 다물고 말했다.

"조금요. 채찍은 어디에서 잃어버리신 거예요?" 나는 아버지에게 다시 물었다.

아버지는 재빨리 나를 힐끗 보았다.

"떨어뜨린 게 아니라, 버렸다." 아버지가 말했다.

아버지는 생각에 잠겨 고개를 숙였다… 나는 이때 처음으로, 그리고 거의 마지막으로 아버지의 엄격한 용모에 얼마나 많은 부드러움과 연민이 나타날 수 있는지를 보았다.

아버지는 다시 말을 내달렸다. 이제 나는 아버지를 따라잡을 수 없었다. 나는 아버지보다 십오 분 늦게 집에 도착했다.

12 약 3,201미터. 1사젠은 약 2,134미터이다.

"이것이 바로 사랑이다." 그날 밤 나는 이미 노트와 책들이 쌓이기 시작한 책상 앞에 앉아서, 다시 한번 혼잣말을 했다. "이것이 정열이다!⋯ 어떻게 격분하지 않을 수 있는 걸까, 어떻게 누군가한테 맞는 걸 참을 수 있는 거지!⋯ 가장 사랑하는 사람의 손이라 할지라도 말이다! 그러나 사랑에 빠지면 그럴 수도 있는 거겠지⋯ 하지만 나는⋯ 내가 상상한 건⋯."

이후 한 달 동안 나는 몹시 늙어 버렸다. 그리고 온갖 흥분과 고통으로 얼룩진 내 사랑은 다른 미지의 어떤 것 앞에서 어쩐지 작고 유치하고 초라하게 느껴졌다. 그것은 낯설고 아름답지만 무시무시한 얼굴로 나를 놀라게 했으며, 내가 어슴푸레한 어둠 속에서 분별해 보려 공연히 애쓰는, 겨우 추측만 할 수 있을 뿐인 어떤 것이었다⋯.

바로 그날 밤 나는 기이하고 무서운 꿈을 꾸었다. 나는 천장이 낮고 컴컴한 방으로 들어간 것 같았다⋯ 아버지는 한 손에 채찍을 들고 서서 발을 쾅쾅 굴렀다. 지나이다는 구석에 몸을 바짝 붙이고 있었다. 그녀의 팔이 아니라 이마에 붉은 자국이 나 있었다⋯ 그런데 그 두 사람 뒤에서 온통 피투성이가 된 벨로브조로프가 일어서더니, 창백한 입술을 열며 분노에 차 아버지를 위협했다.

두 달 후 나는 대학에 입학했다. 그리고 반년 뒤 아버지는 페테르부르크에서 돌아가셨다(뇌졸중으로). 이 일은 어머니와 나와 함께 페테르부르크로 이사를 오자마자 일어났다. 죽기 며칠 전에 아버지는 모스크바에서 온 편지 한 통을 받고 몹시 흥분했다⋯ 아버지는 어머니에게 가서 무언가를 부탁하고, 심지어 눈물까지 흘렸다고 한다. 그분이 나의 아버지다! 뇌졸중으로 쓰러지신 바로 그날 아침에 아버지는 내게 프랑스어로 편지를 썼다. '아들아, 여자의 사랑을 두려워하거라. 그 행복을, 그 독을 두려워해라….' 아버지가 돌아가신 후 어머니는 꽤 많은 돈을 모스크바로 보냈다.

22.

사 년이 흘렀다. 나는 갓 대학을 졸업하고 무슨 일을 시작해야 할지, 어떤 문을 두드릴지 아직 곰곰이 생각해 보지 못한 상태였다. 하는 일 없이 그저 빈둥대고 있었다. 어느 날 저녁에 나는 극장에서 마이다노프를 만났다. 그는 결혼하고 취직도 했다. 하지만 그는 조금도 달라진 데가 없어 보였다. 그는 여전히 쓸데없이 감격에 젖어 흥분했다가 또 금세 풀이 죽곤 했다.

"말이 난 김에 말이지만, 돌스카야 부인이 여기에 있다는 것을 당신도 아시겠지요." 그가 나에게 말했다.

"돌스카야 부인이라니, 누구신지요?"

"정말 잊으셨습니까? 예전 자세킨 공작의 딸 말이요. 우리 모두 그녀에게 홀딱 빠져 있었지요. 당신도 마찬가지고요. 기억나실 테지요, 네스쿠치느이 공원 근처 별장에서."

"그녀가 돌스키 씨와 결혼했습니까?"

"그렇습니다."

"그 여자가 여기, 이 극장에 와 있다는 말씀입니까?"

"아니, 페테르부르크에 있단 말이오. 며칠 전에 이곳에 왔는데,

외국으로 떠날 거라더군요."

"남편은 어떤 사람인가요?" 내가 물었다.

"멋진 사나이지요, 재산도 있고. 모스크바에 근무하던 시절 내 동료였답니다. 당신도 알고 계시겠지만, 그 사건 이후로… 당신은 이 모든 걸 잘 알고 있을 테지만 (마이다노프는 의미심장한 미소를 지었다)… 그 여자는 배우자를 찾는 데 어려움이 많았답니다. 여러 가지 일들이 뒤따랐으니까… 하지만 영리한 여자니까 모든 게 가능했지요. 그녀에게 가 보십시오. 당신을 보면 몹시 기뻐할 겁니다. 그녀는 더 예뻐졌답니다."

마이다노프는 지나이다의 주소를 내게 건네주었다. 그녀는 데무트 호텔에 묵고 있었다. 오래된 기억들이 내 안에서 깨어나기 시작했다… 나는 다음 날 나의 옛 '연인'을 찾아가리라 마음먹었다. 하지만 무슨 일이 생기는 바람에 일주일이 지나고, 또 한 주일이 흘렀다. 마침내 데무트 호텔을 방문해 돌스카야 부인을 찾았을 때, 나는 그녀가 나흘 전 아이를 낳다 갑자기 죽었다는 사실을 알게 되었다.

마치 무언가가 가슴을 후벼파는 것만 같았다. 그녀를 만날 수 있었는데 만나지 못했다는 생각, 그리고 앞으로 영원히 그녀를 볼 수 없게 되었다는 생각이 들었다. 이 고통스러운 생각은 반박할 수조차 없는 강한 비난처럼 나를 깊숙이 파고들었다. '그녀가 죽었다!' 나는 이렇게 되뇌었다. 멍하니 문지기를 바라보고 조용히 거리로 나와 어디로 향하는지도 모른 채 걷기 시작했다. 지난 모든 일이 한 번에 떠올라 눈앞에 펼쳐졌다. 그 젊고 열렬하고 찬란한 생명이 조바심 내고 마음 졸이며 내달린 결과란 고작 이것이란 말인가! 나는 이렇게 생각하며, 축축한 지하의 암흑 속에 놓인 비좁은 관 안에 누워 있을 그 소중한 모습, 그 눈동자, 그 곱슬머리를 상상했다. 그곳은 아직 살아있는 내게서 그다지 멀지 않고, 아마도 나의 아버지로부터 몇 발자국 떨어지지 않은 곳인지도 모른다… 나는 내내 이런 생각들을 하며 상상의 나래를 펼쳤다.

무심한 사람의 입에서 나는 죽었다는 소식을 들었노라,
그리고 나는 그 소식에 무심히 귀 기울였노라,

내 마음속에서 이 시구가 울렸다. 아, 청춘이여! 청춘이여! 너는 아무것도 거리낄 것 없구나. 너는 마치 우주의 온갖 보물을 다 지닌 것만 같구나. 우수도 네게는 위로가 되고, 슬픔조차도 네게는 잘 어울린다. 너는 자신만만하며 대담하다. '나는 혼자서 살아간다, 보아라!'하고 너는 말하지만, 좋은 시절은 흘러가고, 흔적도 남기지 않은 채 덧없이 사라진다. 그러면 네 모든 것은 태양 아래 양초처럼, 눈처럼 녹아 사라진다… 어쩌면 네가 지닌 아름다움의 모든 비밀은 무엇이든 할 수 있다는 가능성에 있는 것이 아니라, 무엇이든 할 수 있다고 생각하는 가능성에 있는 것인지도 모른다. 네가 다른 것을 위해서는 쓸 생각조차 해 보지 못한 그 힘을 바람결에 흩날려 보내는 것에 있는지도 모른다. 우리들 각자가 진심으로 자기 자신을 낭비자라 생각하며, 진심으로 '아, 내가 시간을 헛되이 보내지 않았더라면, 무엇이든지 해냈을 텐데!'라고 말할 권리가 있다고 생각하는 것에 있는지도 모른다.

나 자신도 그렇다… 한순간에 떠오른 첫사랑의 환영을 한 가닥 한숨으로, 우울한 느낌 하나로 간신히 떠나보내면서 내가 무엇을 바라고, 무엇을 기대하고, 어떤 풍요로운 미래를 예견했겠는가?

내가 기대했던 모든 것 중에서 무엇을 이루었던가? 그리고 벌써 내 인생에 황혼의 그림자가 몰려오기 시작하는 지금, 빠르게 스쳐 지나가 버린 봄날 아침의 뇌우에 대한 기억보다 더 신선하고 소중한 것이 무엇이 있겠는가?

그러나 나는 공연히 자신을 비난하고 있다. 그 당시, 경솔했던 그 젊은 시절에도 내게 호소하는 슬픈 목소리나 무덤에서 들려오는 장엄한 소리에 내가 귀를 틀어막고 있었던 것은 아니었다. 지나이다의 죽음을 알고 나서 며칠 뒤, 나는 억제할 수 없는 충동에 이끌려, 우리 집에 살았던 어느 가난한 노파의 임종을 지켜보게 되었던 기억이 난다. 딱딱한 판자 위에 누워 머리에 자루를 받치고 누더기를 덮은 노파는 힘겹고 고통스럽게 죽어갔다. 그녀의 일생은 일용할 양식을 얻기 위한 힘겨운 투쟁 속에서 흘러가 버렸다. 그녀는 기쁨을 알지 못했고, 행복의 달콤한 꿀도 맛보지 못했다. 그녀가 어찌 죽음을, 그리고 죽음이 주는 평안함과 자유를 기뻐하지 않을 수 있을까 하는 생각이 들었다. 노파의 쇠약한 육체가 아직 버텨내는 동안, 몸 위에 얹은 얼음장 같은 손 밑에서 가슴이 아직 고통스럽게 오르락내리락하는 동안, 마지막 남은 힘이 빠져나가지 않고 있는 동안, 노파는 잇따라 성호를 그으면서 같은 말을 되풀이했다. "주여, 내 죄를 사하여 주옵소서." 그리고 마지막 의식의 불꽃이 반짝하면서 비로소 그녀의 눈에서 죽음의 공포와 두려움의 빛이 사라졌다. 지금도 기억나지만, 거기서 이 가난한 노파의 최후를 지켜보면서 나는 지나이다가 떠올라 무서워졌다. 그래서 나는 그녀를 위해서, 아버지를 위해서, 그리고 나 자신을 위해서 기도하고 싶어졌다.

짝사랑

1.

N. N.이 이야기를 시작했다.

그때 나는 스물다섯 살이었습니다. 그러니 이미 오래전의 일이지요. 나는 이제 막 자유로운 몸이 되어 외국으로 떠났습니다. 흔히들 말하는 '교육을 마치기 위해서'가 아니라, 단순히 신이 만든 세상을 둘러보고 싶었기 때문입니다. 나는 건강하고 젊었으며, 쾌활했습니다. 돈 걱정도 없었으니 근심이 끼어들 자리가 없었습니다. 하고 싶은 것을 주저 없이 다 하며 살았지요. 말하자면 꽃피던 시절이었습니다. 인간은 나무처럼 오랫동안 꽃을 피울 수 없는 법이지만, 나는 그 당시 그런 생각을 해본 적이 없었습니다. 젊은 시절에는 금빛으로 장식한 과자를 먹으며 그것이 일용할 양식이라고 생각하지만, 빵 한 조각이 그리워지는 때가 오기 마련입니다. 그러나 이런 말을 해 봐야 소용없겠군요.

나는 이렇다 할 목적도, 아무런 계획도 없이 여행을 다녔습니다. 마음에 드는 곳 어디에든 머물다가, 새로운 얼굴이 보고 싶어지면 바로 다른 곳으로 떠나곤 했습니다. 사람의 얼굴 말입니다. 내 관심을 끄는 것은 사람밖에 없었습니다. 나는 진기한 기념비나 유명한 수집품 같은 것을 몹시 싫어했습니다. 긴 제복을 걸친 하인을 보는 것만으로도 나는 우울과 증오를 느꼈습니다. 드레스덴의 '그뤼네 게 뵐베'에서는 거의 미쳐버릴 지경이었습니다. 자연에 몹시 감동하곤 했지만, 소위 자연미라든가, 신기하게 생긴 산, 절벽, 폭포 같은 것에는 별로 감흥이 없었습니다. 자연이 나를 성가시게 하거나 방해하는 것이 싫었던 것입니다. 그 대신 얼굴, 살아있는 사람들의 얼굴, 사람들의 이야기, 그들의 몸짓, 웃음, 바로 이것들이 내게 없어서는 안 되는 것이었습니다. 사람들 사이에 끼어 있을 때면 매번 나는 유난히 경쾌하고 즐거워졌습니다. 나는 사람들이 가는 곳으로 가고 사람들이 외칠 때 덩달아 외치는 것이 신났습니다. 그러면서 동시에 사람들이 소리치는 것을 지켜보는 것도 좋았습니다. 나는 사람들을 관찰하는 것이 즐거웠습니다… 관찰이라기보다는, 그저 어떤 기쁨과 솟아오르는 호기심을 가지고 그들을 지켜보았을 따름입니다. 그나저나 이야기가 또 옆길로 새버렸군요.

그리하여 이십 년쯤 전에 나는 라인강 왼편 기슭에 있는 Z라는 독일의 작은 도시에 머물렀던 적이 있습니다. 나는 고독을 찾고 있었습니다. 바로 얼마 전에 어느 온천장에서 사귀었던 젊은 미망인한테서 마음의 상처를 받았기 때문입니다. 그녀는 몹시 예쁘고 영리해서 누구에게나 아양을 부렸는데, 나도 거기에 걸려들고 말았던 겁니다. 처음에는 나를 격려하기까지 하는 듯하더니, 나중엔 두 볼이 시뻘건 바바리아의 중위에게 나를 갖다 바치고서 잔인하게 모욕하더군요. 솔직히 말해서 마음의 상처가 그렇게 깊지는 않았습니다. 하지만 나는 한동안 슬픔과 고독에 잠겨 지내는 것이 나의 의무라고 여겼습니다. 젊은 시절엔 무엇에서라도 위안을 찾지 않습니까! 그래서 나는 Z시에 머물기로 했습니다.

이 도시는 두 개의 높은 언덕 기슭에 자리하고 있었습니다. 낡은 성벽과 탑들, 아름드리 보리수나무가 서 있었고, 맑은 시냇물이 라인강으로 흘러 들어갔습니다. 그 위로 놓인 가파른 다리, 그리고 무엇보다 이 고장에서 나는 훌륭한 포도주 덕분에 나는 이곳을 무척 좋아하게 되었습니다. 해가 지고 저녁이 되면(때는 유월이었습니다.) 아리따운 금발의 독일 아가씨들이 좁다란 길을 산책했고, 외국 사람을 만나면 즐거운 목소리로 '구텐 아벤트!'[1]하고 말했습니다. 그중 몇몇은 낡은 집들의 뾰족한 지붕 끄트머리에 달이 올라앉고 다리를 장식한 조약돌이 고요한 달빛 속에 뚜렷하게 모습을 드러낼 때까지도 자리를 떠나지 않았습니다. 그럴 때 나는 이리저리 도시를 거닐기를 좋아했습니다. 맑은 하늘에 뜬 달은 가만히 도시를 내려다보는 듯했고, 도시도 그 시선을 느끼는 듯, 고요하면서도 어딘가 마음을 들뜨게 하는 달빛에 감싸여, 귀를 기울이며 평화롭게 서 있는 듯했습니다. 고딕식 높은 종루 위의 수탉은 희미한 금빛으로 반짝거렸고, 한 줄기 거무스름한 시냇물도 꼭 같은 금빛으로 졸졸 흘렀습니다. 가느다란 양초가(독일인은 검소합니다!) 석판 지붕 아래 좁다란 창문에서 가물가물 타고 있었습니다. 포도나무 줄기는 돌담 뒤쪽에서부터 구불구불한 덩굴을 신비스럽게 내밀고 있었습니다. 어두컴컴한 삼각형 광장에 있는 오래된 우물가 쪽에서 무언가가 휙 지나갔고, 이내 잠에 취한 듯한 야경꾼의 휘파람 소리가 울려 퍼지자, 순한

I 독일어로 "좋은 저녁이에요!"라는 뜻.

개 한 마리가 낮게 그르렁거렸습니다. 공기가 어찌나 보드랍게 얼굴을 어루만지고 보리수나무 향기는 얼마나 달콤하던지, 나도 모르게 점점 더 깊게 숨을 들이마셨습니다. '그레첸'. 감탄인지 의문인지도 모를 말이 입 밖으로 새어 나올 뻔했습니다.

　　Z시는 라인강에서 2베르스타²⁾쯤 떨어진 곳에 있습니다. 나는 장엄한 강을 감상하러 종종 그곳에 갔고, 어딘가 긴장된 마음으로 홀로 서 있는 거대한 물푸레나무 아래 교활한 미망인을 떠올리며 돌 벤치에 앉아 몇 시간씩 보내곤 했습니다. 마치 어린아이 같은 얼굴에 몇 자루의 칼이 꽂힌 가슴에는 붉은 심장을 한 마돈나의 조그마한 동상이 슬픈 표정을 하고 물푸레 나뭇가지 사이로 바라보고 있었습니다. 맞은편 강변에는 내가 머물렀던 도시보다 조금 더 큰 L시가 있습니다. 어느 날 저녁에 나는 즐겨 찾던 벤치에 앉아서 강이며, 하늘이며, 포도밭을 바라보고 있었습니다. 내 앞에는 금발의 소년들이 강가로 끌어올려져 타르 칠 된 밑바닥이 위로 향하도록 뒤집힌 배의 옆면을 따라 기어오르고 있었습니다. 작은 배들이 돛에 부드러운 바람을 싣고 유유히 미끄러져 나갔고, 푸른 파도가 찰싹찰싹 잔잔한 물결을 일으키며 그 옆을 스쳐 지나갔습니다. 갑자기 음악 소리가 들려와서 나는 귀를 기울였습니다. L시에서 왈츠를 연주하는 소리가 들렸습니다. 콘트라베이스는 웅웅대며 낮고 둔탁한 소리를 드문드문 이어갔고, 바이올린이 희미하게 떠는 듯한 소리를 내는가 하면, 플루트는 경쾌하게 휘릭휘릭 울려 퍼졌습니다.

2　과거 러시아에서 사용하던 거리 측정 단위. 1베르스타는 1,0668킬로미터에 해당한다.

"무슨 일일까요?" 벨벳 조끼를 입고 푸른색 양말에다 버클 장식이 달린 짤막한 장화를 신고 내 옆으로 다가와 선 노인에게 나는 물었습니다.

"저건."

노인은 먼저 담뱃대를 반대쪽으로 바꿔 물더니 대답했습니다.

"대학생들이 콤메르쉬를 하러 B시에서 온 거지요."

'그 콤메르쉬라는 걸 좀 봐야겠다.' 나는 생각했습니다. '마침 L 시에 가본 적도 없으니.' 나는 뱃사공을 구하러 반대편 강변으로 향했습니다.

2.

아마 콤메르쉬가 무엇인지 모르시는 분도 계실 것입니다. 이 것은 특별한 형식의 성대한 축제인데, 같은 고향 출신 대학생들이 나 학생 단체에 소속된 사람들이 만나는 자리입니다. 콤메르쉬에 참여하는 대부분의 사람들은 오래전부터 정해져 내려오는 독일 대 학생의 복장을 하고 있습니다. 헝가리 풍의 짧은 셔츠를 입고, 커다 란 장화를 신고, 특정 색깔의 테를 두른 자그마한 모자를 씁니다. 보통 학생들은 연장자, 즉 선배가 주도하는 식사 자리에 참석합니 다. 동이 틀 때까지 연회가 벌어지고, 술을 마시고, ⟨Landesvater⟩, ⟨Gaudeamus⟩라는 노래를 부르고, 담배를 태우기도 하고, 속물들 을 비난하기도 합니다. 때로는 오케스트라를 고용하기도 합니다.

바로 이러한 콤메르쉬가 L시의 '태양'이라는 간판을 단 작은 호텔 앞쪽 길 변을 향해 있는 정원에서 열렸던 것입니다. 호텔 바로 위에서도 정원 위에서도 깃발들이 나부끼고 있었습니다. 학생들은 잘 다듬어진 보리수나무 아래 놓인 탁자들을 사이에 두고 마주 앉 아 있었고, 그중 한 탁자 밑에는 제법 몸집이 큰 불독 한 마리가 누 워 있었습니다. 한쪽에 담쟁이로 뒤덮인 정자 안에는 악사들이 자리를 잡고서, 쉴 새 없이 맥주로 기운을 북돋아가며 열심히 연주하고 있었습니다. 정원의 나지막한 담장 너머 거리에는 꽤 많은 사람들이 모여 있었습니다. L시의 선량한 시민들은 다른 지역에서 온 방문객들을 구경할 기회를 놓치고 싶지 않았던 것입니다. 나도 관중들 사이에 있었습니다. 학생들의 얼굴을 보고 있자니 즐거워졌습니다. 그들의 포옹, 환호, 젊은이의 천진난만한 애교, 반짝거리는 눈, 이유 없는 웃음(세상 최고의 웃음이지요), 이 모든 기쁨에 찬 것들, 젊고 싱그러운 생명의 끓어오름, 어디건 상관없이 그저 앞으로만 나아가려는 이 격정. 이 친근한 자유분방함은 나를 감동시켰고 열정을 불러일으켰습니다. '저들 사이로 들어갈 순 없을까?' 하고 자문해 보기까지 했습니다….

"아샤, 이제 됐지?"

갑자기 뒤에서 러시아어로 말하는 남자의 목소리가 들려왔습니다.

"조금만 더요."

역시 러시아어로 말하는 여자의 목소리가 대답했습니다.

나는 재빠르게 뒤를 돌아봤습니다… 챙이 달린 모자를 쓰고 헐렁한 점퍼를 입은 수수한 청년이 보였습니다. 청년은 얼굴을 반이나 가려 버리는 밀짚모자를 쓴 키가 자그마한 아가씨의 팔을 잡고 있었습니다.

"러시아 분이십니까?"

나도 말이 나왔습니다.

청년은 미소 지으며 말했습니다.

"네, 러시아 사람입니다."

"상상도 못했습니다… 이런 시골에서."

내가 말을 꺼냈습니다.

"정말 뜻밖입니다."

그는 내 말을 가로챘습니다.

"어쨌거나 잘됐군요. 인사드리겠습니다. 저는 가긴이라고 하고, 이 애는 저의…." 그는 잠시 머뭇거렸습니다. "제 여동생입니다. 그런데 성함이 어떻게 되시지요?"

나는 이름을 말했고, 우리는 이야기를 나누었습니다. 나와 마찬가지로 가긴도 발 닿는 대로 여행을 하다가, 일주일 전쯤 L시에 오게 되어 지금까지 머물고 있다는 것을 알았습니다. 솔직히 말해서, 나는 외국에서 러시아인과 사귀는 것을 썩 좋아하지는 않았습니다. 나는 걸음걸이, 옷 모양, 그리고 무엇보다도 얼굴 표정을 보고서 먼발치에서부터 러시아인을 알아볼 수 있었습니다. 의기양양하고 경멸하는 듯하면서, 때로는 위압적이기까지 한 표정이 별안간 조심스럽고 소심한 표정으로 변하고 마는 것입니다… 갑자기 온몸의 신경을 곤두세우고 눈동자를 불안하게 굴립니다…'어이쿠! 내가 쓸데없는 소릴 하진 않았나, 사람들이 나를 비웃고 있진 않을까' 이리저리 두리번거리는 눈동자가 말하는 것만 같습니다… 그 순간이 지나면 다시 당당한 표정으로 되돌아왔고, 이따금 멍한 당혹감이 스쳐 지나기도 했습니다. 그렇게 나는 러시아인들을 피해다니고 있었습니다. 그런데 가긴은 곧장 내 마음에 들었습니다. 세상에는 이렇게 행복한 얼굴을 한 사람들이 있습니다. 누구든지 그들을 보는 것을 좋아합니다. 마치 그들이 당신을 따사롭게 비추고 어루만져주는 것 같기도 합니다. 가긴은 바로 이런 얼굴을 가진 사람이었습니다.

짝사랑

커다랗고 온화한 눈과 곱슬곱슬한 보드라운 머리칼을 지닌 사랑스럽고 상냥한 얼굴이었습니다. 그가 이야기할 때는, 그의 얼굴을 보지 않아도 목소리만으로 그가 미소 짓고 있다는 것이 고스란히 느껴졌습니다.

그가 여동생이라고 부른 아가씨는 한눈에 봐도 몹시 사랑스러웠습니다. 크지 않은 가느다란 코, 어린애 같은 볼, 반짝이는 검은 눈을 가진 까무잡잡하고 둥근 얼굴에는 어딘지 독특한 데가 있었습니다. 그녀의 자태는 우아했지만, 아직 완전히 성숙하지는 않은 것 같았습니다. 그녀는 자기 오빠와는 조금도 닮은 구석이 없었습니다.

"저희 집에 가 보시겠어요?"

가긴이 나에게 말했습니다.

"이제 독일인들은 충분히 본 것 같은데요. 사실 러시아 사람 같으면 유리를 깨고 의자를 부술 텐데, 이 사람들은 너무나 점잖지요. 어때, 아샤, 이제 집으로 갈까?"

아가씨는 고개를 끄덕여 동의했습니다.

"저희는 교외에 방을 얻었습니다."

가긴이 계속 말했다.

"포도밭 가운데 있는 독채인데 높은 곳에 있지요. 훌륭한 곳이니 한 번 가서 보시지요. 주인 아주머니가 발효 우유를 만들어주기로 약속했습니다. 이제 곧 어두워질 테니 달이 떠오른 다음에 라인 강을 건너시는 게 나을 겁니다."

우리는 걷기 시작했습니다. 도시의 나지막한 성문을 지나서 (자갈을 쌓아 만든 오래된 성벽이 사방을 둘러싸고 있었고, 포문까지도 여전히 부서지지 않고 남아 있었습니다.) 우리는 들판으로 나와 돌담을 따라 백 걸음 정도 걸어가서 비좁은 쪽문 앞에 멈추어 섰습니다. 가긴은 문을 열고 가파른 오솔길을 따라 산 쪽으로 우리를 이끌었습니다. 길 양쪽에 층층으로 일군 밭에서는 포도가 자라고 있었습니다. 방금 해가 져서 가느다랗고 새빨간 빛줄기가 푸른 포도덩굴과 키가 큰 말뚝 위로, 크고 작은 돌멩이들이 촘촘히 박힌 메마른 땅 위로, 그리고 우리가 올라가는 이 산꼭대기에 자리 잡은 검은 가로대가 비스듬히 놓인 작은 집의 흰 담벼락과 네 개의 반짝이는 창문 위로 쏟아져 내렸습니다.

"여기가 우리 숙소입니다!"

우리가 집에 가까워지게 되자 곧장 가긴은 외쳤습니다. "마침 주인 아주머니가 우유를 나르고 있네요. Guten Abend, Madame…! 이제 식사를 좀 합시다. 그런데 그전에,"

그가 덧붙였습니다.

"한번 돌아보세요… 경치가 어떻습니까?"

경치는 정말이지 훌륭했습니다. 바로 눈앞에서 푸른 둑 사이로 은빛 라인강이 찰랑거렸고, 어떤 곳은 불그스름한 금빛 석양으로 불타오르고 있었습니다. 강변에 자리 잡은 도시는 모든 집과 거리를 훤히 드러내 보였고, 언덕과 들판은 탁 트이고 넓게 펼쳐져 있었습니다. 아래쪽 경치도 좋았지만, 위쪽은 더욱 좋았습니다. 깊고 쾌청한 하늘과 빛나도록 맑은 공기에 나는 특히나 감동했습니다. 신선하고 가벼운 공기는 마치 높은 곳에서 더 멀리 퍼져나가기라도 하는 듯 조용히 일렁이며 파도처럼 물결쳤습니다.

"훌륭한 집을 마련하셨군요."

내가 말했습니다.

"이 집을 발견한 건 아샤랍니다."

가긴이 대답했다.

"자, 아샤,"

그가 계속해서 말했다.

"여기로 모두 가져다 달라고 좀 전해줘. 저녁 식사는 야외에서 하도록 합시다. 여기가 음악도 잘 들리니까요. 혹시 아실는지 모르겠지만,"

그가 내 쪽을 향해 덧붙였다.

"어떤 왈츠는 가까이서 들을 필요가 없지요. 저속하고 거친 소리가 나니까요. 그런데 먼 곳에서 들으면, 훌륭합니다! 당신 마음속의 로맨틱한 선율을 모조리 흔들어 놓고 말지요."

아샤(사실 그녀의 이름은 안나였지만 가긴은 아샤라고 불렀습니다. 그리고 나도 그렇게 부르라고 했습니다.)는 집 안으로 들어갔다가 잠시후 주인 아주머니와 함께 나왔습니다. 두 사람은 우유병과 그릇, 스푼, 설탕, 딸기, 빵을 얹은 커다란 쟁반을 들고 왔습니다. 우리는 자리를 잡고 앉아 저녁을 먹기 시작했습니다. 아샤는 모자를 벗었습니다. 사내아이처럼 짧게 잘라 빗어넘긴 검은 머리카락이 목덜미와 귀위에 굽슬굽슬하게 흘러내렸습니다. 처음에 그녀는 낯을 가렸지만, 가긴이 그녀에게 말했습니다.

"아샤, 겁낼 것 없어! 이분이 널 잡아먹진 않으실 테니."

그녀는 빙그레 미소 짓더니, 잠시 후에는 자기가 먼저 말을 걸어왔습니다. 나는 그녀보다 더 활력 넘치는 존재는 본 적이 없었습니다. 그녀는 잠시도 얌전히 앉아 있지 않고, 집 안으로 뛰어 들어갔다가 다시 달려 나오는가 하면, 들릴락말락 노래를 흥얼대다가, 자주 웃곤 했습니다. 그 웃는 것도 좀 독특했는데, 무슨 얘기를 듣고서 웃는 게 아니라 자기 머리에 떠오르는 여러 생각들 때문에 웃는 것 같았습니다. 그녀의 커다란 눈동자는 스스럼없이 대담하게 똑바로 바라보곤 했지만, 이따금 눈꺼풀을 살며시 내리깔 때면 그녀의 눈동자는 갑자기 깊어지고 부드러워지는 것이었습니다.

우리는 두 시간가량 이야기를 나눴습니다. 날은 한참 전에 저물었습니다. 처음에는 온통 붉게 타오르다가, 점점 밝은 선홍빛으로 물들더니, 이제는 희미하게 창백해진 저녁은 소리 없이 녹아들어 밤이 되었습니다. 그럼에도 우리의 대화는 우리를 감싸는 공기처럼 평화롭고 부드럽게 계속되었습니다. 가긴은 라인 와인을 한 병 가져오도록 했습니다. 우리는 그것을 천천히 음미했습니다. 음악은 계속해서 들려왔는데, 음악 소리는 아까보다 더 감미롭고 부드럽게 느껴졌습니다. 도시에도 강 위에도 등불이 깜빡이기 시작했습니다. 아샤는 곱슬곱슬한 머리가 눈을 다 가릴 정도로 갑자기 고개를 푹 숙이더니, 입을 꾹 다물고 한숨을 내쉬었습니다. 그러고는 졸린다고 말하고 집으로 들어가 버렸습니다. 그러나 나는 그녀가 초에 불도 켜지 않은 채로 닫힌 창문 앞에 한참 동안 서 있는 것을 보았습니다. 마침내 달이 떠올라 라인강을 비추기 시작했습니다. 모든 것이 훤해졌고, 어렴풋하게 보였으며, 변해 버렸습니다. 우리가 마시던 각진 유리컵에 담긴 와인까지도 비밀스러운 광채를 내뿜으며 반짝였습니다. 바람은 날개를 접어버린 듯 잠잠해졌고, 향기롭고 훈훈한 밤공기가 땅에서부터 풍겨오기 시작했습니다.

"갈 때가 되었군요!"

내가 외쳤습니다.

"그렇지 않으면 뱃사공을 구하지 못할지도 모릅니다."

"갈 시간이군요."

가긴이 되풀이했습니다.

우리는 오솔길을 따라서 내려왔습니다. 갑자기 우리 뒤에서 조약돌들이 쏟아져 굴러내렸습니다. 아샤가 뒤쫓아왔던 것입니다.

"너 아직 안 잤구나?"

그녀의 오빠가 물었지만, 그녀는 아무 대답도 없이 우리 옆을 지나 뛰어 내려갔습니다.

호텔 정원에는 학생들이 붙여 놓은 등불이 가물가물 타들어가면서 나뭇잎 아래쪽을 비추었고, 이것은 축제 같은 환상적인 느낌을 더해 주었습니다. 우리는 강변에서 아샤를 발견했습니다. 그녀는 뱃사공과 이야기하고 있었습니다. 나는 나룻배에 뛰어올랐고 새로 사귄 친구들과 작별 인사를 나누었습니다. 가긴은 내일 나를 찾아오겠다고 약속했습니다. 나는 그의 손을 잡았고, 아샤에게도 손을 내밀었지만 그녀는 나를 바라보면서 고개를 내젓기만 할 뿐이었습니다. 배는 강변을 떠나 급물살을 타고 빠르게 흘러갔습니다. 노쇠하지만 정정한 뱃사공은 컴컴한 물속으로 힘껏 노를 밀어 넣었습니다.

"당신은 달빛 기둥 속으로 들어갔어요, 당신이 달빛을 흩어 놓았어요."

아샤가 내게 소리쳤습니다.

나는 아래를 바라보았습니다. 배 주변에서 물결이 거무스름하게 변하면서 넘실댔습니다.

"안녕히 가세요!"

그녀의 목소리가 다시 울렸습니다.

"내일 봅시다."

뒤따라 가긴이 말했습니다.

나룻배가 강변에 닿았습니다. 나는 배에서 내려 둘러보았습니다. 반대쪽 강변에는 이미 아무도 보이지 않았습니다. 달빛 기둥은 또다시 강을 가로질러 쭉 뻗은 황금빛 다리가 되었습니다. 이별을 고하기라도 하는 듯 오래된 란데르 왈츠의 선율이 성급하게 흘러나왔습니다. 가긴의 말이 옳았습니다. 마음을 파고드는 곡조에 대답이라도 하려는 듯이 내 심장의 모든 금선이 떨려오기 시작하는 것을 느꼈습니다. 나는 향기로운 공기를 천천히 들이마시면서 어둑해진 들판을 가로질러 집으로 향했고, 끝도 없는 막연한 기대감이 선사하는 달콤한 나른함에 흠뻑 젖은 채 방으로 돌아왔습니다. 나는 행복감을 느꼈습니다… 그런데 무엇 때문에 행복했던 걸까요? 나는 아무것도 원하지 않았고, 무엇에 대해서도 생각하지 않았습니다… 그냥 행복했습니다.

너무나 기쁘고 경쾌한 나머지 웃음이 나올 지경이었습니다. 침대로 들어가 이미 눈을 감았는데, 문득 내가 저녁 내내 그 인정머리 없는 미망인을 한 번도 떠올리지 않았다는 것이 생각났습니다… '어찌 된 일일까?' 나는 자문해 보았습니다. '진정 내가 사랑에 빠지지 않았던 것인가?' 그러나 이런 질문을 던지고 곧바로 나는 요람 속의 어린애처럼 잠에 빠져들었습니다.

3.

다음 날 아침(나는 벌써 잠에서 깨어났지만, 아직 일어나지는 않고 있었습니다.) 창문 밑에서 지팡이로 똑똑 두드리는 소리가 났습니다. 노랫소리가 들려왔는데, 나는 가긴이라는 것을 바로 알아차렸습니다.

그대는 자고 있나요? 기타 소리로
그대를 깨우리라…

나는 서둘러 문을 열었습니다.
"안녕하십니까."
가긴이 들어오면서 말했습니다.
"내가 너무 일찍부터 당신을 괴롭혔군요. 그런데 보십시오, 얼마나 멋진 아침입니까. 이 싱그러움, 이슬방울, 종달새는 재잘대고…"
윤기 나는 곱슬곱슬한 머리칼과 훤히 드러난 목덜미에 장밋빛 볼을 가진 그의 모습은 아침처럼 신선하게 느껴졌습니다.
나는 옷을 입었습니다. 우리는 정원으로 나가 벤치에 앉았습니다. 커피를 가져다 달라 하고서 이야기를 시작했습니다. 가긴은 자신의 계획을 나에게 말했습니다. 상당한 재산이 있어 누군가에게 의존할 필요가 없으므로 그는 일생을 그림에 바치고 싶다고 했습니다. 다만 뒤늦게야 이런 생각을 해서 지난 시간 동안 허송세월한 것이 후회된다고 했습니다. 나는 나의 계획도 이야기했고, 말이 난 김에 불행한 연애의 비밀에 대해서도 털어놓았습니다. 그는 진지하게 내 이야기에 귀 기울였지만, 나의 열정이 그에게 이렇다 할 공감을 얻지 못한 것을 알 수 있었습니다. 가긴은 예의상 나를 따라 두어 번 한숨을 쉬고 나서, 자신이 그린 스케치를 보여줄 테니 집으로 가자고 했습니다. 나는 선뜻 따라나섰습니다.

우리는 아샤를 만나지 못했습니다. 주인 아주머니는 그녀가 '성터'로 갔다고 알려 주었습니다. L시에서 2베르스타쯤 떨어진 곳에 봉건 시대 성의 흔적이 남아 있었습니다. 가긴은 자기의 습작을 전부 펼쳐 보여 주었습니다. 그의 스케치에는 생명과 진실이 풍부하게 깃들어 있었고, 자유롭고 드넓은 무언가가 있었습니다. 하지만 그중에서 제대로 완성된 것은 한 점도 없었고, 그림은 무성의하고 부정확하게 그려진 것처럼 보였습니다. 나는 내 생각을 솔직하게 말했습니다.

"그래요, 그렇습니다."

그가 한숨을 쉬며 말을 이었다.

"당신이 옳아요. 이것들 전부 저속하고 미숙한 그림들입니다. 어쩌겠습니까! 나는 제대로 배우지도 못했고, 저주받을 슬라브인 특유의 방탕에서도 벗어나질 못하는 겁니다. 꿈꾸는 동안에는 독수리처럼 날아오르는 듯하고 마치 땅이라도 옮겨 놓을 것 같지만, 막상 실행에 옮기게 되면 금방 약해지고 지쳐 버립니다."

나는 그를 격려하기 시작했지만, 그는 스케치를 한데 모은 후에 손을 내젓고는 소파 위에 그것들을 내던졌다.

"인내심만 있다면, 나도 어떻게든 되겠지만."

그가 웅얼거렸다.

"인내심이 없다면, 귀족 철부지 도련님으로 남게 될 겁니다. 아샤나 찾으러 가 봅시다."

우리는 밖으로 나갔습니다.

4.

　　성터로 가는 길은 우거진 수풀 속 좁다란 골짜기의 비탈진 면을 따라 구불구불하게 나 있었습니다. 계곡 밑바닥에는 시냇물이 흘렀습니다. 바위를 휘감아 요란한 소리를 내며 흘러가는 모습이 마치 험하게 깎인 산 정상의 어두운 능선 너머로 고요하게 반짝이는 큰 강으로 흘러들기를 서두르는 것같이 느껴졌습니다. 가긴은 빛이 잘 드는 장소 몇 군데를 내게 가리켜 보였습니다. 그의 말속에는 화가까지는 아니더라도, 예술가라는 느낌을 주는 분위기가 있었습니다. 얼마 지나지 않아 성터가 보였습니다. 벌거벗은 절벽 꼭대기에 사각의 탑이 서 있었습니다. 탑 전체가 새까맣고 아직 튼튼했지만, 마치 세로로 금이 가 갈라진 것같이 보였습니다. 이끼 낀 벽들이 탑 옆으로 이어져 있었습니다. 여기저기 담쟁이가 휘감아 있었고, 구부러진 나무가 빛바랜 포문과 허물어진 둥근 천장에서부터 드리워져 있었습니다. 돌투성이 오솔길은 남아 있는 성문으로 이어졌습니다. 우리가 성문 근처에 다가갔을 때, 갑자기 우리 앞에 여자의 형상이 어렴풋이 나타났다가, 파편들이 쌓인 무더기 위를 재빠르게 지나서 바로 낭떠러지 위에 있는 성벽의 튀어나온 부분에 앉았습니다.

"아, 아샤로구나!"

가긴이 외쳤습니다.

"이런, 제정신이 아니구나!"

우리는 성문으로 들어갔고, 야생 사과나무와 엉겅퀴로 반쯤 뒤덮여 있는 작은 뜰로 들어섰습니다. 성벽의 돌출된 바위 끝에 앉아있는 사람은 분명 아샤였습니다. 그녀는 우리 쪽으로 얼굴을 돌리고 웃어 댔지만, 거기서 꼼짝도 하지 않았습니다. 가긴은 손가락을 쳐들고 그녀를 위협했고, 나는 큰 소리로 부주의하다고 그녀를 나무랐습니다.

"내버려 두십시오."

가긴은 내게 속삭였다.

"저 애를 놀리지 마세요. 잘 모르시겠지만, 탑 위까지 올라가고도 남을 애랍니다. 그보다 차라리 이 고장 사람들의 현명함에 감탄하는 편이 더 나으실 겁니다."

나는 주위를 둘러보았습니다. 한쪽 구석에 판자로 만든 비좁은 노점상에 자리 잡은 한 노파가 양말을 뜨면서 안경 너머로 우리 쪽을 흘깃흘깃 쳐다보았습니다. 그녀는 관광객들에게 맥주와 당밀 케이크와 셸처 광천수를 팔았습니다. 우리는 벤치에 앉아 주석으로 된 묵직한 잔에 든 꽤 차가운 맥주를 마시기 시작했습니다. 아샤는 모슬린 스카프로 머리를 감싸고 두 다리를 웅크린 채 여전히 꼼짝 않고 앉아 있었습니다. 그녀의 날씬한 실루엣이 맑은 하늘을 배경으로 선명하고 아름답게 드러났습니다. 하지만 나는 적대감을 품고서 그녀를 바라보았습니다. 전날부터 나는 그녀에게 긴장되고 완전히 자연스럽지 않은 무언가가 있다는 것을 느꼈습니다… '그녀는 우리를 놀라게 할 모양이구나.' 나는 생각했습니다. '왜 그럴까? 무슨 어린애 같은 장난인 거지?' 내 생각을 짐작이라도 한듯 그녀는 난데없이 재빠르게 나를 힐끗 쳐다보더니 깔깔대고는 깡충깡충 두 번 만에 성벽에서 뛰어내렸습니다. 그러고는 노파에게 다가가서 물 한 잔을 부탁했습니다.

"내가 마시려는 줄 아셨지요?"

그녀가 가긴에게 돌아서며 말했습니다.

"틀렸어요. 성벽에 있는 꽃이 말라 죽어 가고 있어요."

가긴은 아무 대답도 하지 않았습니다. 그녀는 한 손에 컵을 든 채로 잔해 더미 위를 기어오르기 시작했습니다. 도중에 한 번씩 멈춰서서 몸을 숙이고 우스울만큼 진지한 태도로 햇살을 받아 반짝이는 물 몇 방울을 똑똑 떨어뜨렸습니다. 그녀의 움직임은 몹시 사랑스러워서, 나도 모르게 그녀의 사뿐한 몸짓과 재빠른 동작을 넋놓고 바라보았습니다. 그럼에도 여전히 나는 그녀에게 화가 나 있었습니다. 위험한 장소에 다다르자 그녀는 일부러 비명을 외치고는 깔깔 웃어 댔습니다… 나는 점점 더 화가 났습니다.

"염소처럼 잘도 기어오르는군."

노파는 뜨개질하던 손을 잠시 멈추고 눈을 들어 올려다보더니, 혼자 중얼거렸습니다.

아샤는 마침내 컵에 든 물을 다 비우자 장난스럽게 몸을 흔들면서 우리 쪽으로 돌아왔습니다. 야릇한 미소를 짓느라 눈썹과 콧구멍, 입술은 가볍게 꿈틀거렸고, 가늘게 뜬 짙은 눈은 반쯤은 대담한 듯이, 반쯤은 즐거운 듯이 보였습니다.

'당신은 내가 버릇없이 군다고 생각하겠죠. 상관없어요. 나는

당신이 넋 놓고 나를 보고 있었다는 걸 알아요.'

그녀는 얼굴로 이렇게 말하는 듯했습니다.

"잘한다, 아샤, 잘하는구나."

가긴은 나직하게 말했습니다.

그녀는 갑자기 부끄러워졌는지 긴 속눈썹을 내리깔고 죄책감이 든 것처럼 얌전히 우리 옆에 앉았습니다. 그제야 비로소 나는 처음으로 그녀의 얼굴을 들여다보았습니다. 여태껏 이렇게 변덕스러운 얼굴은 본 적이 없었습니다. 잠시 후 그 얼굴이 몹시 창백해지더니 무언가에 몹시 집중한 듯 슬픈 표정을 띠었습니다. 그러자 그 얼굴은 더욱 크고 뚜렷하며 단순한 모습으로 내 눈에 들어왔습니다. 그녀는 내내 말이 없었습니다. 우리는 폐허 주변을 돌며(아샤는 우리를 뒤따라왔습니다.) 경치를 감상했습니다. 그러는 사이에 어느덧 점심시간이 되었습니다. 노파에게 계산하면서 가긴은 맥주를 한 잔을 더 주문하더니, 나를 돌아보며 능청스럽게 찌푸리며 외쳤습니다.

"당신 마음속 부인의 건강을 위하여!"

"그럼 그에게, 당신에게 정말로 그런 여인이 있나요?"

아샤가 갑자기 물었습니다.

"그런 여인이 없는 사람이 어딨나?"

가긴이 대꾸했습니다.

아샤는 잠시 생각에 잠겼습니다. 그녀의 얼굴은 또다시 바뀌어 무례할 정도로 오만한 냉소가 떠올랐습니다.

돌아오는 길에 그녀는 전보다 더 웃으며 호들갑스럽게 장난을 쳤습니다. 그녀는 기다란 나뭇가지를 꺾어서 총처럼 어깨에 메고 머리에는 스카프를 둘렀습니다. 우리가 금발의 점잖은 영국인 대가족과 마주쳤던 것이 기억납니다. 그들은 명령에 따르기라도 하는 것처럼 일제히 차갑고 놀라운 표정을 지은 채 멍한 눈길로 아샤를 보고 지나쳐 갔습니다. 그러자 그녀는 보란 듯이 큰소리로 노래를 부르기 시작했습니다. 집에 돌아오자마자 아샤는 방으로 들어가 있다가 저녁 식사 무렵이 되어서야 곱게 빗질을 하고 가장 훌륭한 드레스를 입고 장갑을 낀 단정한 모습을 드러냈습니다. 식탁에 앉아서도 그녀는 지나치게 예의 바르다 싶을 정도로 매우 얌전하게 행동했으며 음식에는 거의 손도 대지 않고서 조그만 유리잔으로 물을 마셨습니다. 그녀는 분명히 내 앞에서 새로운 역할, 그러니까 품위 있고 교양 있는 아가씨 역할을 하고 싶었던 것입니다. 가긴은 그녀를 말리지 않았습니다. 그는 그녀가 무슨 일이든 마음대로 하도록 내버려 두는 데에 익숙해 보였습니다. 그는 한 번씩 온화한 표정으로 나를 보며 '아직 어린애니까요. 너그럽게 봐주십시오.'라고 말하고 싶은 듯 어깨를 살짝 으쓱할 뿐이었습니다. 식사가 끝나자마자 아샤는 일어나서 우리에게 무릎 굽혀 인사하고 모자를 쓰면서 프라우 루이제 부인 댁에 가도 되냐고 가긴에게 물었습니다.

"언제부터 물었다고 그러니? 우리하고 있는 게 지루한 거야?"

그는 이번에는 다소 당황한 듯한 미소를 지으며 전과 같이 대답했습니다.

"아니요, 하지만 어제 프라우 루이제 부인한테 방문하겠다고 약속을 했어요. 또 그게 두 분께도 더 좋을 거라고 생각했어요. N씨께서(그녀는 나를 가리켰다.) 다른 뭔가 할 말이 있으실 거예요."

그녀는 나가 버렸습니다.

"프라우 루이제 부인은,"

가긴은 내 시선을 피하며 말했습니다.

"이곳 시장을 지낸 사람의 미망인인데, 친절하지만 속이 텅 빈 노파입니다. 그녀가 아샤를 몹시 좋아하게 된 겁니다. 아샤는 신분이 낮은 사람들과 사귀려는 습관이 있어요. 짐작하건대 그 애가 오만하기 때문이겠지요. 보시다시피 내가 버릇을 잘못 들여놨으니까요."

그는 잠시 멈췄다가 덧붙였습니다.

"하지만 내가 어쩌겠습니까? 나는 본래 누구에게 싫은 소리를 못 하는 성격인데, 그 애한테는 더욱 그렇답니다. 나는 그 애한테 너그럽게 대할 수밖에 없으니까요."

나는 잠자코 있었습니다. 가긴은 화제를 돌렸습니다. 그를 알면 알수록 나는 점점 더 애착이 생겼습니다. 나는 곧 그가 어떤 사람인지를 알았습니다. 그는 진실하고 정직하며 단순한 진짜 러시아의 혼을 가진 사람이지만, 불행히도 생기가 부족하고 끈기와 내면의 열정이 없었습니다. 그의 내면에서는 젊음이 끓어오르는 것이 아니라 그저 조용하게 빛을 낼 뿐이었습니다. 그는 매우 상냥하고 머리도 좋았지만 다 자라서 어른이 되었을 때 어떤 모습일지는 상상할 수가 없었습니다.

'화가가 되겠다지만… 끊임없이 쓰디쓴 노력을 하지 않는 예술가란 없는 법입니다… 그런데 노력한다는 것은….'

나는 그의 온화한 모습을 보고 그 느긋한 말을 들으면서 생각했습니다.

'아니지! 당신은 노력하지 않을 것이고 견뎌내지도 못할 겁니다.'

그러나 그를 사랑하지 않을 수는 없었습니다. 내 마음이 그에게 이끌렸던 것입니다. 우리는 네 시간쯤 함께 보내면서 소파에 앉아있기도 하고 천천히 집 앞을 서성거리기도 했습니다. 이 네 시간 동안 우리는 몹시 가까워졌습니다.

해가 뉘엿뉘엿하고, 나는 집으로 돌아갈 시간이 되었습니다. 아샤는 그때까지도 돌아오지 않았습니다.

"어쩜 이렇게 제멋대로인지!"

가긴이 말했습니다.

"같이 가시겠어요? 가는 길에 프라우 루이제 부인 집에 한 번 들러봅시다. 그녀가 거기에 있는지 물어봐야겠어요. 조금만 돌아가면 되니까요."

우리는 시내로 내려가 좁고 구불구불한 골목으로 들어가서 창문이 두 개 나 있는 정도의 폭을 가진 4층 집 앞에 멈춰 섰습니다. 2층이 1층보다 거리로 더 튀어나와 있었고, 3층과 4층은 2층보다도 더 많이 나와 있었습니다. 빛바랜 조각이 새겨진 집은 두 개의 굵은 기둥이 떠받치고 있었고 몹시 경사지게 기와지붕을 얹었는데, 다락방에 부리 모양으로 길게 튀어나온 도르래가 있어서 집 전체가 마치 웅크리고 있는 커다란 새처럼 보였습니다.

"아샤!"

가긴이 소리쳤습니다.

"여기에 있나?"

불이 켜진 3층 창문이 덜컹대며 열렸고 아샤의 검은 머리가 보였습니다. 그 뒤로는 이가 빠지고 반쯤 눈이 먼 늙은 독일 여인의 얼굴이 보였습니다.

"여기 있어요."

아샤가 교태스럽게 창틀에 팔꿈치를 기대고서 말했습니다.

"저는 여기가 좋아요. 자, 이걸 받으세요."

그녀는 덧붙이면서 제라늄 가지를 던졌습니다.

"제가 당신 마음속 여인이라고 생각해 주세요."

프라우 루이제 부인이 웃었습니다.

"N씨는 떠나신다."

가긴이 말했습니다.

"네게 작별 인사를 하고 싶어 하신단다."

"가신다고요?"

아샤가 말했습니다.

"그럼 그 가지를 그분께 드리세요. 저도 금방 돌아갈게요."

그녀는 창문을 쾅 닫고는 프라우 루이제 부인에게 키스를 건네는 듯했습니다. 가긴은 조용히 가지를 내게 건네주었습니다. 나는 말없이 그것을 주머니에 집어넣고 나루터로 가서 반대편 강변으로 건너갔습니다.

나는 아무 생각 없이 괜스레 무거운 마음을 안고 집으로 걸어 가던 중, 불현듯 독일에서는 좀처럼 맡기 힘든 익숙한 냄새가 강렬하게 코끝을 찔렀던 것이 기억납니다.

나는 멈춰서서 길가에 작은 대마초 밭을 보았습니다. 그 들판의 냄새는 순식간에 고향을 떠올리게 했고 내 영혼에 진한 향수를 불러일으켰습니다. 나는 러시아의 공기를 들이마시고 러시아 땅을 밟고 싶어졌습니다. "여기서 나는 무얼 하는 거지? 왜 낯선 땅에서 낯선 사람들 틈에서 방랑하는 거지?" 이렇게 소리치고 나자, 마음을 짓누르던 숨 막히는 무거움은 돌연 타는 듯이 고통스러운 초조함으로 바뀌어 버렸습니다. 나는 전날 밤과는 전혀 다른 기분으로 집에 돌아왔습니다. 거의 화가 치밀어 오를 정도여서 한참 동안 마음을 진정시킬 수 없었습니다. 나 자신도 이해할 수 없는 노여움에 사로잡혔던 겁니다. 마침내 앉아서 나를 배신한 미망인을 생각하며 (이 여인을 떠올리는 것이 매일 나의 일상이었습니다.) 그녀의 편지 한 통을 꺼냈습니다. 하지만 나는 그것을 펼치는 것조차 하지 않았습니다. 내 생각은 곧장 다른 쪽으로 쏠렸습니다. 나는 생각하기 시작했습니다… 아샤에 대해 생각하기 시작한 것입니다. 이야기 도중에 가긴이 러시아로 돌아가기 힘든 어떤 사정이 있다는 듯이 말했던 것이 떠올랐습니다… "그만두자, 그녀가 여동생이 맞긴 한 거야?" 나는 큰 소리로 말했습니다.

나는 옷을 벗고 누워서 잠을 청했습니다. 하지만 한 시간 뒤 나는 다시 침대에 앉아 베개에 팔꿈치를 얹고서, 또다시 그 "억지스럽게 웃는 변덕스러운 소녀….."를 생각하고 있었습니다. "그녀는 마치 라파엘이 그린 파르네지나의 벽화 속 갈라테아를 작게 만들어 놓은 것 같단 말이지." 나는 중얼거렸습니다. "그래, 여동생이 아닌 게 분명해…."

미망인의 편지는 하얀 달빛을 받으며 마룻바닥에 고이 놓여 있었습니다.

5.

다음 날 아침 나는 다시 L시로 갔습니다. 나는 가긴을 만나고 싶은 것이라고 스스로 확신하면서도, 사실 마음속으로는 아샤가 어떻게 행동할지, 어젯밤처럼 "괴상한 짓"을 할 것인지를 보고 싶었습니다. 마침 나는 둘을 응접실에서 마주쳤는데, 참 이상하지 말입니다!-어쩌면 내가 어젯밤과 오늘 아침에 러시아 생각을 너무 많이 한 탓일지도 모릅니다-아샤는 완전히 러시아 소녀로, 거의 하녀처럼 평범한 소녀로 보였습니다. 그녀는 낡은 드레스를 입고 머리는 귀 뒤로 빗어 넘긴 채로 창가에 앉아 꼼짝하지 않고 수를 놓는데, 마치 평생 다른 일은 아무것도 해본 적 없다는 듯한 차분하고 조용한 모양새였습니다. 거의 한마디도 하지 않고 침착하게 일감을 들여다보는 그녀의 얼굴은 대수롭지 않은 일상적인 일이라는 듯한 표정이었기에 나도 모르게 우리 고향에 있는 카차와 마샤를 떠올렸습니다. 게다가 그녀가 나지막한 목소리로 "어머니, 사랑하는 어머니"를 흥얼대기 시작하자 이들은 완벽하게 닮아 보였습니다. 나는 생기 없이 노르스름한 그녀의 얼굴을 바라보면서 어제의 공상을 떠올리고는 어쩐지 가엾은 마음이 들었습니다. 날씨는 화창했습니다. 가긴은 오늘 스케치하러 야외로 나갈 것이라고 했습니다. 나는 내가 그를 따라가도 좋을지, 방해가 되지는 않을지 물었습니다.

"천만에요."

그는 대답했습니다.

"훌륭한 조언을 해 주실 수 있지요."

그는 반다이크 스타일의 둥근 모자를 쓰고 윗옷을 걸치더니 겨드랑이에 도화지를 끼고 출발했습니다. 나는 느릿느릿 그의 뒤를 따랐습니다. 아샤는 집에 남았습니다. 가긴은 떠나면서 수프가 너무 묽어지지 않도록 지켜보라고 그녀에게 부탁했습니다. 아샤는 부엌을 들락거리겠다고 약속했습니다. 가긴은 이미 내게도 낯익은 골짜기에 이르자 바위 위에 걸터앉아 가지를 넓게 뻗친 구멍투성이 참나무 고목을 그리기 시작했습니다. 나는 풀밭에 누워 책을 꺼냈습니다. 하지만 나는 두 페이지도 읽지 못했고, 그는 종이를 더럽힐 뿐이었습니다. 우리는 점점 더 이야기에 몰입했습니다. 내가 판단한 바로는 어떻게 작업을 해야 하는지, 무엇을 피하고 무엇을 고수해야 하는지, 그리고 이 시대에 예술가의 진정한 사명이 무엇인지에 대해서 꽤 현명하고 자세하게 이야기를 나누었습니다. 마침내 가긴은 "오늘은 일할 기분이 아니군."하며 내 옆에 벌렁 누웠습니다. 우리의 젊음이 가득 찬 말이 자유롭게 흘러나왔습니다. 격렬했다가 사색에 잠겼다가 감격했지만, 하나같이 러시아인이 흥에 겨워 쏟아내곤 하는 그런 불분명한 말이었습니다. 하염없이 수다를 떨고 나서 우리는 마치 대단한 일이나 해내어 큰 성공을 거둔 듯한 만족감에 차서 집으로 돌아왔습니다. 아샤는 떠날 때의 모습 그대로였습니다. 아무리 샅샅이 살펴보아도 그녀에게서는 교태의 그림자도, 일부러 연기를 하는 듯한 기색도 발견할 수 없었습니다. 이번에는 부자연스럽다는 이유로 그녀를 비난할 방법조차 없었습니다.

"아하!"

가긴이 말했습니다.

"금식하고 참회를 할 작정이로군."

저녁 무렵 그녀는 연거푸 새어 나오는 하품을 하더니 일찍 집으로 돌아갔습니다. 나도 곧 가긴과 작별 인사를 하고 집으로 돌아와서는 아무런 공상도 하지 않았습니다. 그날 하루는 맑은 정신으로 지나갔습니다. 하지만 잠자리에 들었을 때 나도 모르게 큰소리로 이렇게 말했던 것을 기억합니다.

"이 소녀는 정말 카멜레온 같군!"

그리고 잠시 생각한 후 이렇게 덧붙였습니다.

"어쨌든 그녀가 그의 여동생은 아니야."

6.

꼬박 2주가 흘렀습니다. 나는 매일 가긴을 방문했습니다. 아샤는 나를 피하는 것 같았지만, 우리가 처음 만났던 이틀 동안 나를 몹시 놀라게 했던 장난은 더 이상 하지 않았습니다. 그녀는 남모르게 슬프거나 불안한 마음을 가지고 있는 듯했습니다. 그녀는 좀처럼 웃지 않았습니다. 나는 호기심을 가지고 그녀를 지켜보았습니다.

그녀는 프랑스어와 독일어를 꽤 잘했습니다. 그러나 어린 시절부터 여성의 손에서 자란 적이 없으며 가긴의 교육과 공통점이라고는 없는 이상하고 유별난 교육을 받았다는 것은 분명했습니다. 그는 반 다이크 스타일의 모자와 윗도리를 걸치고 있었음에도 부드러운 여자처럼 연약한 러시아 귀족 특유의 분위기를 물씬 풍겼습니다. 그러나 그녀에게는 귀족 아가씨다운 태가 조금도 없었습니다. 그녀의 모든 몸짓은 어딘지 안정되지 않아 보였습니다. 이제 갓 접붙여진 나무 혹은 다 발효되지 않은 와인이나 마찬가지였습니다. 천성적으로 부끄럼이 많고 소심한 그녀는 자신의 수줍음이 마음에 들지 않았고, 짜증이 난 나머지 자유분방하고 대담해지려고 일부러 노력했지만, 번번이 실패로 돌아갈 뿐이었습니다. 나는 그녀에게 몇 번이나 러시아에서의 생활과 과거 이야기를 꺼냈지만, 그녀는 내 질문에 마지못해 대답할 뿐이었습니다. 그래도 나는 외국으로 건너오기 전까지 그녀가 오랫동안 시골에 살았다는 것을 알게 되었습니다. 한 번은 그녀가 혼자서 책을 읽는 것을 발견한 적이 있습니다. 두 손으로 머리를 받치고 손가락을 머리카락에 깊숙이 넣은 채 눈으로는 바삐 책을 읽어 내려갔습니다.

"브라보!"

나는 그녀에게 다가가면서 말했습니다.

"이렇게 부지런하다니!"

그녀는 고개를 들고 점잖고 엄격한 눈으로 나를 보았습니다.

"내가 웃을 줄만 안다고 생각하시나 봐요?"

그녀는 말을 하더니 자리를 뜨려 했습니다.

나는 책 제목을 흘깃 보았습니다. 프랑스 소설이었습니다.

"하지만 당신의 선택을 칭찬할 수는 없겠네요."

나는 말했습니다.

"그럼 뭘 읽으란 말인가요!"

그녀가 소리치더니, 책을 테이블 위에 던지고는 덧붙였습니다.

"그럼 장난이나 치러 가는 게 낫겠네요."

그리고 정원으로 달려갔습니다.

그날 밤 나는 가긴에게 『헤르만과 도로데아』를 읽어 주었습니다. 처음에 아샤는 우리 옆을 지나 이리저리 돌아다녔지만, 어느새 멈추고 귀를 기울이더니 조용히 내 옆에 앉아 낭독이 끝날 때까지 귀를 기울였습니다. 그다음 날 나는 또다시 그녀한테 놀라고 말았습니다. 도로데아처럼 가정적이고 점잖은 부인이 되어야겠다는 생각이 갑자기 그녀의 머릿속에 떠올랐음을 짐작할 수 있었습니다. 한마디로 내 눈에 그녀는 반쯤 수수께끼 같은 존재로 보였습니다. 극단적일 정도로 자존심이 센 그녀는 내가 그녀에게 화나 있을 때조차도 내 마음을 끌어당겼습니다. 나는 그녀가 가긴의 동생이 아니라는 한 가지 사실만은 점점 더 확신하게 되었습니다. 그는 그녀를 여동생처럼 대하지 않았습니다. 지나치게 상냥하고 너그러웠는데 일부러 그러는 것처럼 보이기까지 했습니다.

이상한 한 사건은 내 의혹을 분명하게 확인시켜 주었습니다.

어느 날 밤 가긴이 살고 있는 포도원에 다다랐을 때 나는 문이 잠겨 있는 것을 발견했습니다. 별다른 생각 없이 나는 전부터 봐 두었던 담장이 무너진 곳으로 가서 훌쩍 뛰어넘었습니다. 이곳에서 그리 멀지 않은 샛길 옆에 조그만 아카시아 정자가 하나 있었습니다. 내가 그 정자를 그냥 지나치려는 순간… 갑자기 울음 섞인 소리로 열렬하게 이렇게 말하는 아샤의 목소리가 귓전을 때렸습니다.

"아니, 난 당신 말고는 아무도 사랑하고 싶지 않아요, 아니, 아니, 나는 오직 당신만을 사랑하고 싶어요. 영원히."

"그만해, 아샤, 진정해."

가긴이 말했습니다.

"너도 알고 있지, 나는 너를 믿어."

그들의 목소리가 정자에서 들려왔습니다. 엉켜 있는 나뭇가지 사이로 두 사람의 모습이 보였습니다. 그들은 내가 온 것을 알아차리지 못했습니다.

"당신, 당신만을."

그녀는 그 말을 되풀이하면서 그의 목에 매달려 흐느끼며 키스를 하고 그의 가슴으로 파고들려 했습니다.

"그만해, 그만."

그는 가볍게 그녀의 머리카락을 쓰다듬으면서 반복했습니다.

잠시 동안 나는 꼼짝하지 않았습니다… 갑자기 나는 부르르 몸을 떨었습니다. '그들에게 다가가 볼까?… 절대 안 되지!' 이런 생각이 머릿속을 스쳤습니다. 나는 재빠르게 울타리로 돌아가 뛰어넘어서 도로로 나가 내달리다시피 집으로 돌아왔습니다. 나는 싱글싱글하다가 손을 비비다가 예상치 못하게 내 추측을 확인시켜 준 사건에 놀랐습니다(나는 내 추측이 틀렸다고 한순간도 의심하지 않았습니다.) 그렇지만 내 마음은 무척 씁쓸했습니다. '하지만.' 나는 생각했습니다. '어떻게 그렇게 속일 수가 있지! 그런데 도대체 왜? 나한테 뭘 속이려는 걸까? 그가 이럴 줄은 정말 몰랐단 말이지… 그리고 그 감상 젖은 말들은 또 뭐란 말인가?'

7.

나는 잠을 제대로 잠을 이루지 못했습니다. 다음 날 아침 일찍 일어나 배낭을 메고 여주인에게는 해가 지기 전까지 기다리지 말라고 일러둔 뒤, Z시 중앙을 흐르는 강을 거슬러 올라 산으로 들어갔습니다. 그 산은 '개의 등(Hundsrück)'이라 불리는 산맥의 줄기로 지질학적으로 매우 호기심을 끄는 곳이었습니다. 특히 규칙적인 순수 현무암층은 주목할 만했지만, 나는 지질학적 관찰을 할 겨를이 없었습니다. 나는 내 안에서 무슨 일이 일어나고 있는지 스스로 알 수 없었습니다. 가긴 남매를 만나고 싶지 않다는 한 가지 마음만이 분명했습니다. 나는 갑자기 그들이 싫어진 유일한 이유가 그들의 교활함으로 인한 불쾌함 때문이라고 확신했습니다. 도대체 누가 그들이 친척인 척하도록 시킨 걸까? 하지만 나는 그들을 생각하지 않으려 애썼습니다. 나는 산과 골짜기를 유유히 거닐었고 허름한 식당에 앉아 주인이나 손님들과 한가롭게 말을 주고받으며 햇볕에 달구어진 평평하고 따뜻한 바위에 드러누워 떠다니는 구름을 바라보기도 했습니다. 다행히 날씨는 훌륭했습니다. 그러면서 사흘이 흘렀는데, 소소한 즐거움이 있었음에도 한 번씩 가슴이 조여왔습니다. 그때의 내 기분은 그 지역의 평온한 자연과 잘 어우러졌습니다.

　　나는 우연히 만들어 내는 조용한 장난과 몰려드는 인상들에 완전히 몸을 맡겼습니다. 그것들은 천천히 서로 대체하면서 내 마음을 흘러 지나갔고, 마지막엔 하나의 공통된 감정만이 남았습니다. 그 감정에는 내가 그 사흘 동안 보고 듣고 느낀 모든 것이 결집되어 있었습니다. 숲속에 떠도는 희미한 수지 냄새, 딱따구리의 울음소리와 콕콕 쪼는 소리, 모랫바닥에서 곤들매기가 헤엄치는 맑은 시냇물이 쉴새 없이 졸졸 흐르는 소리, 그다지 험준하지 않은 산세, 가파른 절벽, 오래된 교회와 나무들이 줄지어 선 깔끔한 마을, 풀밭에 노니는 황새 떼, 물레방아가 빠르게 돌아가는 아늑한 방앗간, 마을 사람들의 친절한 얼굴, 그들의 푸른 저고리와 회색 스타킹, 통통한 말이나 때로는 암소가 느릿느릿 끌고 가는 삐걱대는 수레, 사과나무와 배나무가 늘어선 깨끗한 길을 걸어가는 긴 머리의 젊은 방랑자들… 이 모든 것이 하나로 합쳐졌습니다.

　　지금도 그 무렵을 떠올리면 즐거워집니다. 단순한 만족이 있고, 서두르지 않으며 참을성 있는 부지런한 일손의 흔적들이 곳곳에 묻어있는 독일 땅의 검소한 외딴 시골 마을에 안부를 전합니다… 잘 있길 바랍니다, 평화가 있길!

　　사흘째 되는 날 저녁에야 나는 집으로 돌아왔습니다. 말하는 걸 잊긴 했지만, 가긴 남매에 대한 화를 삭이려 냉정한 미망인의 모습을 되살려 보려 했지만 그런 노력은 허사로 돌아갔습니다. 그녀에 대한 공상을 막 시작하려던 참에, 내 앞에 호기심 가득한 둥그런 얼굴을 가진 다섯 살 정도의 시골 소녀가 순진하게 동그란 눈을 뜨고 서 있었던 것을 기억합니다. 그녀는 너무나 어린애처럼 천진난만하게 나를 바라보았습니다… 나는 그녀의 순수한 시선에 부끄러워졌습니다. 그녀 앞에서 거짓말을 하고 싶지 않았기에, 즉시 옛 연인을 마음속에서 완전히 떠나보냈습니다.

집에 와 보니 가긴의 편지가 와 있었습니다. 그는 내가 예고도 없이 떠난 데 놀랐으며, 자신과 함께 가지 않은 것을 책망하면서 돌아오자마자 자신들에게 와달라고 적혀 있었습니다. 나는 그 편지를 읽으면서 못마땅했지만, 바로 다음 날 L시로 출발했습니다.

8.

가긴은 친절하게 나를 맞으면서 애정 어린 말로 꾸짖었습니다.
하지만 아샤는 일부러 그러는 듯 나를 보자마자 아무 이유 없이 깔
깔 웃더니 평소처럼 바로 달아나 버렸습니다. 가긴은 당황해서 정신
나간 아이라고 중얼거리며 내게 이해해 달라고 부탁했습니다. 솔직
히 말해서 나는 아샤에게 몹시 짜증이 났습니다. 안 그래도 불쾌했
는데 그 부자연스러운 웃음과 기이한 행동을 보니 기분이 더욱 나
빠졌습니다. 하지만 나는 아무것도 눈치채지 못한 척하면서 가긴에
게 내 짧은 여행에 대해서 자세히 들려주었습니다. 그는 내가 없는
사이에 무슨 일이 있었는지를 말해 주었습니다. 하지만 우리의 대화
는 좀처럼 활기를 띠지 못했습니다. 아샤는 방에 들어왔다가 다시
뛰쳐나갔습니다. 결국 나는 급한 볼일이 있어 집으로 돌아가야 한다
고 말했습니다. 가긴은 처음에는 붙잡았지만, 나를 유심히 들여다보
더니 이내 배웅해 주겠다고 했습니다. 현관에서 아샤는 갑자기 내게
다가와 손을 내밀었습니다. 나는 그녀의 손가락을 가볍게 잡고서 살
짝 고개를 숙였습니다. 가긴이 나와 함께 라인강을 건넜습니다. 마
돈나 상이 있는 곳에 이르러 내가 좋아하는 물푸레나무 옆을 지날

때 경치를 보기 위해서 벤치에 앉았습니다. 그때 우리 둘 사이에서는 심상치 않은 대화가 오갔습니다.

처음에 우리는 몇 마디를 주고받고는 맑은 강물을 바라보며 침묵에 잠겼습니다.

"이봐요."

갑자기 가긴이 여느 때처럼 미소를 지으며 말하기 시작했습니다.

"당신은 아샤를 어떻게 생각합니까? 당신에게는 그 애가 좀 이상하게 보이지 않습니까?"

"글쎄요."

나는 다소 당황하면서 대답했습니다. 그가 그녀 이야기를 꺼낼 것이라고는 예상하지 못했습니다.

"그 아이를 잘 알아야만 제대로 판단할 수가 있습니다."

그는 말했습니다.

"그 아이는 좋은 마음씨를 가지고 있지만, 머리가 골치입니다. 그 아이와 잘 지내는 건 어려운 일입니다. 그렇다고 나무랄 수도 없고요. 그 아이의 처지를 아시게 된다면…."

"처지라고요?"

내가 말을 가로막았습니다.

"그럼 그녀는 당신의…"

가긴이 나를 바라보았습니다.

"정말 그 애가 내 동생이 아니라고 생각하시는 겁니까?… 그게 아니라."

그는 혼란스러워하는 내 반응에 신경 쓰지 않고 말을 이어나 갔습니다.

짝사랑

"그 아이는 분명히 내 여동생이고, 아버지의 딸입니다. 내 말을 들어 보세요. 저는 당신을 믿기에 모든 걸 털어놓는 겁니다. 내 아버지는 매우 선량하고 지적이고 잘 교육받은 사람이었지만 불행했습니다. 운명이 다른 사람들보다 그에게 특별히 더 가혹했던 것도 아니지만, 아버지는 첫 번째 타격을 견뎌내지 못했습니다. 아버지는 젊은 나이에 연애 결혼을 했습니다. 그의 아내, 그러니까 내 어머니는 너무 일찍 돌아가셨습니다. 내가 태어난 지 육 개월밖에 안 되었을 때였습니다. 아버지는 나를 시골로 데려가서 십이 년 동안 아무 데로도 떠나지 않았습니다. 아버지는 나를 직접 교육하셨습니다. 아버지의 형인 큰아버지가 시골로 찾아오지 않았더라면 아버지는 결코 나와 헤어지지 않으셨을 겁니다. 큰아버지는 페테르부르크에서 줄곧 사셨고 꽤 중요한 직위에 계셨습니다. 아버지가 어떤 상황에서도 마을을 떠나기를 거절하셨기 때문에, 큰아버지는 저를 자기에게 맡겨 달라고 설득했습니다. 큰아버지는 제 나이의 소년이 시골에만 틀어박혀 사는 것이 바람직하지 않다고 했습니다. 또 아버지처럼 언제나 음울하고 말이 없는 선생 밑에만 있다면, 분명 또래보다 뒤처질 것이고 성격도 비뚤어질 수 있다고 말했습니다. 아버지는 형의 충고를 오랫동안 거부했지만, 결국에는 양보하고 말았습니다. 나는 아버지와 헤어질 때 울었습니다. 나는 아버지의 얼굴에서 미소를 본 적 없지만, 그래도 그를 사랑하고 있었던 것입니다… 하지만 페테르부르크에 도착한 후, 나는 곧 어두컴컴하고 기쁨 하나 없는 우리의 옛 둥지를 잊어버렸습니다. 나는 육군유년학교에 입학했고, 학교에서 근위연대로 옮겨 갔습니다. 나는 매년 몇 주일씩 시골에 내려가 있었는데, 해가 거듭될수록 아버지는 점점 더 음울해지고 내성적이 되어, 소심할 정도로 생각에 잠겨있곤 했습니다. 아버지는 매일 교회에 갔고 말하는 법을 거의 잊은 듯했습니다. 언젠가 내가 내려갔을 때(나는 이미 스무 살이 조금 넘었습니다.) 우리 집에서 처음으로 깡마르고 검은 눈을 가진 열 살 정도 된 소녀, 아샤를 보았습니다. 아버지는 그녀가 고아여서 키우려고 데리고 왔다고 말씀하셨습니다. 정확히 그렇게 표현하셨습니다. 나는 그녀에게 특별한 관심을 기울이지 않았습니다. 그녀는 거칠고 민첩하며 조용한 조그마한 짐승 같았습니다. 아버지가 가장 좋아하는 방, 어머니가 거기에서 돌아가셨고 낮에도 촛불을 밝혀야 하는 거대하고 컴컴한 방에 들어서면 즉시 그녀는 그의 볼테르 안락의자 뒤나 책장 뒤로 숨어 버렸습니다. 그 후 삼사 년 동안은 일 때문에 시골에 내려갈 수가 없었습니다. 매달 아버지로부터 짧은 편지를 받았는데, 아버지는 아샤 이야기를 거의 하지 않았고 그마저도 슬쩍 말하고 지나칠 뿐이었습니다. 아버지는 이미 쉰 살이 넘었지만 여전히 젊은이처럼 보였습니다. 내 놀라움이 어땠을지 한번 상상해 보십시오. 생각지도 못하고 있다가, 갑작스럽게 관리인으로부터 받은 편지에서는 아버지의 위독한 병세를 알려주면서 마지막 작별 인사를 하고 싶다면 가능한 한 빨리 와달라고 간청하고 있었습니다. 황급히 달려가 보니, 아버지는 아직 살아 계셨지만 이미 마지막 가쁜 숨을 몰아쉬고 계셨습니다. 아버지는 나를 보고 매우 기뻐하시며 쇠약해진 팔로 나를 껴안으셨고, 살피는 것도 간청하는 것도 아닌 눈빛으로 한참 동안 내 눈을 들여다보셨습니다. 그리고 마지막 소원을 들어주겠다는 다짐을 내게 받고 난 뒤에, 늙은 하인에게 아샤를 데려오라고 지시하셨습니다. 노인은 그녀를 데리고 왔습니다. 그녀는 힘겹게 두 발로 서서 온몸을 오들오들 떨고 있었습니다.

"여기."

아버지가 힘겹게 나에게 말했습니다.

"내 딸, 네 여동생을 부탁한다. 야코프가 모든 걸 알려줄 거야."

그는 시종을 가리키며 덧붙였습니다.

아샤는 울음을 터트리고 침대에 얼굴을 파묻었습니다… 삼십 분 후에 아버지는 숨을 거두셨습니다.

사실은 이러했습니다. 아샤는 어머니의 하녀였던 타티야나와 아버지 사이에서 낳은 딸이었습니다. 나는 타티야나를 생생히 기억합니다. 훤칠하고 늘씬한 몸매와 새까만 커다란 눈을 가진 단정하고 엄격하며 영리한 얼굴을 기억합니다. 그녀는 오만해서 다가가기 어려운 여자로 알려져 있었습니다. 야코프가 예의상 생략해가며 전한 말만을 통해서도 나는 대충 짐작할 수 있었습니다. 아버지는 어머니가 돌아가신 지 몇 년 후에 그녀와 만남을 가졌던 것 같습니다. 그 당시 타티야나는 더 이상 우리 저택에 살지 않았고 결혼해서 가축을 키우는 언니의 시골집에 함께 살고 있었습니다. 아버지는 그녀에게 몹시 애착을 가졌고 제가 마을을 떠난 뒤에는 그녀와 결혼까지 하려 했습니다. 하지만 아버지의 간청에도 불구하고 그녀는 그의 아내가 되는 것을 스스로 용납하지 않았습니다.

"고인이 된 타티야나 바실리예브나는."

야코프가 뒷짐을 지고 문 옆에 서서 말했습니다.

"모든 것에 있어서 사려 깊었고 아버님을 욕되게 하고 싶어 하지 않았습니다. 제가 어떻게 당신 아내가 됩니까? 제가 어떻게 마님이 된단 말입니까? 이렇게 말했습니다. 제가 앞에 있을 때 말입니다."

타티야나는 우리 집으로 들어오고 싶어 하지 않았고, 아샤를 데리고 언니 집에서 계속 살았습니다. 나는 타티야나를 어렸을 때 휴일에 교회에서만 보았을 뿐입니다. 그녀는 어두운 스카프를 머리에 묶고 노란색 숄을 어깨에 두른 채 사람들 사이에 섞여 창문 가까이에 서 있었지만, 그녀의 엄숙한 모습이 투명한 유리 위로 선명하게 보였습니다. 그리고 옛날식으로 절을 하면서 겸손하고 엄숙하게 기도를 올리고 있었습니다. 큰아버지가 나를 데리고 갔을 때 아샤는 고작 두 살이었는데 아홉 살에 어머니를 잃었던 겁니다.

타티야나가 죽자, 아버지는 곧바로 아샤를 집으로 데리고 왔습니다. 아버지는 전부터 아샤를 데려오고 싶어 했지만, 타티야나는 그마저도 거절했습니다. 아샤가 주인댁으로 데려왔을 때 그녀에게 어떤 일이 일어났을지 한번 상상해 보십시오. 그녀는 처음으로 실크 드레스가 입혀지고 조그마한 손에 키스를 받았던 순간을 여전히 잊을 수가 없답니다. 그 애의 어머니는 살아 있을 때 그녀를 매우 엄격하게 키웠습니다. 그녀는 아버지와 함께하면서 완전한 자유를 누렸습니다. 아버지가 그 애의 가정교사나 마찬가지였습니다. 그 밖에는 누구도 만난 적이 없었습니다. 아버지는 그 애를 마냥 버릇없게 내버려 두진 않았습니다. 물론 그 애의 응석을 전부 받아주기만 한 것은 아니었으나, 그 애를 열렬히 사랑했으며 하고자 하는 것은 아무것도 금하지 않았습니다. 마음속으로 자신이 아샤에게 죄인이라고 생각했던 겁니다. 아샤는 곧 자신이 집안에서 중요한 사람이라는 것을 깨달았고 주인이 자신의 아버지라는 것도 알았습니다. 하지만 그 애는 자신의 처지가 잘못되었다는 것도 금방 깨달았습니다. 자존심이 강해지고 불신도 커졌습니다. 나쁜 습관이 뿌리를 내리면서 순진함은 자취를 감추어 버렸습니다. 그 애는(그 애가 언젠가 내게 고백한 적이 있습니다.) 온 세상 사람들이 자기의 출신을 잊어 주기를 바랐습니다. 그 애는 자기 어머니를 창피하게 여기면서도 그 창피함을 부끄러워했고, 어머니를 자랑스러워하기도 했습니다. 아시다시피, 그 애는 제 나이에 알면 안 될 것들을 이미 많이 알아버렸으니까요… 하지만 그 애를 탓할 수 있을까요? 그 애 안에서는 젊음의 힘이 솟고 피가 끓어오르는데, 좋은 쪽으로 이끌어줄 사람이 한 명도 없었습니다. 무슨 일이든 마음대로 다 했지요! 하지만 마음대로 한다는 게 어디 견디기 쉬운 일일까요? 그 애는 다른 아가씨들보다 뒤처지지 않기 위해서 닥치는 대로 책을 읽었습니다. 그렇게 한들 무슨 좋은 결과가 있었겠습니까? 비정상적으로 시작된 생활은 비정상적으로 흘러갔지만, 그녀의 마음을 망쳐놓진 않았고 지성도 무사했습니다.

이렇게 해서 스무 살의 젊은 내가 열세 살의 소녀를 돌보게 되었던 것입니다. 아버지가 돌아가신 후 처음 몇 날 동안 그 애는 내 목소리를 듣기만 해도 오들오들 떨었고, 내가 다정하게 대해 주면 울적해 했습니다. 그리고 조금씩, 조금씩, 조금씩 내게 익숙해졌습니다. 나중에 그녀가 내가 자기를 친동생처럼 생각하고 사랑한다는 것을 확신하게 되었을 때, 그 애는 열정적으로 내게 애정을 쏟았습니다. 그 애한테는 뜨뜻미지근한 감정이란 없으니까요.

나는 아샤를 페테르부르크로 데리고 갔습니다. 그 애와 헤어지는 것이 아무리 괴롭더라도 그녀와 함께 살 수 없었습니다. 나는 그녀를 최고의 기숙 학교 중 한 곳에 입학시켰습니다. 아샤는 우리가 헤어져야 한다는 것을 알았지만, 병이 나서 거의 죽을 뻔한 지경까지 되었습니다. 그러나 차츰 익숙해졌고 기숙 학교에서 사 년을 보냈습니다. 하지만 내 기대와는 달리, 그 아이는 전과 거의 달라진 게 없었습니다. 기숙 학교 교장 선생님은 종종 나에게 불평을 했습니다. "벌을 줄 수도 없고, 그렇다고 부드럽게 대해 봐도 요지부동입니다." 아샤는 몹시 영리했고 반에서 공부도 제일 잘했습니다. 하지만 그녀는 보통의 수준에 머물기를 싫어했고, 고집이 셌으며, 통명스러운 얼굴을 하고 있었습니다… 나는 그녀를 크게 나무랄 수는 없었습니다. 그 애의 처지에서는 남의 비위를 맞추거나 사람들을 피하거나 할 수밖에 없으니까요. 그 애는 여러 친구 중에서도 못생기고 짓눌린 듯한 가난한 한 소녀하고만 어울렸습니다. 함께 교육을 받은 다른 아가씨들은 대부분 좋은 집안 출신이었는데, 그녀를 좋아하지 않았고 기회가 될 때마다 그녀를 모욕하고 빈정거렸습니다. 아샤는 그들에게 털끝만큼도 물러서지 않았습니다. 하루는 신학 수업 시간에 선생님이 악덕에 대해 이야기하기 시작했습니다. "아부하는 것과 비겁한 것이 가장 나쁜 악덕입니다." 아샤는 큰소리로 이렇게 말했습니다. 한마디로, 그 애는 계속해서 자기만의 길을 갔던 것입니다. 다만 예의는 좀 나아지긴 했는데, 그것도 크게 좋아졌다고는 할 수 없을 겁니다.

마침내 그 애는 열일곱 살이 되었습니다. 더 이상 기숙 학교에 둘 수는 없었습니다. 저는 꽤 큰 문제를 마주하게 된 겁니다. 문득 좋은 생각이 떠올랐습니다. 은퇴하고서 일 년 혹은 이 년 정도 아샤를 데리고 해외로 가겠다는 것이었습니다. 이 계획을 실행해서, 지금 우리는 라인강 강변에 머물게 되었습니다. 저는 그림 공부를 하려 노력하고, 그 애는… 여전히 장난을 치면서 기이한 행동을 하고 있습니다. 하지만 이제는 당신도 그 애를 너무 가혹하게 판단하지 않기를 바랍니다. 그 아이는 아무것도 신경 쓰지 않는 척하지만, 사실 모든 사람의 의견을 소중히 여깁니다. 특히나 당신 의견을요."

그리고 가긴은 다시 평소처럼 조용한 미소를 지었습니다. 나는 그의 손을 힘껏 쥐었습니다.

"이렇게 된 이야기입니다만."

가긴은 다시 말하기 시작했습니다.

"하지만 그 애는 나도 곤경에 빠뜨렸습니다. 정말 폭탄 같으니까요. 지금까지는 아무도 좋아한 적이 없지만, 만약 누군가와 사랑에 빠진다면 재앙이 될 것입니다! 가끔 나는 아샤를 어떻게 대해야 할지 모르겠습니다. 얼마 전 그녀는 머릿속에 무언가가 떠오른 모양입니다. 갑자기 내가 전보다 자기에게 차가워졌다고 다그치기 시작했고, 나만 사랑하고 영원히 나만 사랑할 거라고… 그러더니 울음을 터뜨렸습니다…."

"그랬군요…."

나는 말을 꺼내다 말고 입을 다물었습니다.

"말씀을 좀 해 보세요."

나는 가긴에게 물었습니다.

"다 털어놓게 되었으니 말인데, 그녀가 지금까지 아무도 좋아한 적이 없다는 게 사실입니까? 페테르부르크에서는 청년들을 만났을 것 아닙니까?"

"그런 남자들을 조금도 마음에 들어 하지 않았습니다. 아니, 아샤에게는 영웅이 필요합니다. 특별한 사람 말입니다. 아니면 산골짜기에 사는 그림 같은 목동이 필요한 겁니다. 하지만 어쨌든 간에 당신을 붙들고 너무 많이 떠든 것 같군요."

그는 일어나면서 덧붙였습니다.

"보세요."

나는 입을 열었습니다.

"당신 집으로 갑시다. 집으로 돌아가고 싶지 않군요."

"그럼 당신 일은 어쩌시려고요?"

나는 아무 대답도 하지 않았습니다. 가긴은 선하게 빙긋 미소
지었고, 우리는 L시로 돌아갔습니다. 낯익은 포도원과 산꼭대기 위
의 하얀 집을 보고서 나는 어떤 달콤함을 느꼈습니다. 그렇습니다,
내 마음에 마치 몰래 꿀을 들이부은 것처럼 달콤함이 감돌았던 것
입니다. 가긴의 이야기를 듣고 나서는 마음이 한결 가뿐해졌습니다.

9.

아샤는 집 문턱까지 나와 우리를 맞이했습니다. 나는 이번에도 아샤가 깔깔 웃을 거라고 기대했지만, 그녀는 몹시 창백한 얼굴로 눈을 내리깔고서 아무 말 없이 걸어 나왔습니다.

"다시 오셨다."

가긴이 말했습니다.

"이번에는 먼저 같이 가자고 하셨단다."

아샤는 이상하다는 듯이 나를 바라보았습니다. 나는 나대로 그녀에게 손을 내밀었고 이번에는 그녀의 차가운 손가락을 꼭 쥐었습니다. 나는 그녀가 몹시 불쌍했습니다. 이전에 나를 당황스럽게 했던 그녀의 많은 행동이 이제는 이해되었습니다. 내면의 불안, 서툰 자기 처신, 잘나 보이고 싶은 마음, 이 모든 것이 분명해졌습니다. 나는 그녀의 마음속을 들여다보았습니다. 마음의 짐이 비밀스럽게 끊임없이 그녀를 압박했고, 미숙한 자존심은 불안스레 혼란스러워하며 분투했지만, 그녀는 온 영혼을 다해 진실을 갈구하고 있었습니다. 나는 이 기이한 소녀에게 왜 이끌렸는지를 이해했습니다. 나를 끌어들인 것은 그녀의 가느다란 몸 전체에서 넘쳐나는 반야생적인 매력만이 아니었습니다. 그녀의 영혼은 나를 기쁘게 했습니다.

가긴은 자기 그림을 뒤적였고, 나는 아샤에게 포도원을 함께 산책하자고 제안했습니다. 그녀는 즐거워하면서 마치 기다렸다는 듯이 즉시 수락했습니다. 우리는 산 중턱까지 내려가 널따란 돌 위에 앉았습니다.

"우리가 없어서 심심하진 않으셨나요?"

아샤가 말을 꺼냈습니다.

"그럼 당신은 내가 없어서 심심했던가요?"

내가 물었습니다.

아샤는 곁눈질로 나를 흘깃 보았습니다.

"네."

그녀가 대답했습니다.

"산은 좋던가요?"

곧바로 그녀가 말을 이었습니다.

"높은 산이었나요? 구름보다 더요? 무얼 봤는지 이야기해 주세요. 오빠에게는 말씀하셨지만, 나는 아무것도 듣지 못했어요."

"그런가요, 당신은 마음대로 가 버렸잖아요."

내가 말했습니다.

"제가 갔던 것은… 그러니까… 이번에는 도망치지 않겠어요."

그녀는 믿음에 찬 상냥한 목소리로 덧붙였습니다.

"당신은 오늘 화가 나신 거지요."

"내가요?"

"당신 말이에요."

"대체 왜, 천만에…."

"왜인지는 모르지만, 당신은 화가 나서는 그대로 돌아가 버리셨잖아요. 당신이 그렇게 떠나서 저는 몹시 언짢았지만, 다시 돌아오셔서 기쁩니다."

"나도 돌아온 걸 기쁘게 생각합니다."

내가 말했습니다.

아샤는 어린 애들이 기분 좋을 때 흔히 하는 것처럼 어깨를 흔들흔들했습니다.

"아, 나는 남의 마음을 꿰뚫어 보는 능력이 있어요."

그녀는 말을 이었습니다.

"나는 아버지의 기침 소리만 듣고도 아버지가 내게 흐뭇해하고 계시는지 아닌지를 알아채곤 했답니다."

그전까지 아샤는 아버지에 대해서 한 번도 말을 꺼낸 적이 없었습니다. 그래서 나는 깜짝 놀라고 말았습니다.

"당신은 아버지를 사랑하셨나요?"

말을 하고 나자, 갑자기 얼굴이 달아올라 화끈거릴 지경이었습니다.

그녀는 아무 대답 없이 마찬가지로 얼굴을 붉혔습니다. 두 사람 모두 조용해졌습니다. 저 멀리 라인강 위로 배 한 척이 연기를 내뿜으며 달리고 있었습니다. 우리는 그것을 물끄러미 보았습니다.

"왜 이야기를 들려주지 않으세요?"

아샤가 속삭였습니다.

"당신은 어째서 오늘 나를 보자마자 웃음을 터뜨린 것입니까?"

"나도 나를 모르겠어요. 가끔 한 번씩 울고 싶은데 웃음이 나올 때가 있다니까요. 당신은 내가 하는 행동을 보고서… 나를 판단

하시면 안 돼요. 아, 참, 로렐라이 이야기는 훌륭하지요? 저기 보이는 게 그 바위겠지요? 로렐라이는 처음에 누구라도 물에 빠지게 했지만, 사랑에 빠지게 되자 자신이 물속에 몸을 던졌다지요. 나는 그 이야기가 마음에 들어요. 프라우 루이제 부인은 여러 이야기를 들려준답니다. 그 집에는 노란 눈을 가진 검은 고양이가 있어요…."

아샤는 머리를 들어 올리더니 곱슬머리를 흔들었습니다.

"아, 기분이 좋네요."

그녀가 말했습니다.

바로 그 순간 단조로운 소리가 띄엄띄엄 들려왔습니다. 수백 명의 목소리가 똑같이 규칙적인 간격을 두고 찬송가를 반복해 부르고 있었습니다. 순례자 무리가 십자가와 기를 들고서 길을 따라 줄지어 아래로 내려가고 있었습니다.

"저들과 함께 갈 수 있다면 좋겠네요."

점차 멀어져 가는 목소리를 들으며 아샤가 말했습니다.

"신앙심이 깊으신가 보군요?"

"어딘가 먼 곳으로 가서, 기도를 드리고, 고행을 하고 싶어요."

그녀가 계속 말했습니다.

"그렇지 않으면 세월이 흘러서 삶은 끝날 텐데, 그런데 대체 우리가 뭘 했다고 말할 수 있을까요?"

"당신은 야망이 있군요."

내가 말했습니다.

"당신은 인생을 헛되게 보내고 싶지 않고, 죽은 뒤에는 흔적을 남기고 싶은 거지요…."

"불가능한 일일까요?"

'불가능하지요.' 하마터면 나는 되풀이할 뻔했습니다… 하지만 나는 그녀의 밝은 눈동자를 보고는 이렇게만 말했습니다.

"한번 해 보십시오."

"저기."

아샤는 짧은 침묵 뒤에 말하기 시작했습니다. 입을 다물고 있는 사이 이미 창백해진 그녀의 얼굴에 어떤 그림자가 스쳐 지나갔습니다.

"당신은 그 여자를 몹시 좋아하셨지요… 기억하시지요? 우리가 만난 지 이틀째 되던 날 오빠가 성터에서 그분의 건강을 위해 축배를 들었던 일 말이에요."

나는 웃음을 터뜨렸습니다.

"그건 당신 오빠가 농담한 겁니다. 나는 어떤 여자도 좋아했던 적이 없어요. 적어도 지금은 좋아하는 여자가 없습니다."

"당신은 여자를 볼 때 어떤 점에 끌리세요?"

아샤가 고개를 뒤로 젖히며 순진한 호기심을 띠고 물었습니다.

"이상한 질문이군요!"

나는 외쳤습니다.

아샤는 약간 당황했습니다.

"이런 질문을 해서는 안 되는 거군요, 그렇죠? 용서해 주세요. 나는 머리에 떠오르는 대로 말하는 버릇이 있어요. 그래서 입을 열기가 무서울 정도예요."

"부디 이야기해 주세요. 두려워하지 말고요."

나는 재빨리 말을 이었습니다.

"당신이 이제야 낯을 가리지 않아서 나는 정말 기쁘답니다."

174

아샤는 눈을 내리뜬 채로 조용히 가볍게 웃었습니다. 나는 여태껏 그녀가 그렇게 웃는 것을 본 적이 없었습니다.

"이제, 이야기해 주세요."

그녀는 한참 동안 앉아 있겠다고 작정이라도 한 듯이 드레스의 치맛자락을 잡아당겨 다리를 덮으면서 계속 말했습니다.

"이야기해 주시던지, 아니면 무엇이라도 읽어 주세요. 우리에게 『오네긴』의 한 구절을 읽어 주셨던 것을 기억하시지요…"

그녀는 문득 생각에 잠겼습니다….

가엾은 내 어머니 무덤 위에 있는
십자가와 나뭇가지 그늘은 지금 어디에!

그녀는 나직한 소리로 읊었습니다.

"푸시킨 시는 그렇지 않아요."

나는 말했습니다.

"나는 타티야나가 되고 싶어요."

그녀는 여전히 생각에 잠긴 채 말을 이었습니다.

"이야기를 들려주세요."

그녀는 생기를 띠고 재빨리 말했습니다.

하지만 나는 이야기할 정신이 없었습니다. 나는 온몸에 햇살을 받고 있는 그녀의 평화롭고 온화한 모습을 가만히 바라보았습니다. 우리를 둘러싼 모든 것이 즐거움으로 빛나고 있었습니다. 우리 위에 있는 하늘도, 아래에 있는 땅과 물도 반짝였습니다. 공기마저도 기쁨으로 가득 차 있는 듯했습니다.

"얼마나 좋은지 보십시오!"

나도 모르게 나지막한 소리로 말했습니다.

"훌륭해요!"

그녀는 나를 보지 않고 조용하게 대답했습니다.

"만약 당신과 내가 새라면 얼마나 높이 훨훨 날아다닐 수 있을까요… 저 푸른 하늘 속에 파묻혀 버릴 텐데… 하지만 우리는 새가 아닌걸요."

"그렇지만 우리한테 날개가 돋아날 수도 있습니다."

"어떻게요?"

"한번 살면서 보십시오. 우리를 땅 위로 들어 올리는 감정도 있으니까요. 걱정 마십시오. 당신도 날개를 가지게 될 겁니다."

"당신은 날개를 가졌던 적이 있으신가요?"

"어떻게 말해야 할까요… 나는 여태껏 날아본 적이 없는 것 같습니다."

아샤는 다시 생각에 빠졌습니다. 나는 그녀 쪽으로 몸을 살짝 숙였습니다.

"왈츠를 출 줄 아세요?"

그녀가 갑자기 물었습니다.

"알지요."

나는 어리둥절해서 대답했습니다.

"그럼 가요, 어서요……. 오빠한테 왈츠를 연주해 달라고 해야겠어요……. 우리는 마치 날개가 돋아 날아다니는 기분으로 춤을 춰 봐요."

그녀는 집을 향해 뛰었습니다. 나도 뒤따라 달렸습니다. 몇 분

후 우리는 라너 왈츠의 감미로운 선율에 맞추어 좁은 방 안을 빙글 빙글 돌았습니다. 아샤는 푹 빠져 훌륭하게 왈츠를 추었습니다. 그녀의 아가씨다운 엄숙한 모습 사이로 갑자기 부드럽고 여성적인 어떤 것이 흘러나오고 있었습니다. 그 후로도 오랫동안 내 손은 그녀의 부드러운 허리의 감촉을 느꼈고, 가까이에서 그녀의 가빠진 숨소리가 오랫동안 들려왔으며, 창백하지만 생기 있는 얼굴에서 거의 감고 있는 듯이 움직임 없는 까만 눈과 가볍게 찰랑거리던 곱슬머리가 오랫동안 눈앞에 아른거렸습니다.

10.

그날은 내내 더할 나위 없이 즐겁게 하루가 지나갔습니다. 우리는 아이들처럼 기뻐했습니다. 아샤는 몹시 사랑스럽고 순수했습니다. 가긴은 그녀를 바라보며 즐거워했습니다. 나는 밤이 늦어서야 자리를 떠났습니다. 라인강 중간쯤에 들어섰을 때 나는 뱃사공에게 배가 물살을 따라 흘러내려 가도록 두라고 부탁했습니다. 뱃사공이 노를 들어 올리자, 위풍당당한 강물은 우리를 이끌기 시작했습니다. 사방을 두리번거리고 귀를 기울이기도 하며 기억을 떠올리다가, 문득 나는 마음속 깊은 곳에서 불안을 느꼈습니다… 눈을 들어 하늘을 올려다봤지만, 하늘에도 고요함은 없었습니다. 별이 총총 박힌 하늘은 일렁이다 느릿느릿 흘러갈 뿐이었습니다. 나는 강물을 들여다보았습니다… 그러나 그 컴컴하고 차가운 심연 속에서도 별들은 흔들리며 떨 뿐이었습니다. 어디로 눈길을 돌리든 불안스러운 기운만이 감돌았습니다. 내 마음속에서 불안은 점점 더 자라났습니다. 나는 뱃전에 팔꿈치를 괴었습니다… 귓가를 스치는 바람의 속삭임과 선미에서 조용히 찰랑대는 물의 속삭임이 나를 초조하게 만들었고, 물결에 이는 선선한 바람도 나를 가라앉혀 주지 못했습니다. 물가에서 꾀꼬리가 울어 댔고, 그 울음소리는 달콤한 독이 되어 나를 사로잡았습니다. 내 눈에는 눈물이 가득 고였습니다. 하지만 그 눈물은 이유 없는 감격의 눈물은 아니었습니다. 내가 느낀 것은 방금 얼마 전에 경험했던 것 같은 막연한 감정이 아니었습니다. 마음이 넓어지면서 일렁일 때, 세상 모든 것을 이해하고 사랑하는 것처럼 느껴지는 그런 감정 말입니다… 아니었습니다! 내 안에서 행복에 대한 갈망이 타올랐습니다. 나는 아직 그것에 어떤 이름을 붙일 수는 없었습니다. 그러나 행복, 싫증 날 정도의 행복, 바로 그것이 내가 원하던 것이었으며 갈망하던 것이었습니다… 배는 유유히 흘러갔고, 늙은 사공은 노에 기댄 채 꾸벅꾸벅 졸고 있었습니다.

11.

다음 날 가긴의 집으로 가는 도중 나는 아샤를 사랑하게 된 것인지 나 자신에게 묻지는 않았습니다. 하지만 나는 그녀에 대해 이런저런 생각을 했고, 그녀의 운명에 관심을 가졌으며, 뜻하지 않게 우리의 관계가 회복되었다는 사실에 기뻤습니다. 비로소 어제서야 그녀를 제대로 알게 되었다는 느낌이 들었습니다. 그전까지 그녀는 내게 등을 돌리고 있던 거나 마찬가지였으니까요. 마침내 그녀가 내 앞에 자신을 드러낸 지금, 그녀의 모습이 어찌나 매혹적으로 빛나고 그것이 내게 얼마나 새로웠으며 그 속에서 비밀스러운 매력이 수줍은 듯이 얼마나 반짝거리고 있던지요… 나는 저 멀리 보이는 조그마한 집에서 눈을 떼지 않고서 힘차게 익숙한 길을 걸어갔습니다. 나는 미래의 일은커녕 내일의 일조차도 생각나지 않았습니다. 나는 그저 기분이 좋았습니다.

내가 방으로 들어서자 아샤는 얼굴을 붉혔습니다. 나는 그녀가 옷을 다시 잘 차려입은 것을 알아차렸습니다. 그러나 그녀의 표정은 의상과 어울리지 않았습니다. 슬퍼 보이는 표정이었습니다. 나는 이토록 유쾌한 기분으로 왔는데 말입니다! 그녀는 평소처럼 도망치고 싶지만, 간신히 자신을 억누르고 자리에 남아있으려 애쓰는 것같이 보였습니다. 가긴은 예술가적인 정열과 분노에 사로잡힌 특별한 상태에 빠져 있었습니다. 예술가들이 소위 '자연의 꼬리를 붙잡았다'고 생각했을 때 갑작스럽게 그들을 덮쳐오는 발작 같은 것이었습니다. 그는 머리를 헝클어뜨리고 온몸에는 얼룩덜룩 물감을 묻힌 채로 팽팽하게 당겨진 캔버스 앞에 서서 획획 크게 붓을 휘두르고 있었습니다. 그는 나를 향해 거의 난폭할 정도로 고개를 끄덕였고, 그림에서 한 발 물러나 눈을 가늘게 뜨고 보더니 다시 그림에 달려들었습니다. 나는 방해가 되지 않도록 아샤 옆에 앉았습니다. 그녀의 까만 눈동자는 슬며시 나를 향해 돌려졌습니다.

"당신은 어제와는 다른 것 같습니다."

그녀의 입술을 미소 짓게 하려는 것이 헛수고임을 깨닫고 난 뒤에 나는 이렇게 말했습니다.

"아니요, 그렇지 않아요." 그녀는 맥없는 목소리로 느릿느릿 말했습니다.

"별일 아니에요. 밤새 생각을 좀 하느라 잘 못 자서 그래요."

"무슨 생각을 했습니까?"

"아, 여러 가지 생각을 했어요. 나는 어릴 때부터 이런 습관이 있답니다. 내가 어머니와 함께 살았을 때부터요…"

그녀는 간신히 이 말을 꺼내고 나서 다시 한번 되풀이했습니다.

"어머니와 함께 살았을 때… 나는 어째서 아무도 자신의 앞날을 알 수 없는 것일까 생각하곤 했어요. 한 번씩 찾아오는 불행을 피할 길은 없고요. 어째서 진실을 전부 말하면 안 되는 걸까?… 그리고 나는 아무것도 모르며 공부를 해야 한다고 생각했어요. 나는 다시 교육을 받아야 해요. 제대로 교육받지 못했으니까요. 나는 피아노도 못 치고 그림도 못 그리며 바느질 솜씨마저 엉망이에요. 나는 아무것도 할 줄 아는 게 없으니, 나와 함께 있으면 누구라도 지루할 수밖에 없을 거예요."

"당신은 자신을 과소평가하고 있습니다."

나는 대답했습니다.

"당신은 책을 많이 읽었고, 교양도 갖추었으며, 총명하기로 는…".

"내가 총명하다고요?"

그녀가 너무나도 순진한 호기심을 띠고 묻는 바람에 나도 모르게 피식 웃음이 났습니다. 그러나 그녀는 가벼운 미소도 짓지 않았습니다.

"오빠, 내가 총명한가요?"

그녀는 가긴에게 물었습니다.

그는 아무런 대답도 하지 않고, 쉴새 없이 손을 바꾸고 팔을 들썩이면서 작업을 계속했습니다.

"가끔은 내 머릿속에 무엇이 있는지 나도 모르겠어요."

아샤는 여전히 사색에 잠긴 얼굴로 말을 계속했습니다.

"가끔 나 자신이 무서울 때가 있어요, 정말로요. 아, 묻고 싶은 게 있는데… 여자가 책을 많이 읽으면 안 된다는 게 정말인가요?"

"많이 읽을 필요는 없지요, 하지만…".

"말해 주세요, 무슨 책을 읽어야 할까요? 내가 무엇을 해야 할지 알려주세요. 당신이 말하는 건 무엇이든 할게요."

그녀는 순진한 믿음에 찬 얼굴을 내게 향하며 덧붙였습니다.

나는 당장 그녀에게 무슨 말을 해야 할지 떠오르지 않았습니다.

"당신은 나와 함께 있어도 지루하지 않으세요?"

"전혀요."

나는 입을 열었습니다.

"그렇다면, 고마워요!"

아샤가 대답했습니다.

"나는 당신이 지루할 거라고 생각했어요."

작고 뜨거운 그녀의 손이 내 손을 꼭 쥐었습니다.

"N씨!" 그 순간 가긴이 외쳤습니다.

"이 배경이 너무 어두운 것 같지 않나요?"

나는 그에게 다가갔습니다. 아샤는 일어나서 밖으로 나가 버렸습니다.

12.

그녀는 한 시간 뒤에 돌아와서 문 앞에 멈추어 서더니 손짓으로 나를 불렀습니다.

"저기."

그녀가 말했습니다.

"만약 내가 죽는다면 당신은 내가 가엾을 것 같으세요?"

"오늘 무슨 생각을 하는 겁니까!" 나는 소리쳤습니다.

"내가 곧 죽을 것 같은 생각이 들어서요. 가끔 나를 둘러싼 모든 것들이 내게 작별 인사를 하는 것처럼 느껴져요. 이렇게 사느니 죽는 것이 낫긴 하지만… 아! 그런 눈으로 나를 보지 마세요. 정말이지 내가 괜한 말을 하는 건 아니에요. 그렇지 않으면 나는 당신을 다시 무서워하게 될 거예요."

"당신이 나를 무서워했습니까?"

"설사 내가 이상하다 하더라도 그건 내 탓이 아니에요." 그녀는 대답했습니다.

"보세요, 나는 이미 웃지도 못하게 되었잖아요…"

그녀는 해가 저물 때까지도 우울하고 근심 가득한 얼굴이었습니다. 그녀 안에서 나로서는 이해할 수 없는 무언가가 일어나고 있었습니다. 그녀의 시선은 자주 내게 머물렀습니다. 그 수수께끼 같은 눈빛이 나를 향할 때마다 내 가슴은 조용히 조여들었습니다. 그녀는 침착해 보였습니다. 하지만 그녀를 바라보면서, 나는 줄곧 걱정하지 말라고 말해 주고 싶었습니다. 나는 그녀에게 넋이 나가서, 그녀의 창백한 낯빛과 망설이는 듯한 느린 몸동작에서 감명 깊은 매력을 발견했습니다. 하지만 웬일인지 그녀는 내 기분이 썩 좋지 않다고 생각하는 것 같았습니다.

"저기."

헤어지기 직전에 그녀가 내게 말했습니다.

"당신이 나를 경솔한 여자로 생각하는 것 같아서 너무 괴로워요… 앞으로는 내가 당신에게 하는 말을 항상 믿어 주세요. 당신도 내게 솔직해야 해요. 나는 언제나 진실만을 말하겠어요, 맹세해요…."

이 '맹세'라는 말에 또다시 나는 웃음이 새어 나왔습니다.

"아, 웃지 마세요."

그녀는 명랑하게 말했습니다.

"그렇지 않으면, 당신이 어제 나한테 했던 말을 내가 당신에게 할 거예요. '왜 웃으십니까?'하고 말이에요."

그러고 나서 잠시 침묵한 뒤에 그녀가 덧붙였습니다.

"어제 당신이 날개에 대해 말했던 것을 기억하시지요?… 내게도 날개가 돋아났는데, 날아갈 곳이 없네요."

"천만에요."

나는 말했습니다.

"당신에게는 모든 길이 열려있습니다…."

아샤는 내 눈을 똑바로 뚫어지게 보았습니다.

"오늘 당신은 나를 나쁘게 생각하고 있으시군요."

"내가요? 나쁘게 생각한다고요? 당신을!…."

"어쩐 일로 이렇게 기분이 축 처진 겁니까?"

가긴이 내 말에 끼어들었습니다.

"어제처럼 왈츠 연주라도 해드릴까요?"

"아니, 됐어요."

아샤가 주먹을 불끈 쥐고 대답했습니다.

"오늘 추는 일은 절대 없을 거예요!"

"억지로 추라는 것은 아니야, 진정하렴…."

그녀는 하얗게 질리면서 되풀이했습니다.

'그녀는 정말 나를 사랑하는 걸까?' 컴컴한 강물이 빠르게 굽이치는 라인강을 향해 가면서 나는 생각했습니다.

13.

‘그녀는 정말 나를 사랑하는 걸까?’ 이튿날 잠에서 깨자마자 나는 자신에게 물었습니다. 나는 내 마음속을 들여다보고 싶지 않았습니다. 그녀의 모습, ‘억지스럽게 웃음 짓는 소녀’의 모습이 내 마음속을 파고들어, 나는 좀처럼 그것을 떨쳐내 버릴 수 없다고 느꼈습니다. 나는 L시로 가서 종일 머물렀지만, 아샤는 아주 잠깐 보았을 뿐이었습니다. 그녀는 몸이 좋지 않았습니다. 머리가 아팠던 것입니다. 그녀는 이마에 끈을 동여맸고 창백하고 여윈 모습으로 눈을 거의 감은 채 아래층으로 잠시 내려왔습니다. 그녀는 힘없이 미소지으며 말했습니다.

"낫겠지요. 별일 아니에요. 무엇이든 지나가기 마련이니까요, 그렇죠?"

그리고 그녀는 자리를 떠났습니다. 나는 따분했으며 왠지 우울하고 공허했습니다. 나는 한참 동안 떠나고 싶은 생각이 들지 않아서 밤이 깊어서야 집으로 돌아왔습니다. 더 이상 그녀를 보진 못했습니다.

다음 날 아침도 꿈을 꾸는 듯한 의식 상태로 지나갔습니다. 일을 해 보려 했지만 손에 잡히지 않았습니다. 아무것도 하지 않고 아무런 생각도 하고 싶지 않았지만… 그것도 헛수고였습니다. 나는 거리를 이리저리 돌아다니다 집으로 돌아왔지만, 다시 밖으로 나갔습니다.

"당신이 N씨 인가요?"

갑자기 등 뒤에서 어린아이의 목소리가 들렸습니다. 뒤를 돌아보니 한 소년이 내 앞에 서 있었습니다.

"안네트 씨가 이것을 전해 달라 하셨어요."

그는 편지 한 통을 내게 건네면서 덧붙였습니다.

나는 그것을 열어보고 나서 불규칙적으로 빠르게 써 내려간 아샤의 필적임을 알아보았습니다.

'당신을 꼭 만나야겠어요.'

그녀는 이렇게 적었습니다.

'오늘 네 시에 성터 옆길에 있는 석조 예배당으로 오세요. 오늘 제가 몹시 큰 실수를 저질렀어요… 꼭 와 주세요, 모든 걸 알게 되실 거예요… 아이에게 알겠다고 말해 주세요.'

"답장은 있으신가요?"

소년이 물었습니다.

"알았다고 전해라."

내가 대답했습니다.

소년은 달려갔습니다.

14.

나는 방으로 돌아와 앉아서 생각에 잠겼습니다. 심장이 쿵쾅거렸습니다. 나는 아샤의 편지를 여러 번 반복해서 읽었습니다. 시계를 보았습니다. 아직 열두 시도 되기 전이었습니다.

문이 열리더니 가긴이 들어왔습니다.

그의 얼굴은 침울했습니다. 그는 내 손을 잡고서 꼭 쥐었습니다. 그는 몹시 흥분한 듯했습니다.

"무슨 일이 있으십니까?"

내가 물었습니다.

가긴은 의자를 끌어당겨서 나와 마주 앉았습니다.

"나흘 전에."

그는 억지로 미소를 지으며 더듬더듬 말을 꺼냈습니다.

"제가 한 이야기 때문에 당신은 놀라셨겠지만, 오늘은 더 놀라실 겁니다. 다른 사람에게는 아마 이렇게 말을 꺼내지도 못할 겁니다… 이렇게 다 털어놓고서는… 하지만 당신은 고결하신 분이고, 또 제 친구이니까요. 그렇지 않습니까? 사실 제 동생 아샤는 당신을 사랑하고 있습니다."

나는 온몸을 부들부들 떨면서 일어났습니다…

"당신 동생이라니, 그게 무슨…".

"그래요, 그렇습니다."

가긴은 내 말을 가로챘습니다.

"말하자면, 그 애는 미쳤습니다. 나까지도 미치게 합니다. 하지만 다행히도 그 애는 거짓말이라곤 할 줄 모르기에 나를 철석같이 믿고 다 털어놓습니다. 아, 이 애의 영혼은 어쩌나… 하지만 단언컨대 이 애는 자신을 망치고 말 겁니다."

"그건 틀린 생각입니다."

나는 입을 열었습니다.

"아니요, 제 생각이 맞습니다. 아시다시피 어제 그 애는 아무것도 먹지 않고 거의 종일 누워 있었습니다. 그러면서도 한마디도 투덜대지 않았습니다… 그 애는 불평하는 법이 없습니다. 저녁 무렵 열이 조금 났는데도 나는 걱정하지 않았습니다. 오늘 새벽 두 시쯤 주인 아주머니가 나를 깨웠습니다. 그 애 상태가 좀 이상한 것 같으니 가 보라더군요. 나는 아샤에게 달려갔고, 옷도 갈아입지도 않은 모습으로 열이 펄펄 끓으며 울고 있는 것을 보았습니다. 머리는 불타는 듯했고 이를 딱딱거리며 떨고 있었습니다. '어찌 된 일이야?' 내가 물었습니다. '많이 아프니?' 그 애는 내 목에 왈칵 매달리더니, 자기를 살리고 싶다면 가능한 한 빨리 자신을 데리고 이곳을 떠나 달라고 애원했습니다… 나는 아무것도 이해하지 못한 채로 그 애를 진정시키려고 애썼습니다… 그 애는 점점 더 큰소리로 흐느꼈습니다… 그런데 불현듯 그 흐느낌 속에서 나는 이런 말을 들었습니다… 그러니까, 한마디로 당신을 사랑하고 있다는 것이었습니다….

단언컨대 당신이나 나처럼 이성적인 사람들은 그 애가 어떤 감정을 얼마나 절실하게 느끼는지, 또 그 감정을 얼마나 강렬한 힘으로 표현하는지 상상조차 하기 어렵습니다. 그것은 뇌우처럼 불시에 습격합니다. 당신은 매우 좋은 사람입니다."

가긴이 계속 말했습니다.

"하지만 그 애가 어째서 당신을 사랑하게 된 건지, 솔직히 나로선 이해할 수 없습니다. 그 애 말에 따르면 첫눈에 당신에게 반했다고 하더군요. 며칠 전에 그 애가 나 말고는 아무도 사랑하고 싶지 않다고 매달리면서 울었던 이유도 그 때문인 겁니다. 그 애는 당신이 자기를 경멸하고 있고, 짐작건대 자기의 정체를 알고 있을 것이라 생각합니다. 그 애는 내가 당신에게 자기에 관한 이야기를 하지 않았느냐고 물었습니다. 물론 나는 아니라고 대답했지만, 그 애가 너무 민감하니 무서울 지경입니다. 그 애가 바라는 건 단 하나뿐입니다. 떠나는 것, 즉시 떠나는 것이요. 나는 아침까지 그 애 곁을 지켰습니다. 그 애는 나한테서 내일은 여기를 떠나겠다는 약속을 받아내고서야 겨우 잠들었습니다. 나는 거듭 생각한 끝에 당신과 이야기를 해야겠다고 결심했습니다. 내 생각에는 아샤의 말이 맞습니다. 우리가 여기를 떠나는 것이 최선입니다. 만약 나를 가로막는 생각이 떠오르지만 않았다면 오늘 당장 그 애를 데리고 떠났을 겁니다. 어쩌면… 혹시 당신도 내 동생을 좋아하는 건 아닐까? 만약 그렇다면, 그 애를 데리고 떠날 이유가 없지 않겠습니까? 그래서 나는 모든 창피함을 무릅쓰고 결심했던 것입니다… 게다가 나도 짐작 가는 바가 있었기에… 나는 결심했습니다… 당신 생각을 알아봐야겠다…."

가엾게도 가긴은 당황스러워하고 있었습니다.

짝사랑

"부디 나를 용서하십시오."

그가 덧붙였습니다.

"이런 어려운 일에는 익숙하지 못합니다."

나는 그의 손을 잡았습니다.

"알고 싶다고 하셨지요."

나는 분명한 목소리로 말했습니다.

"내가 당신 동생을 좋아하는지를요. 그렇습니다. 나는 그녀를 좋아합니다…."

가긴은 나를 바라보았습니다.

"하지만."

그는 더듬더듬 말했습니다.

"그 애와 결혼은 하지 않으실 거지요?"

"설마 나보고 그런 질문에 대답하라는 건 아니겠지요? 생각 좀 해보십시오, 내가 지금 당장 할 수 있을지를…."

"알아요, 알고 있습니다."

가긴은 내 말을 가로막았습니다.

"나는 당신한테 답변을 요구할 어떤 권리도 없습니다. 게다가 내 질문은 무례하기 짝이 없습니다… 하지만 내가 어떻게 해야 할까요? 당신이 불장난을 해서는 안 됩니다. 당신은 아샤를 모릅니다. 그 애는 병이 나든지, 달아나든지, 당신에게 밀회를 제안하든지 할 겁니다… 다른 여자라면 모든 것을 숨기고 때가 오길 기다리겠지만, 그 애는 그렇지 않습니다. 그 애가 이러는 건 처음입니다. 그러니 큰일입니다! 오늘 그 애가 내 발밑에서 흐느끼는 것을 보셨다면, 당신은 내 두려움을 이해하셨을 것입니다."

나는 생각에 빠졌습니다. '당신에게 밀회를 제안하든지'라는 가긴의 말이 심장을 후벼팠습니다. 솔직하게 터놓고 말하는 그에게 솔직하게 대답하지 않는 나 자신이 부끄럽게 느껴졌습니다.

"맞습니다."

나는 끝내 말했습니다.

"당신 말이 맞습니다. 한 시간 전에 당신 동생한테 편지 한 통을 받았습니다. 보십시오."

가긴은 편지를 집어 들더니 재빠르게 훑어본 뒤에 두 손을 무릎 위로 떨궜습니다. 그의 얼굴에 떠오른 놀란 표정은 몹시 우스꽝스러웠지만, 나는 웃을 정신이 아니었습니다.

"다시 말하지만, 당신은 고결한 분입니다."

그는 말했습니다.

"하지만 우리는 지금 어떻게 해야 좋겠습니까? 어쩌지요? 그 애는 떠나고 싶다고 말하면서 당신한테는 편지를 쓰고, 자신의 경솔함을 자책하는 것입니다… 이런 편지는 또 언제 썼을까요? 그 애가 당신한테 원하는 게 무엇일까요?"

나는 그를 진정시켰고, 우리는 앞으로 무엇을 해야 할지 가능한 한 냉정하게 상의하기 시작했습니다.

마침내 우리는 이런 결론을 내렸습니다. 불행을 피하기 위해 나는 아샤를 만나서 그녀와 진실하게 이야기를 나누고, 가긴은 집에 남아서 그녀의 편지에 관해 전혀 모르는 듯이 행동하기로 했습니다. 그리고 우리는 밤에 다시 만나기로 했습니다.

"나는 당신에게 모든 희망을 걸고 있습니다."

가긴은 말하며 내 손을 꼭 잡았습니다.

짝사랑

"그 아이와 나를 가엾게 여겨주십시오. 그렇지만 우리는 내일 떠날 것입니다."

그는 일어서면서 덧붙였습니다.

"당신이 아샤와 결혼은 하지 않을 테니 말입니다."

"저녁때까지 시간을 좀 주십시오."

나는 말했습니다.

"그러기야 하겠지만, 결혼은 하지 않으실 겁니다."

그는 떠났습니다. 나는 소파에 몸을 던지고 눈을 감았습니다. 내 머리는 빙빙 돌았습니다. 머릿속에 너무 많은 인상이 한꺼번에 몰려들었습니다. 나는 가긴이 너무 솔직한 것도 화가 났고, 아샤에게도 화가 났습니다. 그녀의 사랑은 나를 기쁘게도 했지만 혼란스럽게도 했습니다. 무엇 때문에 그녀가 오빠에게 모든 것을 말해 버렸는지 이해할 수 없었습니다. 몹시 황급하게, 거의 즉각적으로 결정을 내려야만 한다는 사실이 나를 괴롭혔습니다….

"그런 성격을 가진 열일곱 살짜리 소녀와 결혼이라니, 말이 안되지 않는가!"

나는 일어나면서 혼자 말했습니다.

15.

약속한 시간에 나는 라인강을 건넜습니다. 맞은 편 강변에서 처음으로 나를 맞이한 사람은 아침에 찾아왔던 그 소년이었습니다. 소년은 나를 기다리던 것이 분명했습니다.

"안네트 씨네 보내셨습니다." 소년은 또 다른 편지를 건네면서 소곤소곤 말했습니다.

아샤는 우리의 만남 장소가 변경되었다고 알리고 있었습니다. 한 시간 반 후에 예배당이 아니라 프라우 루이제 부인의 집으로 와서 문을 두드린 뒤 3층으로 올라와 달라는 것이었습니다.

"이번에도 승낙하시는 거지요?"

소년이 물었습니다.

"그래."

나는 대답하고 나서, 라인강 강변을 따라 걷기 시작했습니다.

집에 다녀오기엔 시간이 짧았고, 그렇다고 길을 거닐 기분도 아니었습니다. 성벽 너머에는 조그만 공원이 있었는데, 그곳에는 구주희 게임을 위해 차양막을 쳐둔 구장과 맥주 애호가를 위한 탁자들이 늘어서 있었습니다. 나는 그곳으로 향했습니다. 몇몇 독일 노인들이 구주희 게임을 하고 있었습니다. 나무 공은 쿵쿵 소리를 내며 데굴데굴 굴렀고, 이따금 환호 소리가 쏟아졌습니다. 울어서 눈이 통통 부은 귀여운 하녀가 내게 맥주 한 잔을 가져다 주었습니다. 나는 그녀의 얼굴을 들여다보았습니다. 그녀는 재빨리 몸을 돌려 멀리 가 버렸습니다.

"맞다, 그렇지."

마침 옆에 앉은 뚱뚱하고 볼이 새빨간 사내가 말했습니다.

"한헨은 오늘이 몹시 슬픈 날이군. 약혼자가 군대에 갔으니."

나는 그녀를 바라보았습니다. 그녀는 구석에 웅크리고서 손으로 볼을 괴고 있었습니다. 그녀의 손가락을 따라 눈물이 주룩주룩 흘러내리고 있었습니다. 누군가 맥주를 주문하자, 그녀는 잔을 가져다주고 다시 제자리로 돌아갔습니다. 그녀의 슬픔은 내게도 옮아왔습니다. 나는 다가올 밀회를 생각하기 시작했지만, 떠오르는 것은 근심 가득하고 우울한 생각뿐이었습니다. 나는 들뜬 마음을 품고 만나러 가는 것도 아니었고, 서로 사랑하는 사이에서 느끼는 기쁨에 흠뻑 취하는 것 역시 내 몫이 아니었습니다. 나는 약속을 지켜야만 했고, 힘겨운 임무를 완수해야만 했습니다.

'그 애와 불장난을 해서는 안 됩니다.'

가긴의 이 말은 화살처럼 내 가슴에 꽂혔습니다.

불과 나흘 전만 해도 물살에 떠밀려가던 그 배 안에서 나는 행복을 갈망하지 않았던가? 이제 그것이 이루어졌는데도, 나는 망설이면서 그것을 밀어내고 있었습니다. 밀어내야만 했습니다… 그 행복은 너무나 갑작스러워서 나를 혼란스럽게 하고 있었습니다. 그런 불 같은 머리를 갖고 있고, 그런 과거를 지녔으며, 그런 교육을 받은 아샤 자신에게, 이 매력적이지만 이상한 존재에게, 솔직히 말해서 나는 깜짝 놀라고 말았던 것입니다. 여러 가지 감정이 내 마음속에서 오랫동안 싸우고 있었습니다. 약속한 시간이 가까워졌습니다.

'나는 그녀와 결혼할 수 없다.'

마침내 나는 결정했습니다.

'그녀는 나도 자기를 사랑하고 있다는 것을 눈치채지 못할 것이다.'

나는 일어나서, 가엾은 한헨의 손에 1탈러 은화를 쥐어 주고 (그녀는 고맙다는 말조차 하지 못했습니다.), 프라우 루이제 부인의 집으로 향했습니다. 대기에는 벌써 저녁 그림자가 뉘엿뉘엿 깔렸고, 어둑어둑한 길 위로 보이는 하늘에는 한줄기의 좁고 기다란 띠가 노을에 반사되어 붉게 타고 있었습니다. 나는 가볍게 문을 두드렸습니다. 바로 문이 열렸습니다. 문턱을 넘어서자 주변은 온통 깜깜했습니다.

"이쪽으로!"

늙은 여인의 목소리가 들렸습니다.

"당신을 기다리고 있어요."

손으로 더듬거리며 두 걸음쯤 발을 옮기자 앙상한 손이 내 손을 붙잡았습니다.

"당신입니까, 프라우 루이제 부인?"

"맞아요."

같은 목소리가 대답했습니다.

"나예요, 우리 멋진 젊은이."

늙은 여인은 나를 다시 가파른 계단으로 안내했고, 3층 층계참에서 멈추어 섰습니다. 조그마한 창문에서 새어 나오는 희미한 빛

아래서 나는 쭈글쭈글한 시장 미망인의 얼굴을 보았습니다. 역겨울 만큼 교활한 미소를 짓느라 움푹 들어간 입술은 팽팽해졌고 흐리멍 덩한 눈은 움찔거렸습니다.

16.

내가 들어간 작은 방은 몹시 어두워서, 나는 곧바로 아샤를 알아보지 못했습니다. 그녀는 기다란 숄을 두르고서 마치 깜짝 놀란 새처럼 머리를 돌려 거의 숨다시피 한 채로 창가에 놓인 의자에 앉아 있었습니다. 그녀는 가쁜 숨을 몰아쉬면서 온몸을 오들오들 떨고 있었습니다. 나는 그녀가 너무 불쌍해졌습니다. 나는 그녀에게 다가갔습니다. 그녀는 머리를 더 돌려 나를 외면했습니다….

"안나 니콜라예브나."

내가 말했습니다.

그녀는 갑자기 몸을 꼿꼿이 세워 나를 보려 했지만 그럴 수가 없었습니다. 나는 그녀의 손을 잡았습니다. 그녀의 손은 차가웠고, 내 손바닥 안에서 죽은 듯이 꼼짝도 하지 않았습니다.

"나는 그저…"

아샤가 미소 지으려 애쓰며 말을 꺼냈지만, 그녀의 창백한 입술은 뜻대로 움직이지 않았습니다.

"나는 그저… 아니요, 할 수 없어요…"

그녀는 입을 다물었습니다. 정말로 그녀의 목소리는 한마디 한

마디 끊어지면서 나왔습니다.

나는 그녀 옆에 앉았습니다.

"안나 나콜라예브나."

나는 또다시 불렀지만 어떤 말도 덧붙일 수가 없었습니다.

침묵만이 감돌았습니다. 나는 그녀의 손을 잡은 채로 그녀를 바라보았습니다. 그녀는 울지 않으려 아랫입술을 힘껏 깨문 채 가쁜 숨을 몰아쉬면서 한껏 움츠리고 있었습니다… 나는 그녀를 들여다보았습니다. 겁에 질려 꼼짝하지 못하는 그녀의 모습은 어쩐지 의지할 데 없이 가련해 보였습니다. 그녀는 마치 피로에 지쳐 가까스로 의자까지 다가가서 그대로 쓰러진 것처럼 보였습니다. 내 심장은 녹아내리는 것 같았습니다….

"아샤."

나는 들릴 듯 말 듯 한 소리로 말했습니다….

그녀는 서서히 눈을 들어 나를 봤습니다… 아, 사랑에 빠진 여인의 눈길을 누가 묘사할 수 있을까요? 두 눈은 애원하면서 굳게 믿고 있었고 무언가를 묻고 있었습니다. 자신을 온전히 내맡긴 듯한 그런 눈길이었습니다… 나는 그 매력에 저항할 수 없었습니다. 날카로운 불꽃이 마치 불타는 바늘처럼 내 몸을 꿰뚫고 지나갔습니다. 나는 몸을 구부리고 그녀의 손에 얼굴을 바싹 갖다 댔습니다….

끊어질 듯한 한숨같이 덜덜 떠는 소리가 들렸습니다. 나는 나뭇잎처럼 떨리는 가냘픈 손길이 내 머리에 와닿는 것을 느꼈습니다. 나는 머리를 들고 아샤의 얼굴을 보았습니다. 그녀의 얼굴은 한순간에 얼마나 변해버렸던지! 공포의 표정은 사라졌고, 시선은 어딘가 먼 곳을 향하고 있어서 나까지도 잡아끌었습니다. 입술은 살짝 벌어지고, 이마는 대리석처럼 창백했으며, 곱슬머리는 바람이 스치고 지난 것처럼 뒤로 쏠어넘겨져 있었습니다. 나는 모든 것을 잊어버리고 덥석 그녀를 잡아끌었습니다. 그녀의 손은 순순히 끌려왔고, 손을 따라서 몸도 끌려왔습니다. 숄은 어깨에서 떨어졌고, 그녀의 머리는 사뿐히 내 가슴 위에 얹어졌습니다. 타는 듯한 내 입술 아래에 있게 된 것입니다….

"당신 거예요…."

그녀는 겨우 들릴 듯 말 듯하게 속삭였습니다.

나의 두 손은 이미 그녀의 허리춤으로 미끄러져 내려가고 있었습니다… 그런데 갑자기 가긴에 대한 생각이 번개처럼 스쳤습니다.

"우리가 지금 무얼 하는 겁니까!…."

나는 외치면서 황급히 물러섰습니다.

"당신 오빠는… 모든 것을 알고 있습니다… 내가 당신과 만나고 있다는 것도 알고 있습니다."

아샤는 의자 위에 털썩 주저앉았습니다.

"그렇습니다."

나는 일어나서 방의 다른 쪽 구석으로 가면서 말을 계속했습니다.

"당신 오빠는 모든 것을 알고 있습니다… 나는 그에게 모든 걸 말할 수밖에 없었습니다."

"말할 수밖에 없었다고요?"

그녀는 희미한 목소리로 말했습니다. 그녀는 아직도 제정신이 아닌 것 같았으며 내 말을 잘 이해하지 못하는 듯했습니다.

"그래요, 그렇습니다."

나는 어딘가 모르게 냉혹하게 되풀이했습니다.

"모두 당신 탓입니다. 당신 탓이라는 말입니다. 왜 비밀을 오빠에게 전부 털어놓은 것입니까? 오빠에게 모든 걸 털어놓으라고 누가 시키기라도 한 겁니까? 그가 오늘 나한테 와서 당신과 나눈 이야기를 전해 주었습니다."

나는 아샤를 보지 않으려고 애쓰면서 성큼성큼 방 안을 걸어 다녔습니다.

"이제 모든 것이 끝나고 말았습니다. 모든 것이, 모든 것이."

아샤는 의자에서 일어났습니다.

"잠깐."

나는 외쳤습니다.

"잠깐만, 부탁입니다. 당신은 정직한 사람과 이야기하고 있는 겁니다. 그렇습니다, 정직한 사람이라고요. 그런데 대체, 당신은 왜 그렇게 흥분하신 겁니까? 내게서 어떤 변화라도 알아차리신 겁니까? 당신 오빠가 오늘 나를 찾아왔을 때 나는 숨길 수가 없었습니다."

'대체 내가 무슨 말을 하는 거야?'

나는 속으로 생각했습니다. 나는 양심이라곤 없는 거짓말쟁이이고, 가긴이 우리의 밀회를 알고 있으며, 모든 것이 끝장났고, 다 들켜버렸다는 생각이 머릿속을 맴돌았습니다.

"내가 오빠를 부른 게 아니에요."

깜짝 놀란 듯한 아샤의 속삭임이 들렸습니다.

"오빠가 스스로 찾아왔어요."

"당신이 저지른 일을 좀 보십시오."

내가 계속 말했습니다.

"이제는 이곳을 떠나겠다니…."

"그래요, 나는 떠나야만 해요."

그녀는 이전과 다름없이 조용하게 말했습니다.

"당신에게 이곳에 와 달라고 한 것도 작별 인사를 하려던 것뿐이었어요."

"그럼 당신은,"

내가 대답했습니다.

"내가 아무렇지도 않게 당신과 헤어질 수 있다고 생각한 겁니까?"

"그런데 오빠한테는 왜 다 말해 버리신 건가요?"

이해할 수 없다는 듯이 아샤가 되물었습니다.

"말했다시피, 달리 방도가 없었습니다. 당신이 스스로 털어놓지만 않았어도…."

"나는 문을 잠그고 방 안에만 있었어요."

그녀가 순진하게 대답했습니다.

"주인 아주머니한테 열쇠가 하나 더 있다는 건 생각지도 못했어요…."

이러한 순간에 그녀의 입에서 나온 순진무구한 변명은 나를 화나게 할 지경이었습니다… 그러나 지금은 그 말을 떠올리기만 하면 어김없이 감동이 밀려옵니다. 가련하고 정직하고 진실한 아이여!

"이제 모든 것이 끝나버렸습니다!"

나는 다시 말하기 시작했습니다.

"다 끝났습니다. 이제 우리는 헤어져야만 합니다."

나는 슬쩍 아샤를 보았습니다… 그녀의 얼굴은 금방 확 달아올랐습니다. 그녀가 수치스럽고 두려워진 것임을 짐작할 수 있었습니다. 나 자신도 열에 들뜬 듯이 걸어 다니다가 말을 내뱉다가 했습니다.

"당신은 막 움트기 시작한 감정이 무르익을 시간을 주지 않았어요. 당신 스스로 우리의 관계를 끊어버린 거예요. 당신은 나를 믿지 않고 의심했어요…."

내가 말하는 동안에 아샤는 몸을 점점 앞으로 기울이더니, 갑자기 털썩 무릎을 꿇고 주저앉아 두 손에 얼굴을 파묻고서 엉엉 울기 시작했습니다. 나는 그녀에게 달려가 일으켜 세우려 했지만, 그녀는 허락하지 않았습니다. 나는 여자의 눈물을 견딜 수가 없습니다. 눈물 흘리는 모습을 보는 즉시 나는 어찌할 바를 모르게 됩니다.

"안나 니콜라예브나, 아샤."

나는 되풀이했습니다.

"제발, 부탁입니다, 울음을 그치세요…."

나는 다시 그녀의 손을 잡았습니다…

그런데 놀랍게도, 별안간 그녀는 벌떡 일어서더니 번개같이 잽싸게 문으로 내달려 그대로 사라져 버렸습니다….

몇 분 뒤에 프라우 루이제 부인이 방으로 들어왔을 때, 나는 번개라도 맞은 사람처럼 방 한가운데 우두커니 서 있었습니다. 이 밀회가 어떻게 이처럼 순식간에 어리석게 끝날 수 있는지 나는 이해할 수 없었습니다. 내가 하고 싶었던 말과 해야만 했던 말의 백 분의 일도 채 말하지 못했을 때, 이 일이 어떻게 마무리될지 가늠조차 하지 못하고 있었을 때, 모든 것이 끝나버린 것입니다….

"아가씨는 떠났나요?" 프라우 루이제 부인은 누르스름한 눈썹을 가발에 거의 닿을락 말락 한껏 치켜올리며 물었습니다.

　나는 바보처럼 그녀를 멍하니 쳐다보다가 나와 버렸습니다.

17.

나는 시내를 빠져나와 곧장 들판으로 향했습니다. 울화, 미칠
듯한 울화가 치밀어 올랐습니다… 나는 나 자신에게 비난을 퍼부었
습니다. 어째서 나는 아샤가 밀회 장소를 바꿔야 했던 이유를 알아
차리지 못했고, 그녀가 부인을 찾아가기까지 얼마나 힘겨웠을지를
헤아리지 못했으며, 그녀를 붙잡지도 못했단 말인가! 적막만이 감도
는 어두컴컴한 방 안에 그녀와 단둘이 있을 때는 그녀를 밀어내고
꾸짖기까지 할 만큼 자신만만했는데… 그런데 이제는 그녀의 환영
이 눈앞에 아른거리고, 그녀에게 용서를 빌고 있었습니다. 그 창백
한 얼굴, 겁에 질린 그렁그렁한 눈동자, 푹 숙인 목덜미에 물결치던
머리카락, 내 가슴에 와닿던 그녀 머리의 가뿐한 감촉에 대한 기억
은 내 가슴을 후벼팠습니다. '당신 거예요….'라던 그녀의 속삭임이
들려왔습니다. '나는 내 양심에 따라서 행동한 것이다.' 나는 나 자신
을 확신시키려 했습니다… 그건 기만이었습니다! 내가 정말 이런 결
말을 원했던 걸까요? 내가 그녀와 헤어질 수 있을까요? 내가 그녀를
잃는 것을 감당할 수 있을까요? '미친 거지! 미친 거야!' 나는 분노에
차서 되풀이했습니다… 그러는 사이에 밤이 되었습니다. 나는 아샤

206

가 머무는 집을 향해 성큼성큼 걸었습니다.

짝사랑

18.

가긴은 나를 마중 나왔습니다.

"동생을 보셨습니까?"

저 멀리에서부터 그는 외쳤습니다.

"집에 없단 말입니까?"

내가 물었습니다.

"없습니다."

"돌아오지 않았습니까?"

"아니요. 내 잘못입니다."

가긴은 말을 이었습니다.

"나는 참을 수가 없었습니다. 우리가 한 약속을 어기고 나는 예배당으로 갔습니다. 그 애는 거기에 없었습니다. 그렇다면, 그 애가 나오지 않은 겁니까?"

"그녀는 예배당에 가지 않았습니다."

"그럼 당신은 그 애를 만나지 못한 거군요?"

나는 그녀를 만났다고 털어놓을 수밖에 없었습니다.

"어디에서 만난 겁니까?"

"프라우 루이제 부인 집에서 만났습니다. 나는 한 시간쯤 전에 그녀와 헤어졌습니다."

나는 덧붙였습니다.

"나는 그녀가 돌아 와있을 거라고 확신하고 있었습니다."

"기다려 봅시다."

가긴이 말했습니다.

우리는 집으로 들어가서 나란히 앉았습니다. 침묵만이 흘렀습니다. 우리 둘 다 몹시 어색했습니다. 우리는 끊임없이 주위를 두리번거리고 문 쪽을 바라보면서 귀를 기울였습니다. 결국 가긴은 벌떡 일어났습니다.

"이럴 수가 있습니까!"

그가 외쳤습니다.

"나는 제정신이 아닙니다. 이런, 그 애는 나를 말려 죽일 작정인가 봅니다… 찾으러 나가 봅시다."

우리는 밖으로 나왔습니다. 바깥은 이미 어둑어둑해진 뒤였습니다.

"그 애와 무슨 이야기를 하신 겁니까?"

가긴은 모자를 푹 눌러쓰면서 물었습니다.

"나는 그녀와 딱 오 분 만났을 뿐입니다."

나는 대답했습니다.

"나는 먼저 약속했던 대로 말했습니다."

"어떻게 하겠습니까?"

그가 말했습니다.

"헤어져서 따로따로 찾는 편이 나을 것 같습니다. 그래야 그 애와 더 쉽게 마주칠 겁니다. 어찌 되든 간에 한 시간 뒤에는 여기서 다시 만납시다."

19.

　나는 순식간에 포도밭을 내려가 시내 쪽으로 달렸습니다. 나는 재빠르게 모든 거리를 돌면서 구석구석 살펴보았습니다. 나는 프라우 루이제 부인 집의 창문까지 들여다보고 나서야 라인강으로 돌아와 강변을 따라 달렸습니다… 드문드문 여인의 모습이 눈에 띄었지만, 어디에서도 아샤는 보이지 않았습니다. 나를 고통스럽게 하는 것은 이젠 울분이 아니었습니다. 어렴풋한 공포가 나를 괴롭혔습니다. 내가 느낀 것은 공포가 전부는 아니었습니다… 아니, 나는 후회와 끓어오르는 연민, 그리고 사랑을 느꼈습니다. 그렇습니다! 더없이 부드러운 사랑이었습니다. 나는 가슴을 쥐어뜯으면서, 뒤덮인 밤의 어둠의 한가운데에서 아샤를 불렀습니다. 처음에는 소곤소곤 속삭였던 목소리는 점점 더 커졌습니다. 나는 그녀를 사랑한다고 백 번도 더 되뇌었고, 절대 그녀와 헤어지지 않겠다고 맹세했습니다. 차디찬 그 손을 다시 잡고, 조곤조곤한 목소리를 다시 듣고, 눈앞에서 그녀를 다시 볼 수만 있다면 나는 이 세상의 모든 것과 맞바꿀 수도 있었습니다… 그녀는 그토록 가까이에 있었고, 결연한 각오를 지녔으며, 자기 마음과 감정에 완전하게 솔직했던 것입니다. 티 없이 순수한 자신의 젊음을 내게 바쳤던 것입니다… 그런데 나는 가슴으로 그녀를 힘껏 안아주지도 않았으며, 기쁨과 환희에 찬 고요를 머금고 피어나는 그 사랑스러운 얼굴을 볼 수 있는 행복을 스스로 앗아버렸던 것입니다. 이런 생각은 나를 미칠 것 같이 만들었습니다.

"대체 그녀가 어디를 갈 수 있단 말인가, 대체 그녀는 무슨 짓을 저지른 걸까?" 나는 무기력한 절망에 빠져 괴로워하면서 외쳤습니다… 불현듯 무언가 하얀 것이 바로 강변에서 번쩍번쩍했습니다. 나는 그곳을 알고 있었습니다. 거기에는 칠십 년 전에 익사한 사람의 무덤이 있었는데, 그 위에는 옛날식으로 묘비명을 새겨 넣은 돌로 된 십자가가 반쯤 땅에 묻힌 채로 서 있었습니다. 내 가슴은 철렁 내려앉았습니다… 십자가가 있는 곳으로 내달려 가 보니 하얀 무언가는 사라져 버렸습니다. 나는 "아샤!"하고 소리쳤습니다. 거친 목소리에 나는 흠칫했지만, 그 부름에는 아무도 답하지 않았습니다… 나는 돌아가서 가긴이 그녀를 찾았는지 알아보기로 결심했습니다.

20.

　　포도밭의 오솔길을 빠른 걸음으로 올라가면서, 나는 아샤의 방에 불이 켜져 있는 것을 보았습니다… 그것은 조금이나마 내 마음을 진정시켜 주었습니다.

　　나는 집으로 다가갔습니다. 아래층 문은 잠겨 있었고, 나는 노크를 했습니다. 불이 밝혀지지 않은 아래층의 창문이 조심스럽게 열리며 가긴이 머리를 내밀었습니다.

　　"찾았습니까?"

　　내가 그에게 물었습니다.

　　"돌아왔습니다."

　　그가 소곤소곤 속삭이며 대답했습니다.

　　"지금 방에서 옷을 갈아입고 있습니다. 무사합니다."

　　"천만다행입니다!"

　　나는 기쁨에 차서 외쳤습니다.

　　"다행입니다! 이제야 마음이 놓입니다. 하지만 우리한테는 아직 의논할 것들이 남아 있습니다."

　　"다음에 합시다."

그는 슬며시 창문을 자기 쪽으로 잡아당기면서 거절했습니다.

"다음이 좋겠습니다. 오늘은 이만 돌아가십시오."

"그러면 내일 봅시다."

나는 말했습니다.

"내일이면 모든 게 결정될 것입니다."

"안녕히 가십시오."

가긴이 다시 말했습니다. 창문은 닫혔습니다.

나는 하마터면 창문을 두드릴 뻔했습니다. 그의 동생과 결혼하겠다고 바로 그 순간 그 자리에서 가긴에게 말하고 싶었던 것입니다. 하지만 그러한 때에 그런 식으로 청혼이라니…

'내일까지만 기다리자.'

나는 생각했습니다.

'내일이면 나는 행복해질 것이다….'

내일이면 나는 행복해질 것이다! 행복에 내일이란 없습니다. 또 어제도 없습니다. 행복은 과거를 기억하지 않고, 미래도 생각하지 않습니다. 행복에는 현재만이 있을 뿐입니다. 하루도 아니고, 순간만이 있을 뿐입니다.

나는 어떻게 Z시까지 돌아왔는지 기억나지 않습니다. 두 다리가 나를 데려다 준 것도 아니었으며, 배가 실어다 준 것도 아니었습니다. 어떤 커다랗고 힘센 날개가 나를 들어 올려 주었습니다. 나는 꾀꼬리가 지저귀는 수풀을 지날 때, 한참 동안 멈추고서 귀를 기울였습니다. 마치 내 사랑과 내 행복을 노래하는 것만 같았습니다.

21.

다음 날 아침, 낯익은 집으로 다가가던 나는 눈 앞에 펼쳐진 광경에 깜짝 놀라고 말았습니다. 창문은 전부 열려 있었고, 문도 활짝 열려 있었습니다. 문지방 앞에는 무슨 종잇조각들이 흩어져 있었고, 문 뒤로 빗자루를 든 하녀가 보였습니다.

나는 그녀에게 다가갔습니다….

"떠나셨습니다!"

가긴이 집에 있느냐고 물어볼 틈도 없이 대뜸 그녀가 말했습니다.

"떠났다니…?"

나는 되풀이해 물었습니다.

"어떻게 떠나버릴 수가 있지? 어디로?"

"오늘 아침 여섯 시에 떠나셨습니다. 어디로 가는지는 말씀하지 않으셨습니다. 잠깐만요. N 씨가 맞으시지요?"

"내가 N입니다."

"전해 드릴 편지가 주인 아주머니한테 있습니다."

하녀는 위층으로 올라가더니 편지를 가지고 돌아왔습니다.

"여기 있습니다."

"그럴 리가 없는데… 어떻게 이런 일이…?"

나는 말하기 시작했습니다.

하녀는 나를 멍하니 쳐다보더니 쓱쓱 비질을 시작했습니다.

나는 편지를 열었습니다. 가긴이 내게 쓴 것이었는데, 아샤가 쓴 것은 한 줄도 없었습니다. 가긴은 우선 이렇게 갑작스럽게 떠난 것에 대해 화내지 말라고 부탁하고 있었습니다. 내가 한번 사려 깊게 생각해 본다면 나 역시 자신의 결정을 받아들일 것이라 확신하고 있었습니다. 곤란하고 자칫 위험해질 수도 있는 이 상황에서 벗어날 다른 어떤 방법도 찾을 수 없었다고 했습니다.

'어젯밤.'

그는 이렇게 적었습니다.

'우리가 함께 숨죽이고 아샤를 기다리던 동안에 나는 반드시 작별해야겠다고 굳은 결심을 했습니다. 나는 어떤 편견은 존중하기도 합니다. 그렇기에 당신이 아샤와 결혼할 수 없다는 것을 이해합니다. 그 아이가 모든 것을 말해 주었습니다. 그 애 마음의 안정을 위해서 나는 그 애의 반복되는 집요한 청에 양보할 수밖에 없었습니다.'

편지 끝에서 그는 우리의 관계가 이렇게 허무하게 끝나버린 데 대해 유감을 표했고, 내 행복을 기원했으며, 다정하게 악수를 전하면서 자신들을 찾으려 하지는 말라고 당부하고 있었습니다.

"어떤 편견이라니?" 나는 마치 그가 듣고 있기라도 한 듯이 울부짖었습니다.

"말도 안 돼! 나한테서 그녀를 빼앗을 권리를 누가 주기라도 했단 말인가…."

나는 머리를 움켜쥐었습니다.

하녀는 크게 소리쳐 주인 아주머니를 부르려 했습니다. 움찔하는 그녀의 모습에 나는 겨우 정신이 들었습니다. 내 안에서는 한 가지 생각이 불타올랐습니다. 그들을 찾아내겠다는, 어떻게 해서든 찾아내고야 말겠다는 생각이었습니다. 이 타격을 받아들이고, 이러한 결말에 체념한다는 것은 나로서는 불가능한 일이었습니다. 나는 주인 아주머니로부터 그들이 아침 여섯 시에 기선을 타고 라인강을 내려갔다는 소식을 들었습니다. 나는 매표 사무소로 갔고, 거기에서 그들이 쾰른으로 가는 표를 샀다는 것을 알게 되었습니다. 나는 즉시 짐을 꾸려서 그들을 따라 배에 오를 결심으로 집으로 향했습니다. 나는 프라우 루이제 부인의 집을 지나쳐가야만 했습니다…문득 누군가가 나를 부르는 소리가 들렸습니다. 나는 고개를 들었고, 어제 아샤를 만났던 바로 그 방의 창문에 시장의 미망인이 보였습니다. 그녀는 특유의 추한 미소를 지으며 나를 부르고 있었습니다. 나는 외면하고 지나쳐 버리려고 했지만, 그녀는 나한테 줄 것이 있다면서 내 뒤에다 대고 소리쳤습니다. 그 말에 나는 멈춰서서 그녀의 집 안으로 들어갔습니다. 그 조그만 방을 다시 보았을 때의 내 감정을 어떤 말로 전할 수 있을지 모르겠습니다….

"말하자면."

늙은 부인은 작은 쪽지 하나를 보여 주면서 입을 뗐습니다.

"당신이 나를 직접 찾아오는 경우에만 이 쪽지를 전해 줄 수 있을 테지만, 당신은 훌륭한 젊은이잖소. 받으시오."

나는 쪽지를 받았습니다.

자그마한 종이에는 연필로 서둘러 흘려 쓴 글씨로 다음과 같이 적혀 있었습니다.

　'안녕히 계세요. 우리는 다시 만나지 못할 것입니다. 나는 오만한 마음으로 떠나는 것이 아닙니다. 아니에요, 달리 방법이 없었기 때문이지요. 어제 내가 당신 앞에서 울고 있었을 때, 당신이 내게 한마디, 단 한마디만 해 주었더라면, 나는 남았을 것입니다. 당신은 그 한마디를 하지 않으셨지요. 차라리 그러는 편이 나았던 것 같습니다… 안녕히 계세요, 영원히!'

　한마디라니… 아, 나는 멍청이였습니다! 그 한마디는… 내가 어제 눈물을 머금고 되풀이했고, 헛되이 바람에 날려 보냈으며, 텅 빈 들판 한가운데서 몇 번이고 되풀이했던 것이었습니다… 그런데 그녀에게는 그 말을 하지 않았고, 내가 그녀를 사랑한다는 말도 하지 않았습니다… 그때는 그 말을 입 밖에 낼 수가 없었습니다. 그 숙명적인 방에서 그녀를 만났을 때는 내 안에서도 아직 내 사랑에 대한 분명한 의식이 없었습니다. 그녀의 오빠와 함께 무의미하게 숨막히는 침묵 속에 앉아 있었을 때조차도 그것은 깨어나지 않고 있던 것입니다… 그리고 잠시 후, 불행이 닥칠 수도 있다는 생각에 놀라 내가 그녀를 찾고 이름을 부르기 시작하자, 한순간에 그것은 억누를 수 없는 힘으로 불타올랐습니다… 그러나 그때는 이미 늦었던 것입니다. '말도 안 된다!' 이렇게 사람들은 내게 말할 것입니다. 그게 가능한지 아닌지 나는 모릅니다. 그것이 진실이라는 것만을 알고 있을 따름입니다. 만일 아샤가 조금이라도 교태부릴 마음을 가지고 있었고 자신의 지위에 당당했다면, 떠나지 않았을 것입니다. 어떤 여자라도 견뎌냈을 것을 그녀는 참을 수 없었던 것입니다. 나는 그것을 이해하지 못했습니다. 어둑해진 창문 앞에서 가긴과 마지막으로 만났을 때, 내 안에 있던 악의 화신은 입 밖으로 고백이 나오지 못하게 막았습니다. 그렇게 다시 잡을 수도 있었던 마지막 끈은 내 손에서 미끄러져 빠져나가 버렸습니다.

바로 그날 나는 짐을 꾸린 트렁크를 들고 L시로 돌아와 쾰른으로 향하는 배를 탔습니다. 지금도 기억이 선명합니다. 기선은 이미 강변에서 멀어져 가고 있었고, 나는 결코 잊지 못할 이 거리와 모든 장소에 마음속으로 작별 인사를 하고 있었습니다. 그런데 한헨이 눈에 들어왔습니다. 그녀는 강변의 벤치에 앉아 있었습니다. 그녀의 얼굴은 창백했지만 슬퍼 보이지는 않았습니다. 잘생긴 청년이 그녀 옆에 서서 웃으며 무언가 이야기하고 있었습니다. 라인강 저쪽으로는 나의 조그만 마돈나 상이 늙은 물푸레나무의 짙은 그늘 안에서 여전히 구슬프게 바라다보고 있었습니다.

22.

퀼른에서 나는 가긴 남매의 행방을 알아냈습니다. 그들이 런던으로 떠났다는 것을 알고 나서, 나는 그 뒤를 쫓았습니다. 하지만 런던에서 그들을 찾으려는 모든 시도는 수포로 돌아갔습니다. 나는 오랫동안 단념하지 않고 무던히 애를 썼지만, 결국 그들을 따라잡겠다는 희망을 포기할 수밖에 없었습니다.

그렇게 나는 그들을 다시 만나지 못했습니다. 아샤를 보지 못했습니다. 가긴에 관해 어렴풋한 소문이 들려오기도 했지만, 아샤는 내게서 영원히 사라져 버렸습니다. 나는 그녀가 살아있는지조차 알지 못합니다. 언젠가 몇 년 뒤에, 잊을 수 없는 그 얼굴을 떠올리게 하는 한 여인을 외국의 기차 안에서 얼핏 본 적이 있습니다… 하지만 아마 우연히 닮은 모습에 내가 깜빡 속았던 것 같습니다. 아샤는 내 인생 최고의 시절에 알았던 그 소녀의 모습 그대로 내 기억 속에 남아 있습니다. 나지막한 나무 의자 등받이에 기대어 있던 마지막 모습 그대로 말입니다.

그렇기는 하나, 내가 너무나 오랫동안 그녀를 그리워하며 슬퍼하기만 한 것은 아니었음을 고백해야겠습니다. 오히려 나는 운명이

나와 아샤를 맺어 주지 않은 것이 잘된 일이라고까지 생각했습니다. 그러한 아내와는 행복하게 살 수 없었을 것이라 생각하며 나 자신을 위로했습니다. 그때 나는 젊었고, 미래가, 그토록 짧고 순식간에 지나버리는 미래가 한없이 길게 생각되었던 것입니다. 이미 일어났던 일이더라도 오히려 더 좋게, 더 아름답게 되풀이될 수도 있지 않은가 하고 나는 생각했습니다… 나는 여러 여자들을 알게 되었지만, 아샤가 내가 불러일으켰던 감정, 그 불타오르는 부드럽고 깊은 감정은 결코 다시 경험하지 못했습니다. 없었습니다! 어떤 눈도 나를 향하던 사랑 가득한 그 눈을 대신하지 못했고, 내 가슴에 파고드는 어떤 심장도 내 심장이 그때처럼 환희에 찬 달콤한 느낌으로 벅차오르게 만들지 못했습니다! 가정도 없이 고독하게 살아가도록 운명지어진 나는 적막한 세월을 보내고 있습니다. 하지만 나는 그녀의 편지와 시들어버린 제라늄 꽃, 언젠가 창문 너머로 내게 던져주었던 바로 그 꽃을 신성한 보물처럼 간직하고 있습니다. 그 꽃은 아직도 희미한 향기를 풍기고 있지만, 그것을 내게 던져준 그 손, 내가 딱 한 번 입맞출 수 있었던 그 손은 오래전에 무덤에서 썩어 버렸는지도 모르겠습니다… 그리고 나 자신은 어찌 된 것일까요? 행복에 젖어 있으면서도 불안했던 그 나날들로부터, 날개 돋친 듯한 희망과 열망으로부터 내게는 무엇이 남아 있는 것일까요? 보잘것없는 풀잎의 어렴풋한 향기는 인간의 모든 기쁨과 슬픔보다도, 인간 존재보다도 더 오래 남습니다.

해설

1 잔혹한 여지주의 아들

이반 투르게네프(I. Turgenev)는 1818년 11월 9일 러시아 오룔에서 태어났으며, 두 살 무렵 스파스코예로 이사해 1827년까지 어린 시절을 보냈다. 광대하게 펼쳐진 어머니의 영지에서 투르게네프는 숲을 자유롭게 누비며 자연을 사랑하게 되었다. 그의 작품에 나타나는 섬세한 자연 묘사는 이 시기에 받은 자연에 대한 감명을 바탕으로 한다.

한편 투르게네프는 이곳에서 부유한 귀족으로서 누리는 특권과 농노제의 모순을 동시에 경험해야 했다. 그가 어린아이의 눈으로 농노제의 어두운 면을 유독 깊이 목격할 수 있었던 것은 가혹한 지주였던 어머니의 영향이 컸다. 귀족 장교 출신이었던 아버지 세르게이는 문학이나 학문에 큰 관심이 없었다. 아들이 태어났을 때 스물다섯 살이었던 그는 가정보다는 사교 활동을 즐기면서 여성들과 애정 관계를 맺었다. 반면 의붓아버지의 엄청난 재산을 단독으로 상속받은 어머니 바르바라는 젊어서부터 농노 수천 명을 거느린 지주였다. 그 당시 빚 때문에 감옥에 갈 궁지에 몰린 부친의 호소 때문에 세르게이는 막대한 부를 소유한 일곱 살 연상의 여인과 결혼할 수밖에 없었으며, 불안정한 부부관계로 인하여 이 가정에는 항상 긴장감이 맴돌았다. 비교적 온화했던 아버지와 달리, 어머니는 매우 엄격하고 독재적인 성격이었으며 자녀와 하인들에게도 가혹했다. 작가가 열여섯 살 되던 해 아버지가 사망하게 되는데, 이때부터 어머니가 가족 재산을 모두 관리하게 되면서 그녀의 독재적인 태도는 더욱 강해졌다고 전해진다. 투르게네프의 작품에서 강한 캐릭터를 지닌 여성 인물이 자주 등장하는 이유 중 하나도 바로 그의 어머니 때문이라는 것은 잘 알려진 사실이다. 내성적이고 감수성이 예민한 아이였던 투르게네프는 강압적인 어머니와 농노제의 부조리를 목격하면서 예리한 관찰력을 키워 나갔다. 불합리한 현실은 감성적이고 사색적인 소년에게 끝없는 고민을 안겨 주었다. 이러한 경험은 훗날 그가 『사냥꾼의 수기』(Zapiski okhotnika)에서 농노들의 인간적인 모습을 강조하여 집필하였고, 이는 실제 농노제 개혁에도 영향을 미쳤다.

또한 투르게네프가 평생 일관되게 표출하였던 폭력에 대한 혐오 역시 어린 시절 어머니가 남편과 자식, 그리고 농노들과 형성하던 불균형한 관계를 목격하면서 자리 잡기 시작했을 것으로 여겨진다. 실제로 성인이 된 뒤에도 이 문제로 인해 그와 어머니 사이에 잦은 갈등이 있었다는 기록이 남아 있다. 고향인 스파스코예에 머물면서 『사냥꾼의 수기』의 첫 번째 수록 작품인 「호리와 칼리니치」(Khor´ i Kalinych)를 쓰던 시기에 두 사람은 농노의 처우를 두고 목소리를 높였다. 어머니가 집안의 농노들이 봉급을 받으며 풍족하고 안락하게 생활한다고 불평하자, 투르게네프는 그들이 언제 닥쳐올지 모를 공포 속에서 하루하루를 보낸다고 반박했다.

2 투르게네프의 운명, 사십 년의 짝사랑

1843년 스물다섯 살이었던 투르게네프는 한 오페라 무대에서 천상의 목소리를 가진 여성을 만나게 된다. 그녀는 유럽 무대의 스타였던 프랑스 오페라 가수 폴린 비아르도(P. Viardot)다. 그녀가 노래하는 것을 본 순간 투르게네프는 사랑에 빠져 버렸지만, 그녀는 이미 결혼해 자식까지 둔 유부녀였다. 아내보다 스물한 살 연상이었던 루이 비아르도(L. Viardot)는 예술에 조예가 깊은 문화계의 유력 인사였으며 그녀의 커리어를 전폭적으로 지원하는 든든한 남편이었다. 그럼에도 투르게네프는 그녀를 향한 사랑을 멈출 수 없었다. 이때부터 시작된 '짝사랑'은 그가 숨을 거둘 때까지 사십 년 넘게 이어졌다.

투르게네프는 폴린이 공연하는 곳마다 따라다니며 주변을 맴돌기 시작했다. 또 그녀가 프랑스, 독일, 영국을 오갈 때면 우연을 가장해 근처에 머물며 관객석 맨 앞줄에 모습을 드러내곤 했다. 얼마 지나지 않아 투르게네프는 그녀의 가족과도 가까운 친구 같은 사이가 되었다. 선뜻 이해하긴 어렵지만, 루이 비아르도는 그를 적대시하기는커녕 집으로 초대해 공통의 관심사인 사냥과 문학에 관한 이야기를 주고받으며 함께 시간을 보냈다. 1845년 드디어 러시아를 떠나 파리로 이주한 투르게네프는 폴린 가족과 함께 살면서 하숙생 같은 생활을 시작했다. 그들과 한 가족처럼 지내면서 폴린의 아이들을 자기 자식처럼 아끼고 러시아 문학을 가르치기도 했다.

이 '이상한 가족' 생활이 이어지는 동안에도 투르게네프는 포기할 마음이 없었으며, 폴린 또한 그와 멀어지려 하지 않았다. 두 사람이 주고받은 수천 통의 편지들에서는 연인 관계를 연상시키는 대목이 보이지만, 어쨌거나 공식적으로 폴린과의 관계는 친구 이상으로는 진전되지 못했다. 투르게네프는 평생 결혼하지 않았고 다른 여성과도 깊은 관계를 맺지 않았다. 그렇게 그는 평생 그녀 곁에 있는 특별한 사람이 되었다. 이런 형태로나마 폴린 곁에 머무는 행복을 택한 것은 투르게네프 자신이지만, 어쨌든 간에 남의 가족 틈에 끼어 살면서 홀로 느꼈을 소외감과 외로움이 한 번씩 그를 힘들게 하기도 했다. 암으로 투병 중이던 투르게네프는 프랑스 부지발에 있는 폴린 비아르도의 집에서 생을 마감했으며, 눈감는 순간 그녀는 그의 손을 잡아주었다.

당연한 이야기겠지만, 폴린 비아르도가 투르게네프의 문학에 미친 영향은 결코 부정할 수 없다. 두 사람은 실시간으로 유럽 공연 무대에 관한 감상을 나누었을 뿐 아니라, 공동 작업한 시가 폴린의 필체로 남아 있을 만큼 예술적 세계관을 적극적으로 공유했다. 유부녀와의 반쪽짜리 연애 경험 때문인지 투르게네프 소설의 남녀 주인공은 좀처럼 행복한 사랑의 결말을 맺지 못한다. 투르게네프는 두 사람의 이성적인 결합이 아니라, 한 여성에 대한 남성의 완전한 헌신이야말로 진정한 사랑의 감정이라고 생각했던 것 같다. 이루어질 수 없는 사랑을 그린 『짝사랑 Ася』과 청년의 가슴 아픈 짝사랑을 다룬 『첫사랑 Первая любовь』모두 투르게네프의 현실을 그대로 반영했다. 투르게네프와 가장 가까운 사이였던 안넨코프(P. Annenkov)가 그를 회고하며 쓴 글 중에는 친구의 현실을 안타까워하는 대목이 발견되기도 한다. 그에 따르면, 투르게네프는 자신이 아버지처럼 여성을 지배하는 힘을 갖지 못했다는 생각에 괴로워했으며 그러한 힘에 대한 갈망이 몹시 컸다. 나아가 폴린은 투르게네프의 예술뿐 아니라 사회적인 활동과 사상에까지 광범위하게 영향을 주었다. 폴린 덕분에 그는 명망 높은 프랑스 지식인들과 교류할 기회를 쉽게 가질 수 있었고, 발 빠르게 작가의 눈으로 시대적 조류를 포착해 집필한 『아버지와 아들 Отцы и дети』은 발표 직후 러시아 사회에 센세이션을 일으켰다. 이렇게 폴린과 함께 보낸 시간을 고스란히 담고 있는 투르게네프의 문학은 그녀 없이 존재할 수 없었다고 해도 과언이 아닐 것이다.

3 서구주의자

투르게네프는 어려서부터 유럽식 교육을 받으며 자연스럽게 서구주의적 사고방식을 형성했다. 어머니의 엄격한 통제 아래 프랑스어, 독일어, 라틴어를 익히며 서유럽 문화를 접했고, 이는 그의 세계관에 깊은 영향을 미쳤다. 그는 러시아 문학뿐만 아니라 유럽 철학과 고전 문학에도 큰 관심을 보였으며 이를 높이 평가했다. 러시아 전통보다는 서구적 가치와 문화를 중시하는 투르게네프의 입장은 훗날 슬라브주의자들과의 대립을 불러오는 주요 원인이 되었다.

'서구주의자'라는 단어는 투르게네프의 삶을 이해하는 핵심 키워드라 할 수 있다. 서구주의자는 19세기 러시아에서 '러시아는 서구를 따라가야 한다.'라고 주장한 지식인을 가리킨다. 이들은 서유럽, 특히 프랑스와 독일의 자유주의, 민주주의, 과학을 러시아에 도입해야 한다고 생각했다. 서구주의를 대표하는 소설가로서 그가 러시아 사회에 남긴 가장 큰 업적은 농노제 폐지에 기여한 것이다. 투르게네프도 이것이야말로 자신이 이룬 가장 훌륭한 업적이라고 생각했다. 농노들의 인간적인 측면에 대한 묘사가 압도적인 『사냥꾼의 수기 Записки охотника』는 당대 러시아 독자에게 농노제의 잔혹함을 일깨워 준 최초의 문학 작품이다. 귀족들은 비로소 농노도 자신들과 같은 감정을 지닌 인격체임을 깨닫게 되었다.

서구를 따르려 한 투르게네프는 러시아 정교와 농촌 공동체의 전통적 가치를 지키려 한 슬라브주의자들과 갈등을 빚었다. 서구주의자와 슬라브주의자의 논쟁은 19세기 러시아 사회를 달군 가장 뜨거운 이슈 중 하나였다. 투르게네프와 가장 날카롭게 대립한 소설가는 도스토옙스키(F. Dostoyevskii)였다. 서구적 자유주의가 무신론과 허무주의를 낳을 것이라 우려한 도스토옙스키는 투르게네프를 '러시아의 배신자'라 부르며 비난했다. 그는 5대 장편소설 중 하나인 『악령 Besy』에서 투르게네프를 모델로 한 카르마지노프라는 캐릭터를 등장시키기도 하였다. 1880년 6월 모스크바에서 열린 푸시킨 축제에서 두 작가는 푸시킨(A. Pushkin)에 대해 상반된 평가를 내렸고, 이는 그들의 시각 차이를 분명히 드러냈다. 투르게네프는 푸시킨을 최초이자 최고의 국민 시인으로 인정했지만, 유럽의 위대한 시인인 셰익스피어, 괴테, 호메로스와 비교했을 때 그들만큼 보편적이고 숭고한 특징을 갖추지는 못했다고 평가했다. 반면 다음 날 이어진 연설에서 도스토옙스키는 푸쉬킨을 세계적인 천재로 찬양하며, 러시아가 인류의 정신을 구현한 특수성을 지닌 나라라는 점에서 셰익스피어나 세르반테스, 실러보다 더 위대하다고 강조했다.

그래서인지 투르게네프는 러시아보다 유럽에서 더 높은 명성을 얻었다. 당대 러시아에서는 톨스토이(L. Tolstoi)와 도스토옙스키가 최고로 인정받는 작가였지만, 서유럽에서는 투르게네프가 이들보다 더 높은 평가를 받았다. 주로 유럽에서 활동했던 투르게네프는 프랑스, 독일, 영국 등지에서 서구 문화 예술계와 활발히 교류했다. 프랑스 문화와 유럽 문학을 높이 평가했고 플로베르(G. Flaubert), 조르주 상드(G. Sand), 에밀 졸라(E. Zola) 등과도 친분을 맺었다. 그는 자신의 작품을 유럽에서 적극적으로 번역 출간했으며, 러시아보다 유럽에서 먼저 출판된 작품들도 있다. 조르주 상드는 『사냥꾼의 수기』의 프랑스어 번역본을 읽고, 투르게네프를 '현실 속에서 아름다움을 창조하는 리얼리스트'라고 극찬했다. 유럽인들이 러시아 문학을 거의 알지 못했던 상황에서 이렇게 투르게네프는 19세기 서구 문학과 러시아 문학을 잇는 가교 역할을 누구보다 성실히 수행했다.

해설

4 「루딘」

숨겨진 걸작인 『루딘 Рудин』은 한 귀족 청년의 실패한 인생을 그리고 있는 소설이다. 루딘은 첫 만남에서 모든 사람을 사로잡고 호감을 얻을 만큼 탁월한 능력을 지녔으며 매력적이다. 그러나 진실하고 도덕적인 아가씨인 나탈리야와 사랑을 주고받으며 관계가 깊어질수록, 이기적이고 위선적인 그의 실상이 드러난다. 나탈리야의 어머니가 둘의 결혼을 반대한다는 소식을 듣자마자 그는 그녀에게 책임을 전가하며 도망치듯 떠나버린다. 사실 처음부터 루딘은 사회적 지위를 이용해 타인을 조종하고 자신의 쾌락과 이익을 추구하면서도 도덕적 책임은 회피하며 살아왔다. 결국 사랑 앞에서도 도덕적 가치를 무시하고 자신의 과오를 반성할 줄 모르는 루딘은 사리사욕만 채우려다 몰락하고 만다. 그는 자신이 특별한 존재이고 지적으로 우월하며 도덕적인 인간이라고 확신하며 끊임없이 자기합리화를 이어간다. 이러한 자기기만에서 벗어나지 못하는 주인공의 파멸을 통해 작가는 러시아 상류층의 부패와 위선을 날카롭게 보여준다. 1840년대의 '잉여 인간'을 탄생시킨 『루딘』은 얼마 뒤 러시아 사회를 뒤흔들 『아버지와 아들』의 등장을 예고하며 그의 작품세계가 새로운 국면으로 접어들었음을 시사하는 기념비적인 작품이다.

단연 이 작품에서는 투르게네프의 사회적, 도덕적 비판의식이 돋보이지만, 그는 단순히 사회를 비판하기 위해 이 소설을 쓴 것은 아니다. 『루딘』이 전하는 궁극적인 메시지는 인간 본성에 대한 깊은 통찰로 귀결된다. 투르게네프는 아무것도 성취하지 못한 채 공허하고 무익한 삶을 살아가는 주인공 루딘의 자기기만과 위선적인 심리를 사실적으로 묘사하는 것을 소설의 핵심 과제로 삼았으며, 이를 성취하기 위해 상당한 분량을 할애했다. 인간은 본질적으로 타인뿐만 아니라 자기 자신까지도 속이는 존재이며, 스스로 강하다고 믿지만 결정적인 순간에는 자신의 한계를 극복하지 못하고 무너진다. 지극히 현실적인 심리 묘사는 이후 『아버지와 아들』에서 바자로프에 대한 작가의 이해를 더욱 깊이 있게 구현하는 토대가 되었으며, 나아가 러시아 리얼리즘 문학의 수준을 한층 끌어올리는 계기가 되었다고 여겨진다.

5 『아버지와 아들』

러시아 문학사에서 가장 중요한 작품 중 하나인 『아버지와 아들 Отцы и дети』은 구세대와 신세대의 충돌을 선명하게 그려낸 소설이다. 특히 '니힐리즘' 개념을 처음으로 문학 장르에 도입해 탄생한 바자로프라는 인물은 발표 당시 엄청난 파장을 불러일으켰다. 이는 러시아 사회에서 서구주의자와 슬라브주의자 간에 뜨겁게 벌어지던 논쟁을 소설 속으로 끌어와 예술적으로 승화한 최초의 시도였기 때문이다.

젊은 대학생 아르카디가 졸업 후 친구 바자로프와 함께 고향으로 돌아오면서 이야기는 시작된다. 개방적이고 친절한 귀족 지주인 아르카디의 아버지 니콜라이와 달리, 그의 삼촌 파벨은 전통과 명예를 중시하며 빈정거리는 보수적인 귀족이다. 상반된 가치관을 지닌 파벨과 바자로프가 충돌하면서 세대 간의 갈등이 본격화된다. 파벨은 '귀족의 전통과 명예는 반드시 지켜야 한다.'고 주장하는 반면, 과학을 신봉하는 의학도 바자로프는 '전통과 권위는 무가치하며 모든 것은 이성과 실용성에 따라 판단해야 한다.'고 맞선다. 바자로프는 '어떤 권위도 인정하지 않는다.'며 귀족 문화와 감상주의를 조롱한다.

그러나 바자로프는 오딘초바 부인을 사랑하게 되면서 자신의 한계를 실감한다. 이성만으로 삶을 통제할 수 있다고 믿었던 그는 결국 자신의 낭만적인 감정을 솔직하게 전하지 못하고 사랑을 단념한다. 한편, 아르카디는 바자로프가 추구하는 신념에 사랑, 가정, 결혼, 화합과 같은 삶의 본질적인 가치가 결여되어 있음을 깨닫는다.

그는 점차 바자로프와 멀어지고, 따뜻하고 온화한 여성인 카테리나와 사랑에 빠지면서 인간과 삶의 전통적인 면을 받아들인 젊은 귀족의 모습으로 변화하게 된다. 카테리나와 결혼한 아르카디와 젊은 하녀와 재혼한 니콜라이 부자의 평온한 삶을 통해 세대 간의 화합이 그려진다.

대립을 이어가던 바자로프와 파벨은 결국 결투까지 벌이지만 큰 부상 없이 끝난다. 이후 바자로프는 아르카디와 결별을 선언하고 고향의 부모님의 집으로 돌아간다. 그는 군의관을 은퇴하고 지내는 부모님의 전통적인 생활상을 보며 회의를 느낀다. 결국 바자로프는 실험 도중 균에 감염되어 죽음을 맞이한다.

이 소설에서 '똑같은' 삶을 사는 인물은 없다. 인물들은 같은 고민을 안고 살아가지만 저마다의 방식으로 이를 다루고 해결한다. 투르게네프는 다양한 삶의 모습을 최대한 객관적인 시선으로 묘사한다. 형제인 니콜라이와 파벨은 같은 귀족 출신이며, 사랑하는 여성을 잃는 동일한 경험을 했지만 전혀 다른 삶을 일구어 나간다. 같은 학교에서 교육을 받은 아르카디는 가정을 꾸리고 아버지와 화합하지만, 바자로프는 부모를 외면한 채 죽는 순간까지 누구와도 화해하지 못한다.

투르게네프가 담아내고자 한 것은 단순한 이념의 대립을 넘어 인간에 대한 깊은 이해였다. 그의 관심은 이념 자체가 아니라, 그것이 현실 속 인간과 삶에 어떤 영향을 미치는가에 대한 고민이었다. 인간과 인간 사이에서 벌어지는 불통과 대립을 포착하고, 추상적인 이념이 현실에서 어떻게 충돌하는지를 탐구했던 것이다. 타인과의 화해와 갈등의 해결은 극단적인 이론이나 관념을 통해 이루어지는

해설

것이 아니라, 오직 인격 간의 만남과 교감을 통해서만 가능하다는 것이 그의 통찰이었다.

작가는 다양한 인간과 삶이 공존하는 모습을 보여줌으로써, 인간이 단 하나의 요소로만 설명되거나 규정될 수 없는 복합적인 존재임을 드러낸다. 출신, 가정환경, 교육, 성향 등 수많은 요소가 어우러져 한 인간을 형성하며, 이러한 요소들은 단순한 이분법으로 나눌 수 없는 총체적 모습으로 존재한다. 이성과 논리로 무장한 바자로프도, 과거와 전통에 매몰된 파벨도 결국 현실에서 살아남지 못하고 사라진다는 점은, 인간이 특정한 가치관이나 신념만으로 완전해질 수 없음을 보여준다.

투르게네프는 언젠가 기차에서 한 시골 의사와 오랫동안 이야기를 나눈 경험을 바탕으로 바자로프를 구상했다고 밝힌 바 있다. 『아버지와 아들』을 읽은 독자들은 바자로프를 이기적이고 냉정한 인물로 받아들일 수도 있지만, 투르게네프는 그를 이성과 이념만으로 인간이 존립할 수 있다고 믿었던 당대 분위기의 희생양으로 보았다. 그렇기에 바자로프를 향한 작가의 애정과 동정 어린 시선은 분명하다. 그는 작품을 집필하는 동안 '바자로프'라는 제목의 일기장을 만들어, 문학·정치·사회 분야에서 벌어지는 사건들에 대한 바자로프의 반응을 상상해 기록하기도 했다. 바자로프를 보다 인간적으로 이해하기 위해 직접 그의 입장이 되어 보고자 했던 것이다.

6 『첫사랑』

『첫사랑 Первая любовь』은 사랑의 감정을 섬세하게 묘사한 작품으로 한 소년의 첫사랑과 성장 과정을 다룬다. 이야기는 중년인 블라디미르 페트로비치가 친구들과 함께 첫사랑에 대한 추억을 회상하는 장면에서 시작된다. 어린 소년이었던 블라디미르는 가족과 함께 여름을 보내기 위해 시골의 저택으로 이사한다. 그곳에서 우연히 목격한 매력적인 귀족 처녀 지나이다는 구애하는 남성들에게 둘러싸여 있으며, 그들을 놀리면서 애태운다. 블라디미르 역시 그녀에게 첫눈에 반해 열렬한 사랑을 느낀다. 지나이다는 다른 남성들에게 하듯이 개방적인 태도로 블라디미르에게 친절하게 대하지만 특별한 관계를 형성하지는 않는다. 그들 사이에 끼어 블라디미르는 지나이다의 관심을 얻기 위해 노력한다. 하지만 얼마 지나지 않아, 블라디미르는 그녀가 사랑하는 남자가 다름 아닌 자신의 아버지라는 충격적인 사실을 알게 된다. 이들의 밀회를 목격한 블라디미르는 배신감과 혼란에 빠져 깊은 상처를 입는다. 시간이 흘러 블라디미르는 어른이 되고, 지나이다가 결혼했지만 얼마 지나지 않아 세상을 떠났다는 소식을 듣는다.

그것이 어떤 형태의 사랑이든, 블라디미르의 어머니와 지나이다의 어머니를 제외한 소설 속 모든 인물은 사랑에 빠져있다. 인물 하나하나가 느끼는 감정에 대한 세밀한 표현을 통해 투르게네프는 길지 않은 한 편의 소설에 설렘, 질투, 절망, 상처의 순간을 오롯이 담아내며 깊은 여운을 준다. 언뜻 보면 단순한 로맨스처럼 보일 수 있지만, 이 소설을 좀 더 깊이 살펴보면 인간 심리, 계급 문제, 가족

해설

관계 등을 탐구하고 있음을 알 수 있다. 투르게네프 자신이 실제로 처해 있었던 상황을 총체적으로 투영한 작품인 것이다. 불화가 잦은 부모님 밑에서 그다지 행복하지 못했던 어린 시절, 현실에서 이뤄질 가능성이 없는 폴린 비아르도를 향한 사랑, 그리고 자신의 행복을 제약하는 여러 사회적 요소에 대한 사색이 조화롭게 녹아들어 가장 서정적인 언어로 표현된다.

소설 속에서 첫사랑의 아름다움과 아픔이라는 모순된 두 감정은 어느 한쪽으로 기울지 않고 동등하게 표현된다. 투르게네프는 사랑이 단순히 낭만적이고 기쁘기만 한 것이 아니라, 상처를 통한 성장의 과정임을 보여준다. 『아버지와 아들』에서 갈림길에 선 아르카디와 바자로프가 영원히 결별하게 된 이유도 각자가 경험한 사랑의 감정 때문이었으며, 『루딘』의 주인공 역시 나탈리야와 진실한 사랑의 감정을 나누는 데 실패하고 삶의 결실을 얻지 못한 채 파멸한다. 물론 블라디미르의 사랑 역시 행복한 결말과는 거리가 멀지만, 오히려 첫사랑의 실패는 그 자체로 그를 성숙하게 한다. 진실한 자신의 감정이 현실의 벽 앞에서 산산조각났을 때 비로소 자기만의 환상을 깨닫고 세상 밖으로 나올 수 있는 것이다. 투르게네프에게 사랑의 경험은 한 인물의 행로에서 성장과 필연적으로 연결된다.

블라디미르에게 '사랑'은 그가 세상과 부딪히는 최초의 수단이다. 세상과 접촉하고 소통하면서 이상과 현실의 괴리를 체감하게 되는 첫 번째 사건이라고도 할 수 있을 것이다. 블라디미르는 지나이다를 이상화하지만, 결국 그녀가 자신의 아버지를 사랑하고 있었다는 현실에 부딪힌다. 이로써 그의 '사랑'은 더 이상 그 안에만 머물며 존재할 수 없게 된다. 이상적인 사랑은 현실 속에서 그 모습을 달리

하며, 주인공을 둘러싼 주변 사람들과의 관계 속에서만 정의될 수 있을 만큼 단순하지 않다.

이 소설의 또 다른 특징은 지나이다와 남성들 사이의 사랑이 권력관계로 나타난다는 점이다. 지나이다는 의도적으로 남성들을 아프게 하고 정신적으로 괴롭히면서 자신이 우위에 있다는 것을 확인하며 즐거워한다. 그리고 자신을 향한 남성들의 감정을 이용해 그들을 조종한다.

그녀의 집을 드나드는 모든 남자들이 그녀에게 흠뻑 빠져 있었다. 그리고 그녀는 그들 모두를 자기 발밑에 묶어 두었다. 그녀는 그들에게 희망을 안겨 주었다가 불안하게 만들었다가 하면서, 자기 변덕에 따라 쥐락펴락하는 것을 재미있어했다. (그녀는 이것을 두고 '서로를 잡아먹으려는 아귀다툼.'이라고 불렀다.) 그런데도 그들은 거역할 생각을 하기는커녕 기꺼이 그녀에게 복종했다.   (9장)

언젠가 내가 있는 자리에서 그녀는 그에게 말했다. "좋아요! 당신 손을 내밀어 보세요. 바늘로 그 손을 찔러 드릴 테니. 당신은 이 젊은이한테 부끄러우실 테죠. 그리고 아프시겠죠. 그래도 당신은 정직한 신사니까, 웃으세요." 루쉰은 얼굴을 붉히고 고개를 돌리면서 입술을 지그시 깨물었지만, 결국은 손을 내밀었다. 그녀가 그를 쿡 찌르자, 그는 정말로 웃기 시작했다… 그녀는 바늘을 꽤 깊숙이 찔러 넣고는, 공연히 이리저리 흔들리는 그의 눈동자를 들여다보면서 깔깔거렸다.   (9장)

그런 지나이다가 블라디미르의 아버지 앞에서 보이는 절대적인 순종은 가히 충격적이다.

지나이다는 몸을 꼿꼿이 세우고 손을 내밀었다… 갑자기 내 눈앞에 믿을 수 없는 일이 벌어졌다. 아버지가 프록코트 앞깃에 묻은 먼지를 툭툭 털어내던 채찍을 갑자기 치켜들었다. 그리고 팔꿈치까지 드러난 팔을 내리치는 날카로운 소리가 들렸다. 내 입에서 비명 소리가 터져 나오려는 것을 간신히 참았다. 지나이다는 몸을 부들부들 떨고는 말없이 아버지를 바라보았다. 그리고 천천히 팔을 입술로 가져가서 붉어진 상처에 입을 맞추었다. (21장)

대비되는 두 사랑의 패턴을 통해 투르게네프가 보여주고자 했던 것이 무엇인지 독자로서 정확히 말하기는 어렵다. 작가가 사랑을 반드시 폭력적인 행위로 여겼다고 단정할 수는 없지만, 적어도 사랑이 단순한 감정의 문제만은 아니라는 점은 분명히 한다. 사랑은 사회적, 심리적 힘이 작용하는 복잡한 관계일 수밖에 없다는 것이다. 투르게네프가 보여주는 '첫사랑'의 의미는 결국 그 감정의 본질이 '사랑'이라는 이름의 일부에 불과하다는 사실을 깨닫지 못했다는 데 있다. 블라디미르는 난생처음 휘몰아치는 감정이 전부인 줄 알았을 것이다. 하지만 그것은 동시에 '사랑'의 사회적, 심리적 복잡성으로부터 벗어나고자 했던, 늙고 병들어 죽을 때까지 현실의 벽 앞에서 짝사랑만 했던 작가가 평생 꿈꾸었던 사랑은 아니었을까? 자신을 사로잡은 감정이 전부이기만을 바랐던, '첫사랑' 같은 마지막 사랑을 꿈꾸었던 작가의 소망이었을지도 모르겠다. 안넨코프는 1884년에 발표한 글에서 투르게네프가 사랑 앞에 무력감을 느꼈다고 회고했다.

투르게네프는 젊은 시절부터 원했던 여인의 사랑을 얻지 못했을 뿐만 아니라, 그녀에게 다가갈 수도 없어 스스로를 불행한 사람이라 여겼다. 또한 한 여인의 마음을 얻지 못한 채 오히려 그녀에게 고통을 주고 있다는 사실에 깊은 괴로움을 느꼈다고 전했다.

이 소설에서 '첫사랑'의 경험이 그토록 강렬한 것은 소년 주인공의 연적이 바로 아버지였다는 사실 때문일 것이다. 아버지는 블라디미르보다 훨씬 노련하게 지나이다를 차지한다. 이 사건으로 인해 블라디미르는 먼발치에서 동경하던 아버지에 대한 감정이 흔들리고 신뢰가 깨지는 변화를 경험한다. 부모와의 새로운 관계 정립은 투르게네프가 보여주고자 했던 성장의 일면일 것이다. 단순한 삼각관계를 넘어서, 한 인간의 운명을 결정짓는 성장의 계기로서 아버지와 아들의 대립이라는 주제는 이듬해 발표된 소설 『아버지와 아들』에서 더욱 확장된다. 블라디미르와 아버지의 갈등은 가정이라는 틀 안에서 부모와 자식 역할과는 무관하게, 지극히 개인적이고 심리적이다.

과거를 회상하는 소설의 말미에 덧붙여진 아버지와 지나이다의 마지막 운명에 관한 대목은 종국적으로 사랑의 허망함까지 드러내고자 했던 투르게네프의 인간관을 보여준다. 아버지는 현실에서 능수능란하게 밀회하며 자신의 감정을 추구했고, 지나이다는 사회적으로 모든 것을 잃고 비난을 감수하면서까지 자신의 감정에 충실했다. 그러나 죽음 앞에서 더 이상 이들에게 다른 선택지는 없다. 죽음이라는 무자비한 운명 앞에서는 가난한 노파도, 지나이다와 아버지도 모두 공평하다. 누구나 한 번쯤 겪었을 법한 '첫사랑'의 현실적이고도 아름다운 표현이 독자를 회상에 잠기게 한다면, 죽음의 모티프는 순식간에 독자의 의식을 현재와 다가올 미래로 끌어당긴다.

해설

7 『짝사랑』

『짝사랑 Ася』의 러시아어 원제는 여주인공의 이름인 '아샤'이다. 그러나 한국에서는 러시아 문학이 번역되기 시작한 이래로 오랫동안 이 소설의 제목을 '짝사랑'으로 번역해 왔다. 반면, 영미권에서 번역된 대부분의 판본은 원제인 '아샤'를 그대로 사용하고 있어, 한국에서만 유독 '짝사랑'이라는 제목이 정착된 현상이 두드러진다. 이는 아마도 '아샤'라는 이름이 한국 독자들에게 낯설기 때문이며, '짝사랑'이라는 제목이 소설의 내용을 보다 직관적으로 전달할 수 있기 때문일 것이다.

『짝사랑』은 젊은 시절 사랑했던 여인을 붙잡지 못한 선택에 대한 후회를 다룬 작품이다. 이 소설은 『첫사랑』과 짝을 이룬다고 할 만큼 내적 갈등을 겪는 인간의 섬세한 심리 묘사와 낭만적인 분위기가 돋보인다. 투르게네프는 장편소설에서 주인공의 사회적, 도덕적 측면에 관한 문제를 제기하는 데 반해, 『첫사랑』과 『짝사랑』에서는 비극적인 사랑 자체를 생생하게 전달하는 데 심혈을 기울였다. 이야기는 스물다섯 살의 러시아 귀족 청년인 화자가 휴식하러 독일의 작은 마을을 찾는 것으로 시작된다. 그는 우연히 러시아 출신 남매인 가긴과 아샤를 만나게 된다. 아샤는 매력이 넘치는 독특한 열일곱 살 소녀로, 그가 알고 지내던 귀족 아가씨들과는 달리 열정적이며 자유로운 영혼을 가졌다. 또한 자신의 감정을 솔직하게 드러낸다. 그는 자기도 모르는 새 그녀의 신비한 매력에 점점 빠져든다. 화자는 곧 가긴으로부터 아샤의 정체를 듣게 된다. 아샤는 가긴의 아버지와 하녀 사이에서 태어난, 가긴의 이복 동생이었다. 아버지가 돌아가시면서 가긴은 생전 처음 본 어린 아샤를 맡게 되었고, 그녀는 유일한 피붙이인 오빠에게 의지하며 자라왔다. 그런데 전혀 예상치 못하게 아샤는 화자에게 용기 내어 사랑을 고백한다. 그러나 화자는 자신의 마음을 확신하지 못해 망설인다. 그런 모습에 상처 입은 아샤가 작별을 고하고 마을을 떠난 뒤에야 화자는 그녀를 향한 사랑을 깨닫는다. 뒤늦게 그녀에게 청혼하지 못한 것을 후회하며 남매를 찾기 위해 온갖 수단을 동원하지만, 결국 다시 만나지 못한다. 화자는 평생 그녀를 그리워하며 독신으로 늙어간다.

특히 이 작품에서 한적한 마을의 아름다운 자연과 음악 소리 등 주인공들을 둘러싼 환경에 대한 묘사는 그들의 감정 변화를 순간적으로 포착해 서정적인 이미지로 표현하는 데 중요한 역할을 한다. 투르게네프에 따르면, 자연은 자기만의 법칙대로 움직이며, 그로 인해 때때로 인간에게 고통과 파멸을 선사하는 냉혹하고 무심한 힘이다. 자연은 오직 생식이라는 본연의 목적만을 따를 뿐, 인간 존재는 아랑곳하지 않는 맹목적이고 비인격적인 힘으로 작용한다. 이러한 생각은 그의 다른 소설들에서도 자주 반복되며, 『짝사랑』에서는 주로 사랑의 감정이 고조되는 과정에서 느끼는 좌절감과 내적 갈등을 표현하는 대목에서 눈에 띄게 나타난다.

뱃사공이 노를 들어 올리자, 위풍당당한 강물은 우리를 이끌기 시작했습니다. 사방을 두리번거리고 귀를 기울이기도 하며 기억을 떠올리다가, 문득 나는 마음속 깊은 곳에서 불안을 느꼈습니다… 눈을 들어 하늘을 올려다봤지만, 하늘에도 고요함은 없었습니다. 별이 총총 박힌 하늘은 일렁이다 느릿느릿 흘러갈 뿐이었습니다. 나는 강물을 들여다보았습니다… 그러나 그 컴컴하고 차가운 심연 속에서도 별들은 흔들리며 떨 뿐이었습니다. 어디로 눈길을 돌리든 불안스러운 기운만이 감돌았습니다. 내 마음속에서 불안은 점점 더 자라났습니다. 나는 뱃전에 팔꿈치를 괴었습니다… 귓가를 스치는 바람의 속삭임과 선미에서 조용히 찰랑대는 물의 속삭임이 나를 초조하게 만들었고, 물결에 이는 선선한 바람도 나를 가라앉혀주지 못했습니다. 물가에서 꾀꼬리가 울어 대기 시작했고, 그 울음소리는 달콤한 독이 되어 나를 사로잡았습니다. (10장)

『첫사랑』이 사랑의 감정의 순수성을 표현하는 데 주력한다면, 『짝사랑』은 자신이 느낀 사랑의 감정을 수용하고 표현하는 개인의 문제를 탐구한다. 이 소설에서 사랑의 감정이 싹트고 자라나는 과정은 상대적으로 잘 나타나지 않는다. 사실상 화자를 향한 아샤의 불같은 사랑의 감정은 거의 표출되지 않으며, 단지 돌발적인 사랑 고백을 통해 독자에게 전달된다. 화자가 아샤를 언제부터, 어떤 마음으로 사랑하게 된 것인지 또한 불분명하게 처리된다. 다만 사랑이 개인의 선택이나 판단과 더 직접적으로 결부된 문제라는 메시지만이 명료하게 드러난다. 사랑의 시작점은 불분명하지만, 그 감정을 다루는 아샤와 화자의 방식은 확연히 다르다. 아샤는 진실하게 자신의 감정을 표현하는 데 온 힘을 쏟지만, 화자는 그녀의 감정을 수용하지 못할 뿐 아니라 자신의 감정도 확신하지 못한다.

아샤는 감정에 솔직하지만, 화자는 이성을 앞세운다. 남매의 의심스러운 관계와 그녀의 복잡한 신분 등 여러 문제를 두고 지나치게 신중한 나머지, 화자는 결국 사랑을 놓치고 만다. 농노 출신인 어머니를 둔 아샤에 대한 미심쩍은 감정은 그가 섣불리 그녀를 선택하지 못하게 만든다. 러시아 귀족 사회에서 받아들여질 수 없는 아샤의 정체성에 대한 불안은 그녀 자신뿐 아니라 화자에게서도 발견된다. 어긋난 두 사람의 운명은 끊임없이 감정과 이성 사이에서 줄다리기를 해야 했고, 사회적인 금기의 경계선에서 서성여야만 했을 투르게네프의 아픔과 고뇌를 투영하는 듯하다. 결단력과 용기가 부족한 것을 평생 자신의 약점으로 꼽았던 투르게네프가 이 위태로운 사랑 앞에서는 얼마나 더 힘들었을지 짐작된다.

아샤가 떠난 뒤에야 자신의 감정을 깨닫고 후회하는 화자와 비슷한 인물은 투르게네프의 소설에서 쉽게 찾을 수 있다. '사랑의 상실과 후회'라는 주제가 나타나지 않는 작품을 찾기가 더 어려울 정도다. 투르게네프의 수많은 주인공은 제때 자신의 사랑을 고백하지 못했음을 후회한다. 『아버지와 아들』의 바자로프 역시 병상에 누워 처음이자 마지막으로 사랑했던 여인에게 용기 내지 못했던 사랑 고백을 전하고 숨을 거둔다. 이는 자신의 감정을 제때 제대로 표현하고 전하는 것이 그만큼 어렵고, 남은 삶을 집어삼킬 만큼 중요하다는 것을 보여준다. 특히 감정과 이성 사이에서 망설이고 고민하다 소중한 것을 잃는 화자의 모습은 오늘날에도 많은 독자의 공감을 불러일으킨다. 인간은 얼마나 쉽게 사랑을 놓치고 후회하며 살아가는지.

물론 이런 사랑이 성장의 기회가 되는지는 별개의 문제로 남는다. 블라디미르는 '실패한 사랑'에 대해 자기 자신이나 지나이다, 혹은 아버지를 탓하지 않는다. 하지만 짧은 자책 후 이내 자기 합리화에 빠지는 이 소설의 화자는 독자에게 여러 해석의 여지를 남긴다. ("그러한 아내와는 행복하게 살 수 없었을 것이라 생각하며 나 자신을 위로했습니다.") 그는 마지막 순간까지 '떠나버린 아샤'에 대한 아쉬움을 내비친다. ("만일 아샤가 조금이라도 교태 부릴 마음을 가지고 있었고 자신의 지위에 당당했다면, 떠나지 않았을 것입니다. 어떤 여자라도 견뎌냈을 것을 그녀는 참을 수 없었던 것입니다.") 어찌 됐든 러시아 문학의 아버지 푸시킨의 뮤즈인 타티야나의 계보를 잇는 러시아적 영혼의 소유자인 아샤에게 '실패한 사랑'이 성장의 밑거름이 되었으리라는 사실만은 거의 모든 독자에게 자명할 것이다.

투르게네프는 단순한 소설가가 아니라 시대의 흐름을 예리하게 포착하고 작품 속에 녹여낸 사상가이기도 했다. 그는 이상과 현실 사이에서 방황하는 인물들을 통해 인간 본성의 다양한 면을 그려냈으며, 시대적 가치가 급변하는 러시아 사회에서 개인이 어떤 모습으로 존재할 수 있는지 깊이 탐구했다. 그의 문학적 유산에 담긴 보편적인 감정과 인간적 모순에 대한 객관적인 시선은 오늘날까지도 독자들에게 깊은 울림을 준다.

작가 연보

1818 10월 28일 오룔Oryol에서 세르게이 투르게네프의 둘째 아들로 태어남.

1821 영지 스파스코예Спасское로 이사.

1827 모스크바Moskva로 이사. 기숙학교에 입학.

1833 모스크바대학 철학부 입학.

1834 가족이 페테르부르크로 이사함에 따라 페테르부르크 대학 역사철학부로 전학. 부친 사망.

1837 문학의 밤에서 푸시킨A. Пушкин을 마주침. 페테르부르크 대학 졸업.

1838 베를린으로 유학 떠남. 베를린 대학에서 헤겔 철학을 집중적으로 공부함.

1841 러시아로 돌아옴. 10월 바쿠닌M. Бакунин의 영지를 방문해, 그의 여동생 타티야나T. Бакунина와 사랑에 빠짐.

1842 농노 처녀와 사이에서 사생아 딸 폴리네트П. Брюэр 출생. 페테르부르크 대학에서 석사 학위 시험에 합격했으나, 학위 논문을 완성하지 못함.

1843 벨린스키B. Белинский와 만남. 이후 평생 자주 교류했으며 큰 영향을 받았음. 프랑스 오페라 여가수인 유부녀 폴린 비아르도P. Viardot와 사랑에 빠짐. 첫 번째 서사시 『파라샤Параша』 단행본으로 출판.

1844 게르첸A. Герцен과 네크라소프H. Некрасов 만남.

1845 내무부 퇴직. 도스토옙스키Ф. Достоевский와 만남.

1847 폴린 비아르도를 쫓아 유럽으로 감. 『사냥꾼의 수기Записки охотника』 중 첫 작품인 「호리와 칼리니치Хорь и Калиныч」 발표.

1850 러시아로 돌아옴. 모스크바에서 모친 사망.

1852 고골H. Гоголь 사망에 관한 기사를 쓴 명목으로 체포되어 한 달 동안 구

속됨. 이후 일 년 동안 스파스코예 영지로 추방당하는 형을 선고받음.
『사냥꾼의 수기Записки охотника』를 완성하여 발표.

1854 단편 「무무Муму」 발표. 『사냥꾼의 수기Записки охотника』 프랑스어 번역
판 출간.

1856 첫 번째 장편 『루딘Рудин』 발표. 단편 「파우스트Фауст」 발표.
폴린 비아르도를 따라 유럽으로 출국.

1858 단편 「짝사랑Ася」 발표. 러시아로 귀국.

1859 장편 『귀족의 보금자리Дворянское гнездо』 발표. 유럽으로 출국.

1860 에세이 「햄릿과 돈키호테Гамлет и Дон-Кихот」를 강연에서 발표.
장편 『전날 밤Накануне』 발표. 단편 「첫사랑Первая любовь」 발표.

1861 러시아의 농노 해방 선언문 발표 소식을 알게 됨. 러시아로 귀국.
『아버지와 아들Отцы и дети』 완성. 파리로 출국.

1862 『아버지와 아들Отцы и дети』 발표. 러시아 방문.

1863 비아르도 가족과 함께 독일 바덴바덴 Baden-Baden에 정착함. 이후 8년
동안 러시아를 여섯 번 방문함. 사망할 때까지 주로 유럽에서 지내면서 러
시아를 가끔 방문하는 식으로 생활함.

1867 장편 『연기Дым』 발표. 통풍이 처음 발병함.

1870 단편 「초원의 리어 왕Степной король Лир」 발표.

1871 비아르도 집안을 따라 프랑스 부지발Bougival로 이사해, 죽을 때까지 그
곳에 살았음.

1872 중편 『봄 물결Вешние воды』 발표.
희곡 『시골에서의 한 달』(1850, 1855년 출판)이 모스크바에서 초연됨.

1877 마지막 장편 『처녀지Новь』 발표. 영어, 이탈리아어, 스웨덴어, 폴란드어,
세르비아어, 헝가리어로 『처녀지』 번역판 출간.

1879 농노 해방을 위한 작가로서의 공로를 인정받아 옥스퍼드 대학에서 명예박
사 학위 받음.

1880 페테르부르크에서 열린 농노 해방 기념 만찬에 초대됨. 모스크바에서 푸

시킨 동상 제막식에서 연설함.

1881 시 모음집 『산문시Поэзия в прозе』를 발표.

1882 척추 골수암으로 심한 통증을 느낌.

1883 9월 3일 부지발에서 암으로 사망. 유언에 따라 페테르부르크의 볼코보 묘
지에 안장됨.

첫사랑, 짝사랑

클래식 라이브러리   019

1판 1쇄 인쇄 2025년 5월 20일
1판 1쇄 발행 2025년 5월 28일
지은이 이반 투르게네프
옮긴이 손재은
펴낸이 김영곤
펴낸곳 아르테

편집팀   정지은 김지혜 이영애 김경애 박지석
마케팅팀 남정한 나은경 한경화 권채영
        최유성 전연우
영업팀   한충희 장철용 강경남 황성진 김도연
제작팀   이영민 권경민
디자인   임민지

출판등록 2000년 5월 6일 제406-2003-061호
주소   (우 10881) 경기도 파주시 회동길 201(문발동)
대표전화 031-955-2100
팩스 031-955-2151
ISBN 979-11-7357-297-5 04800
ISBN 978-89-509-7667-5 (세트)
아르테는 (주)북이십일의 문학·교양 브랜드입니다.
── 책값은 뒤표지에 있습니다.
── 이 책 내용의 일부 또는 전부를 재사용하려면 반드시
    (주)북이십일의 동의를 얻어야 합니다.
── 잘못 만든 책은 구입하신 서점에서 교환해 드립니다.

『슬픔이여 안녕』『평온한 삶』『자기만의 방』『워더링 하이츠』『변신』『1984』『인간 실격』『도리언 그레이의 초상』『월든』
『코·초상화』『수레바퀴 아래서』『데미안』『비켓덩어리』『사랑에 대하여』『허클베리 핀의 모험』『이방인』『위대한 개츠비』
『라쇼몬』『첫사랑, 짝사랑』
클래식 라이브러리 시리즈는 계속 출간됩니다.

클래식 클라우드
거장을 만나는 특별한 여행

우리 시대 대표 작가 100인이 내 인생의 거장을 찾아 떠난다
책에서 여행으로, 여행에서 책으로, 나의 깊이를 만드는 클래식 수업

국내 최대 인문 기행 프로젝트 - 클래식 클라우드 시리즈

* 클래식 클라우드 시리즈는 계속 출간됩니다 *

일상에 깊이를 더하는 클래식 클라우드 유튜브!
클래식한 삶을 위한 인문교양 채널-저자 인터뷰, 북트레일러-에서 영상으로 만나보세요.

클래식 클라우드-책보다 여행
누적 재생 수 1000만 회, 네이버 오디오클립, 팟빵에서 검색하세요.

채널로 만나는 클래식 클라우드 시리즈

+ 인스타그램 북이십일 | www.instagram.com/book_twentyone
+ 지인필 | www.instagram.com/jiinpill21
+ 아르테 | www.instagram.com/21_arte

홈페이지 | www.book21.com